HEYNE BÜCHER

SCIENCE FICTION

Von Frank Herbert erschienen in der Reihe
HEYNE SCIENCE FICTION & FANTASY:

Atom-U-Boot 1881 · 06/3091
Die Leute von Santaroga · 06/3156
Gefangen in der Ewigkeit · 06/3298; auch als Sonderausgabe im Sammelband 06/3930
Die Riten der Götter · 06/3460
Hellstrøms Brut · 06/3536
Revolte gegen die Unsterblichen · 06/3125; auch als Sonderausgabe unter dem Titel: *Die Augen Heisenbergs* · 06/3926
Die weiße Pest · 06/4120
Auge · 06/4441
Mann zweier Welten · 06/4571 (mit Brian Herbert)

»DUNE«-Zyklus:

Der Wüstenplanet · 06/3108
Der Herr des Wüstenplaneten · 06/3266
Die Kinder des Wüstenplaneten · 06/3615
Der Gott-Kaiser des Wüstenplaneten · 06/3916
Die Ketzer des Wüstenplaneten · 06/4141
Die Ordensburg des Wüstenplaneten · 06/4234
Die Enzyklopädie des Wüstenplaneten ·
Band 1 · 06/4142
Band 2 · 06/4143

»SCHIFF«-Zyklus (mit Bill Ransom):

Ein Cyborg fällt aus · 06/3384; auch ↗06/4403
Der Jesus-Zwischenfall · 06/3834
Der Lazarus-Effekt · 06/4320
Der Himmelfahrts-Faktor · (in Vorb.)

»CALEBAN«-Zyklus:

Der letzte Caleban · 06/3317
Das Dosadi-Experiment · 06/3699

Außerdem erschien in der
BIBLIOTHEK DER SCIENCE FICTION LITERATUR:
Hellstrøms Brut · 06/14

FRANK HERBERT

ATOM-U-BOOT S 1881

Utopischer Roman

Deutsche Erstveröffentlichung

WILHELM HEYNE VERLAG
MÜNCHEN

HEYNE SCIENCE FICTION & FANTASY
Nr. 06/3091

Titel der amerikanischen Originalausgabe
THE DRAGON IN THE SEA
Deutsche Übersetzung von Wulf H. Bergner

9. Auflage

Printed in Germany 1990
Umschlag: Atelier Ingrid Schütz, München
Gesamtherstellung: Ebner Ulm

ISBN 3-453-30491-8

1

Die blonde Marinehelferin am Empfang beugte sich über das Mikrophon der Gegensprechanlage auf ihrem Schreibtisch.

»Leutnant Ramsey ist hier, Sir«, sagte sie.

Dann lehnte sie sich in den Sessel zurück und sah zu dem rothaarigen Offizier auf. Die gekreuzten Blitze auf seinem Kragen wiesen ihn als Elektronikfachmann aus, während der Buchstabe P darunter einen Psychologen kennzeichnete. Er war groß gewachsen und hatte ein rundliches Gesicht mit vielen Sommersprossen, wodurch er wie ein erwachsener Tom Sawyer wirkte.

»Der Admiral antwortet nie sofort«, stellte die Marinehelferin fest.

Ramsey nickte und warf einen Blick auf die Tür hinter ihr. Schwere Goldbuchstaben auf Eichenholz: KONFERENZRAUM (G. S. I) – Geheimhaltungsstufe eins. Das hohe Summen des zur Abschirmung dienenden Störsenders war selbst hier draußen deutlich zu hören.

Ramsey stellte sich wieder einmal die Fragen, die ihn vor jeder neuen Aufgabe beschäftigten. Es waren die Zweifel, die ihn zum Psychologen gemacht hatten: *Kann ich den Auftrag durchführen, selbst wenn er schwierig ist? Was wäre, wenn ich ablehnen würde?*

»Das können Sie hierlassen«, sagte die Marinehelferin. Sie wies auf den schwarzen Kasten, den Ramsey unter dem linken Arm trug.

»Danke, er ist nicht schwer«, antwortete er. »Vielleicht hat der Admiral Sie beim erstenmal nicht gehört. Können Sie es noch einmal versuchen?«

»Er hat mich bestimmt gehört«, versicherte sie. »Aber er hat einen Haufen Offiziere bei sich.« Sie warf einen neugierigen Blick auf den Kasten. »Warten sie alle darauf?«

Ramsey grinste. »Könnten sie nicht einfach auf mich warten?«

Sie rümpfte die Nase. »Dort drinnen ist genügend Lametta versammelt, um ein U-Boot sinken zu lassen! *Die* warten nicht auf einen *Leutnant*. Wir befinden uns schließlich im Krieg, Mister. Sie sind nur ein Laufbursche.«

Ramsey zuckte mit den Schultern. *Blöde Ziege,* dachte er. *Ich möchte wetten, daß du nur mit Offizieren vom Fregattenkapitän aufwärts ausgehst.* Er wollte eine spöttische Bemerkung machen, aber dann hielt er doch den Mund.

Die Marinehelferin wandte sich wieder ihrer Schreibmaschine zu.

Solange ich mir solche Frechheiten von kleinen Marinehelferinnen anhöre, bleibe ich ewig Leutnant, überlegte Ramsey. *Was können sie nur von mir wollen? Hängt es vielleicht mit dem Trick auf der D o l p h i n zusammen? Nein. Obe hätte ihm davon erzählt. Trotzdem war es vielleicht die große Chance.*

Er hörte, daß die Marinehelferin ein neues Blatt in die Schreibmaschine spannte.

Wenn ich einen großen Auftrag bekomme und später als Held zurückkehre, würde sie sich mir wahrscheinlich an den Hals werfen. Von der Sorte gibt es viele.

Was will der Geheimdienst von mir?

Obe hatte ihn nur angewiesen, die Telemetrie-Ausrüstung für die ferngesteuerte Vampirsonde mitzubringen und um 14 Uhr hier zu erscheinen. Das war alles gewesen. Ramsey warf einen Blick auf die Uhr. Noch eine Minute.

»Leutnant Ramsey?« sagte eine Männerstimme hinter ihm.

Ramsey drehte sich um. In der geöffneten Tür des Konferenzraumes stand ein grauhaariger Captain. Hinter ihm sah Ramsey einen langen Tisch, der mit Karten, Papieren, Bleistiften und randvollen Aschenbechern übersät war. An dem Tisch saßen Offiziere in schweren Sesseln. Über der ganzen Szene hing eine dichte Wolke aus Zigarettenrauch.

»Leutnant Ramsey meldet sich zur Stelle, Sir.«

Der Captain warf einen Blick auf den schwarzen Kasten. »Kommen Sie herein, Leutnant.«

Ramsey ging um den Schreibtisch herum und betrat den Konferenzraum. Der Captain schloß die Tür hinter ihm und wies auf einen Sessel am Ende des Tisches. »Sie sitzen hier, Leutnant.«

Wo steckt der Boß? fragte Ramsey sich. Dann entdeckte er Obe: ein kleiner Zivilist mit einem eigenartigen Ziegenbärtchen, der wie ein Gefangener zwischen zwei Fregattenkapitänen saß. Die strahlungsblinden Augen des kleinen Zivilisten starrten geradeaus. Auf der linken Schulter trug er ein ›Fledermausauge‹, das nach dem Prinzip eines hochempfindlichen Radargerätes arbeitete.

Ramsey setzte sich und grinste innerlich, als er daran dachte, daß die beiden Offiziere diesen kleinen Mann bewachten. Dr. Richmond Oberhausen, Direktor der Abteilung Psychologie. *Obe könnte sie mit zehn Worten in ein Häufchen Elend verwandeln.*

Der Captain, der Ramsey eingelassen hatte, setzte sich ebenfalls. Ramsey stellte den schwarzen Kasten vor sich auf den Tisch und merkte, daß die anderen ihn beobachteten.

Obe hat ihnen von meiner kleinen Erfindung erzählt, dachte er.

Der Störsender war hier sehr deutlich zu hören. Ramsey schloß einen Augenblick lang die Augen, um die Kopfschmerzen zu vertreiben. Dann starrte er die Offiziere an. Er kannte einige von ihnen.

Wirklich viel Lametta.

Ihm gegenüber saß Admiral Belland an der Spitze des Tisches. Der Geheimdienstchef war ein grauäugiger Riese mit kantigen Gesichtszügen und schmalen Lippen.

Er sieht wie ein Pirat aus, dachte Ramsey.

Admiral Belland räusperte sich und sagte: »Das ist der Leutnant, über den wir gesprochen haben, Gentlemen.«

Ramsey sah erstaunt zu Dr. Oberhausen hinüber. Der Direktor der Abteilung Psychologie schien auf etwas zu warten.

»Der Leutnant ist bereits von meinen Leuten überprüft worden«, erläuterte Belland, »so daß wir in seiner Gegenwart offen miteinander sprechen können. Möchte einer von Ihnen . . .«

»Entschuldigen Sie, bitte.« Dr. Oberhausen erhob sich langsam. »Ich habe Mister Ramsey noch nicht mitgeteilt, worum es hier geht. Angesichts der Aufgabe, die wir für ihn vorgesehen haben, wäre es vielleicht menschlicher, wenn wir ihn nicht wie ein Stück Holz behandeln würden.« Die blicklosen Augen wandten sich Belland zu. »Finden Sie nicht auch, Admiral?«

Belland beugte sich vor. »Selbstverständlich, Doktor. Das wollte ich eben erwähnen.«

In der Stimme des Admirals schwangen Angst und Trotz mit.

Ramsey dachte: *Obe läßt sie nach seiner Pfeife tanzen, ohne daß sie es merken. Wahrscheinlich soll ich ihm behilflich sein, wenn er den Fangschuß anbringt.*

Dr. Oberhausen nickte kurz und setzte sich wieder.

Belland schob seinen Sessel zurück. Er stand auf, ging an die Rückwand des Raumes und blieb vor einer Karte des nördlichen Polargebietes stehen. »Leutnant Ramsey, in den vergangenen zwanzig Wochen haben wir in diesen Gewässern zwanzig U-Boote verloren«, sagte er und wandte sich an Ramsey wie ein Lehrer, der eine Frage stellen will. »Ist Ihnen bekannt, wie dringend wir Öl brauchen?«

Bekannt? Ramsey unterdrückte ein Lächeln. Er dachte an die unzähligen Methoden, mit deren Hilfe die Knappheit erträglicher gemacht werden sollte: Inspektionen, Bezugsscheine, Dringlichkeitsstufen, Prämien für Erfindungen. Er nickte zustimmend.

Der Admiral fuhr fort: »Seit fast zwei Jahren beziehen wir einen Teil unseres Öls aus den Lagerstätten vor der Küste des Gegners.« Er machte eine vage Handbewegung auf der Karte.

Ramsey riß erstaunt die Augen auf. *Die Gerüchte stimmten also: Die U-Boote plünderten die Ölreserven des Gegners!*

»Wir haben eine neue Bohrtechnik für Unterwassereinsätze entwickelt«, erläuterte Belland. »Dazu gehören ein U-Boot, eine neuartige Hochleistungspumpe und ein U-Prahm aus Plastikmaterial.«

Der Admiral versuchte freundlich zu lächeln, wirkte aber nur noch mehr wie ein Pirat. »Die Besatzungen bezeichnen den Prahm als *Brummer* und die Pumpe als *Moskito*.«

Die anderen Offiziere grinsten pflichtschuldig. Ramsey lächelte ebenfalls und stellte fest, daß Dr. Oberhausen wie üblich keine Miene verzog.

»Ein *Brummer* faßt etwa zehn Milliarden Liter Öl. Der Ostblock weiß, daß er Öl verliert, kann aber nicht beurteilen, wann oder wo Verluste eintreten. Wir sind ihm überlegen.« Der Admiral sprach lauter. »Unser Ortungssystem ist besser. Unsere Dämpferplatten . . .«

Dr. Oberhausen unterbrach ihn. »Wir sind den Iwans in jeder Beziehung überlegen, können sie aber leider nicht davon abhalten, uns zu versenken.«

Der Admiral knurrte.

Ramsey hatte den Wink richtig verstanden. »Wie hoch war die Verlustrate auf den zwanzig versenkten Booten, Sir?«

Ein Captain neben Belland antwortete trocken: »Hundert Prozent.«

»Einhundert Prozent«, wiederholte Dr. Oberhausen. Er wandte sich an einen rotgesichtigen Korvettenkapitän. »Mister Turner, würden Sie Mister Ramsey das Ding zeigen, das Ihre Leute gefunden haben?«

Der Korvettenkapitän legte einen bleistiftgroßen schwarzen Zylinder auf den Tisch. Er wanderte von Hand zu Hand, bis er Ramsey erreichte.

»Mister Ramsey ist Elektronikfachmann«, erklärte Dr. Oberhausen. »Er ist Spezialist für Geräte zur Entdeckung traumatischer Erinnerungen.«

Ramsey verstand auch diesen Wink richtig. Er legte den schwarzen Zylinder wieder auf den Tisch und erweckte dabei den Eindruck, als handle es sich um ein ziemlich primitives Ding.

Was soll das bloß sein? fragte er sich.

»Sie haben vermutlich erkannt, daß es sich um einen Miniatursender mit geringer Bandbreite handelt«, sagte Belland.

Ramsey warf einen Blick auf die glatte Oberfläche des Zylinders. *Glauben die Leute wirklich, daß ich Röntgenaugen habe?* fragte er sich. *Obe muß sie alle hypnotisiert haben.*

Belland wandte sich ängstlich-trotzig an Ramsey. »Der Ostblock hat es geschafft, diese Geräte an Bord unserer U-Boote zu bringen. Wir glauben, daß sie erst später in Betrieb gesetzt werden, wenn die Boote sich auf See befinden. Leider sind bisher alle explodiert, die wir zerlegen wollten.«

Ramsey sah zu Dr. Oberhausen hinüber und starrte dann wieder den Admiral an, was heißen sollte: »Hättet ihr das Zeug gleich uns geschickt . . .«

Der Admiral lächelte stolz. »Turner glaubt jedoch, daß er den Trick heraus hat«, stellte er fest.

Ramsey warf dem rotgesichtigen Korvettenkapitän einen Blick zu. *Und der Teufel holt dich, wenn du versagst,* dachte er. Der andere versuchte sich so klein wie möglich zu machen.

Der Fregattenkapitän neben Dr. Oberhausen sagte: »Vielleicht werden sie von Feindagenten in Betrieb gesetzt.«

»Machen wir es lieber kurz«, warf Dr. Oberhausen ein. »Diese Geräte haben den Gegner zu unseren Bohrstellen geführt.«

»Wirklich schwierig ist die Sache eigentlich nur, weil wir mit ›Schläfern‹ durchsetzt sind – alles Leute, die der Gegner schon vor Jahren angeworben hat, damit sie erst im richtigen

Augenblick aktiv werden.« Er runzelte die Stirn. »Sogar mein Fahrer . . .« Nach einer Pause wandte er sich an Ramsey. »Wir wissen einigermaßen sicher, daß Sie kein Schläfer sind.«

»Einigermaßen sicher?« wiederholte Ramsey.

»Ich weiß einigermaßen sicher, daß keiner der Anwesenden ein Schläfer ist«, knurrte Belland. »Aber das ist auch schon alles.« Er wandte sich wieder der Karte zu und wies auf die Barents-See. »Hier liegt die Insel Nowaja Semlja. Vor ihrer Westküste erstreckt sich ein schmales Schelf. In etwa hundert Faden Tiefe fällt es steil ab. In der Flanke dieses Schelfs sind wir fündig geworden. Dort befindet sich eines der größten Öllager, von dem der Ostblock keine Ahnung hat — noch nicht.«

Dr. Oberhausen klopfte mit den Fingern auf den Tisch. »Wir müssen Mister Ramsey klarmachen, wie wichtig die Kampfmoral der Besatzungen ist.« Er wandte sich an Ramsey. »Sie werden verstehen, daß wir die Verluste nicht geheimhalten konnten. Seitdem sind die Bootsbesatzungen praktisch außer Gefecht. Wir brauchen *gute* Nachrichten.«

»Turner, erklären Sie weiter«, sagte Belland und ließ sich in seinen Sessel fallen.

Turner sah Ramsey aus wasserblauen Augen an und sagte: »Wir haben unsere U-Bootbesatzungen immer wieder überprüft und sind endlich auf eine gestoßen, die geeignet zu sein scheint. Im Augenblick erholt sie sich noch in Garden Glenn und ist erst in fünf Wochen für den nächsten Einsatz vorgesehen. Diese eine Besatzung ist bis auf den Elektronikoffizier vollständig.«

Ramsay dachte: *Großer Freund! Soll ich etwa als U-Bootmann verhökert werden?*

Dr. Oberhausen schien seine Gedanken erraten zu haben. »Das betrifft Sie, Ramsey«, stellte er fest und wandte sich an Turner. »Entschuldigen Sie, aber wir haben nicht mehr sehr viel Zeit.«

Turner wandte sich hilfesuchend an Belland und sank dann in seinen Sessel zurück. »Selbstverständlich, Doktor.«

Dr. Oberhausen erhob sich. »Außerdem betrifft das ohnehin mein Fachgebiet. Ramsey, Sie müssen wissen, daß der letzte Elektronikoffizier nach Beendigung des letzten Auftrags einen Nervenzusammenbruch erlitten hat. Mit diesem Problem haben Sie sich bereits an Bord der *Dolphin* befaßt. Hier ist es noch dringender, denn die eingesetzten U-Boote haben nur vier Mann Besatzung. Alle Symptome lassen auf eine Art induzierter Paranoia schließen.«

»Der Captain?« fragte Ramsey.

»Genau«, antwortete Dr. Oberhausen.

Jetzt schinden wir bei den Eingeborenen mit unserem geheimen Wissen Eindruck, dachte Ramsey. »Ähnliche Erscheinungen wie auf der *Dolphin*«, stellte er fest. »Stimmungsschwankungen des Captains beeinflussen die gesamte Besatzung.«

»Doktor Oberhausen hat uns bereits erklärt, was Sie damals an Bord der *Dolphin* erreicht haben«, warf Turner ein.

Ramsey nickte. »Ich verstehe nur nicht, weshalb die Besatzung ausgezeichnet sein kann, wenn der Captain psychologisch labil ist.«

»Auch das betrifft wieder Sie«, antwortete Dr. Oberhausen. »Wir wollten den Captain bereits ablösen, aber dann hat das Oberkommando der Marine errechnet, daß er und seine Besatzung die besten Chancen bei diesem Unternehmen vor Nowaja-Semlja haben. Allerdings nur unter bestimmten Voraussetzungen.« Er machte eine bedeutungsvolle Pause.

Aha, das ist der Köder, überlegte Ramsey. *Irgend jemand ist nicht damit einverstanden, deshalb will Obe mich an Bord bringen. Wer soll anbeißen? Der Admiral? Nein, der würde selbst gehen, wenn Obe es ihm nahelegen würde.* Dann fiel sein Blick auf die winzige Sonne auf dem Kragen des Fregattenkapitäns links neben Dr. Oberhausen. *Ein Adjutant des Präsidenten! Das war der Mann.*

»Eine dieser Voraussetzungen wäre die psychologische Überwachung«, stellte Ramsey fest. »Wie wollen Sie diesen Captain an meine ferngesteuerte Vampir-Sonde anschließen, ohne daß er etwas davon merkt?«

»Admiral Belland hat eine ausgezeichnete Lösung vorgeschlagen«, antwortete Dr. Oberhausen. »Der Geheimdienst hat einen winzigen Empfänger entwickelt, der vor den gegnerischen Sendern warnt, sowie sie in Betrieb sind. Empfänger und Lautsprecher befinden sich in einer erbsengroßen Kapsel, die in die Nackenmuskeln eingepflanzt wird. In der gleichen Kapsel hätten auch Ihre Meßgeräte Platz.«

Ramsey nickte dem Admiral zu. »Ausgezeichnet. Nachdem der Skipper auf diese Weise vorbehandelt worden ist, brauchen Sie nur noch mich mitzuschicken, damit er unter Aufsicht steht.«

»Richtig«, stimmte Dr. Oberhausen zu. »Allerdings sind gewisse Einwände erhoben worden.« Seine blicklosen Augen schienen den Korvettenkapitän zu seiner Linken zu durchbohren. »Sie besitzen fast keine Kampferfahrung auf U-Booten, Ramsey.«

Der Korvettenkapitän starte Ramsey feindselig an. »Der Krieg dauert jetzt schon sechzehn Jahre«, sagte er. »Weshalb haben Sie noch nie an einem Gefecht teilgenommen?«

Im Zweifelsfall gleich eine Breitseite feuern, erinnerte Ramsey sich. »Jeder Mann, den wir für das Schlachtfeld retten, bringt den Sieg näher«, sagte er.

Der Korvettenkapitän wurde dunkelrot.

»Misters Ramseys Spezialausbildung — Elektronik und Psychologie — macht ihn zu einem unserer wertvollsten Männer«, stellte Dr. Oberhausen fest. »Er wird nur für äußerst wichtige Aufgaben freigestellt — wie damals für die *Dolphin*.«

»Weshalb riskieren wir ihn jetzt?« wollte der Korvettenkapitän wissen.

Admiral Belland seufzte, bevor er antwortete. »Dieser junge Mann hat ein Gerät erfunden, das andere ebenfalls bedienen können, Lewis. Aber gerade seine Erfindungsgabe ist diesmal besonders wichtig und kann sogar entscheidend sein.«

»Vielleicht halten Sie mich jetzt für ungezogen«, fuhr der andere fort, »aber wenn er wirklich so hervorragend ist, möchte ich doch wissen, warum er es noch nicht weiter als bis zum Leutnant gebracht hat.«

Dr. Oberhausen hob die Hand. »Sie gestatten doch, lieber Admiral.« Er wandte sich an den Korvettenkapitän. »Das kommt nur daher, weil es gewisse Leute gibt, die sich dagegen sträuben, daß ich und meine besten Abteilungsleiter keine Uniform tragen. Diese Leute sehen nicht ein, daß wir besser als Zivilisten arbeiten. Und dieses Ressentiment ist daran schuld, daß begabte Kräfte wie Mister Ramsey selten befördert werden, obwohl sie Uniform tragen müssen.«

Der Korvettenkapitän schien einer gewaltigen Explosion nahe zu sein.

»Wenn alles ehrlich zuginge«, fuhr Dr. Oberhausen fort, »müßte Mister Ramsey mindestens Fregattenkapitän sein.«

Einige der Anwesenden hüstelten demonstrativ.

»Gut, ich ziehe meinen Einspruch zurück«, sagte der Korvettenkapitän. Sein Tonfall verriet, was er dachte: *Darüber unterhalten wir uns später noch.*

»Ich habe die Absicht«, sagte Dr. Oberhausen, »Mister Ramsey im Anschluß an diesen Auftrag aus der Marine ausscheiden zu lassen, damit er die Leitung einer Abteilung übernehmen kann, die sich mit den Problemen der U-Bootfahrer befaßt.«

Der Korvettenkapitän grinste hämisch. »Falls er die Sache lebend übersteht«, warf er ein.

Ramsey schluckte trocken.

Dr. Oberhausen schien die Bemerkung nicht gehört zu haben. »Das Training ist nicht einfach«, sagte er, »aber wir haben noch fünf Wochen Zeit, in denen wir unsere bewährten Methoden anwenden können.«

Belland erhob sich. »Ich nehme an, daß wir alle mit Mister Ramsey zufrieden sind, Gentlemen.« Er warf einen Blick auf die Uhr. »Die Ärzte warten bereits auf ihn, denn er braucht in den kommenden fünf Wochen jede Minute.«

Ramsey stand auf, nahm seinen schwarzen Kasten unter den Arm und sah den Admiral fragend an.

»Sie bekommen den Detektor ebenfalls eingepflanzt«, sagte Belland.

Dr. Oberhausen verließ den Raum gemeinsam mit Ramsey. »Kommen Sie, John.« Er nahm Ramseys Arm. »Ich habe bereits alles nötige Material über Fregattenkapitän Sparrow — er führt Ihr Boot — und die beiden anderen Besatzungsmitglieder zusammenstellen lassen. Wir haben alles für Sie vorbereitet. Sie sind jetzt unser wichtigster Patient und . . .«

Ramsey hörte Turner hinter sich. »Doktor Oberhausen hat den Leutnant John genannt. Ist er etwa *Long John* Ramsey, der . . .«

Der Rest war unverständlich, als Dr. Oberhausen lauter sprach. »Das wird bestimmt nicht leicht für Sie, John. Wir haben Ihre Frau bereits benachrichtigt.« Sie gingen in den Korridor hinaus. »Sie haben sich ausgezeichnet gehalten.«

Ramsey fiel plötzlich auf, daß er sich von einem Blinden führen ließ. Er lachte und mußte eine Erklärung dafür finden. »Ich habe eben daran gedacht, wie Sie den Korvettenkapitän abgefertigt haben«, erklärte er.

»Sie lügen nicht besonders gut«, sagte Dr. Oberhausen,

»aber ich bin nicht weiter neugierig. Was den Korvettenkapitän betrifft – er gehört zu den Leuten, die darüber entscheiden, wer in der Abteilung Psychologie befördert wird.«

Leutnant Ramsey lachte plötzlich nicht mehr.

Ramseys Tagesablauf begann um 5 Uhr, als die Krankenschwester mit der Spritze hereinkam, um ihn aus dem Hypnoschlaf zu wecken. Frühstück mit vielen Proteinen. Wieder Spritzen. Bluttest.

»Das tut vielleicht ein bißchen weh.«

»Auuu! Ein bißchen? Können Sie mich nicht warnen?«

»Benehmen Sie sich nicht wie ein Baby.«

Diagramme. Blaupausen des U-Bootes.

Dann wurde er dem U-Bootfachmann des Geheimdienstes übergeben. Clinton Reed. Kahl wie ein Ei. Schmale Nase, schmale Lippen, dicke Haut. Solides Pflichtbewußtsein. Kein Sinn für Humor.

»Das ist wichtig, Ramsey. Sie müssen sich selbst bei völliger Dunkelheit überall zurechtfinden und jeden Knopf finden. Wir lassen ein maßstabgetreues Modell für Sie bauen, aber zuerst müssen Sie die Pläne kennen. Hier, werfen Sie einen Blick darauf, damit wir Ihr Gedächtnis testen können.«

»Okay, versuchen Sie es.«

»Wo liegt der Meilerraum?«

»Fragen Sie lieber etwas Schweres.«

»Beantworten Sie die Frage.«

»Schon gut. Im Bug – in den ersten elf Metern.«

»Warum?«

»Weil die Boote tropfenförmig sind. Und wegen des nötigen Gleichgewichts. Im Bug hat mehr Abschirmmaterial Platz.«

»Wie dick ist die Abschirmung nach achtern?«

»Das habe ich übersehen.«

»Vier Meter. Merken Sie sich das. Vier Meter.«

»Ich kann Ihnen aber sagen, woraus sie besteht: Hafnium, Blei, Graphit und Poruzen.«

»Was befindet sich an der Rückwand der Abschirmung?«

»Direktanzeigen des Reaktors. Der zweite Instrumentensatz ist in der Kommandozentrale in das Backbordschott eingebaut. Außerdem befinden sich dort Spinde für Schutzanzüge, Werkzeugschränke und die Türen der Tunnels, die in den Meilerraum führen.«

»Schon besser. Wie viele Tunnels?«

»Vier. Zwei oben, zwei unten. Ohne Schutzanzug nicht länger als zwölf Minuten betreten.«

»Gut. Wie stark ist der Antrieb?«

»Zweihundertdreiundsiebzigtausend Pferdestärken, die durch die Dämpferplatten auf etwa zweihundertsechzigtausend herabgesetzt werden. Die Schalldämpfer sind hinter der Schraube angebracht.«

»Ausgezeichnet! Wie lang ist der Maschinenraum?«

»Äh ... Das weiß ich nicht mehr.«

»Hören Sie, Ramsey, das ist äußerst wichtig. Sie müssen sich an die Entfernungen gewöhnen. Was tun Sie, wenn die Beleuchtung ausfällt?«

»Okay. Okay. Wie lang ist das verdammte Ding?«

»Sieben Meter. Mittschiffs ist also für nichts anderes mehr Platz. Die vier Elektromotoren liegen paarweise übereinander, während das Sammelgetriebe achtern unterhalb der Mittellinie angeordnet ist.«

»Verstanden. Jetzt können wir den nächsten Plan ansehen. Okay, fragen Sie etwas.«

»Wie viele Lattenroststege gibt es im Maschinenraum? Wo sind sie angebracht?«

»Hören Sie, ich habe nur *einen* Blick auf den Plan werfen können.«

»Wie viele Stege und ...«

»Schon gut. Also der Reihe nach – einer Mitte Kontrolldeck zum Bug hin. Einer seitlich in das Ersatzteillager im Unterdeck – Deck B. Daneben einer in das Lager auf dem Oberdeck – Deck A. Kurzer Verbindungssteg zwischen Motoren und Sauerstofftanks – mit Anschluß an Steg B. Und ein sehr kurzer zu dem eingefahrenen Kommandoturm, der sich zu einer Leiter ausziehen läßt, wenn der Turm ausgefahren wird.«

»Gut, Ramsey. Sie müssen sich nur ein bißchen Mühe geben. Wo liegen die vier Kabinen?«

»Schöne Kabinen!«

»Beantworten Sie die Frage.«

»Der Captain ist steuerbord hinter der Elektronikbude untergebracht. Der Erste Offizier backbord hinter der Kombination aus Erholungsraum und Schiffslazarett. Schiffsingenieur steuerbord unter dem Captain und hinter dem Maschinenraum. Elektronikoffizier backbord unter dem Ersten

Offizier und hinter dem Vorratsraum. Das ist der richtige Platz für mich. Ich besorge mir einen Schneidbrenner und stelle mir einen Privateingang zu dem Vorratsraum her.«

»Wo liegt die Kombüse?«

»Das ist eine leichte Frage. Sie liegt auf dem Oberdeck und ist durch den Sanitätsraum zugänglich. Die Wählscheiben für die Fertiggerichte sind an dem Schott zwischen Sanitätsraum und Kombüse angebracht. Das Ganze liegt zwischen Kontrolldeck und Erholungsraum.«

»Was liegt hinter den Kabinen?«

»Der Induktionsantrieb System Palmer.«

»Weshalb ein Induktionsantrieb?«

»Der Druckkörper ist nur so stark wie der schwächste Punkt, deshalb darf keine Welle nach außen geführt werden.«

»Heute nacht hören Sie mehr über den Antrieb. Jedes Besatzungsmitglied muß ihn mit einer Binde vor den Augen zerlegen und wieder zusammenbauen können. Übermorgen können Sie das an einem Modell üben.«

»Wunderbar!«

»Was ist die maximale Tauchtiefe für Boote dieser Klasse?«

»Zweihundertzwanzig Kilogramm pro Quadratzentimeter oder zweitausendzweihundert Meter.«

»Halten Sie sich lieber an den ersten Wert. Der Druck verändert sich je nach Temperatur und Salzgehalt des Wassers. An manchen Stellen kann man zweitausenddreihundert Meter tauchen, an anderen ist man bei zweitausendeinhundert geliefert. Verlassen Sie sich nur auf den Druckmesser. So, jetzt ist die Luftzusammensetzung an der Reihe. Was ist eine Vampir-Sonde?«

»Ein kleines Gerät, das jedes Besatzungsmitglied am Handgelenk trägt. Die Nadel mißt die Kohlendioxyddiffusion und warnt einen, bevor man umkippt. Der Stickstoffgehalt wird ebenfalls gemessen.«

»Wie hoch ist die Minimumdiffusion?«

»Unter zwei Prozent Kohlendioxyd wird man beschwipst. Über vier Prozent ist bereits lebensgefährlich. Stickstoff ist eine andere Sache. Normalerweise ist er an Bord gar nicht vorhanden, sondern wird durch kleinere Mengen Helium ersetzt.«

»Wie ertragen Sie den hohen Luftdruck?«

»Aerobische Kohlenstoffanhydrase wird in die Belüftung

eingespeist. Dadurch wird der Kohlenstoffaustausch beschleunigt, so daß keine Gasblasen entstehen können.«

»Ausgezeichnet! Haben Sie sich früher schon damit befaßt?«

»Mein Telemeter ist eigentlich nur eine bessere Vampir-Sonde.«

»Ja, natürlich. Warum ist der Elektronikoffizier so wichtig?«

»Die außenbords angebrachten Servos werden durch Funksignale gesteuert. Wenn das E-System versagt, während das U-Boot getaucht ist, bleibt es unten.«

»Richtig. Werfen Sie noch einen Blick auf die Pläne.«

»Nicht schon wieder!«

»Fangen Sie mit dem Reaktorraum an. Mit sämtlichen Einzelheiten.«

»Sklaventreiber!«

Selbst nachts lernte Ramsey weiter, denn das Tonband lief ständig: Druckkörper ... Druckausgleichssystem ... Torpedosteuerung ... Reaktorbedienung ... Hydraulik .. Tiefenlot ... Sonar ... Tiefenruder ... Hauptventile ... Geigerzähler ... Autopilot ... Luftdruckregelung ... Fahrtanzeiger .. Navigationskarte ... Fernsehaugen außen und innen ... Kreiselkompaß ... Schleppvorrichtungen ... Plastikprahm ... Torpedoaufhängungen ... Suchkopfsysteme ... Störsysteme ... Systeme ... Systeme ... Systeme ...

Manchmal glaubte Ramsey, sein Kopf müsse zerspringen.

Am vierten Tag des Trainings tauchte Dr. Oberhausen in Ramseys Arbeitszimmer auf. Er kam leise herein und setzte sich Ramsey gegenüber, der mit einer Lernmaschine beschäftigt war.

Ramsey schaltete das Gerät aus und wandte sich Dr. Oberhausen zu. »Aha, der Großinquisitor persönlich.«

»Fühlen Sie sich wohl, Johnny?« Die blicklosen Augen schienen ihn zu durchbohren.

»Nein.«

»Gut. Sie sollen sich auch nicht wohl fühlen.« Der Stuhl quietschte leise. »Ich bin wegen Garcia zu Ihnen gekommen — er ist der Schiffsingenieur.«

»Was stimmt an ihm nicht?«

»Stimmt nicht? Habe ich gesagt, daß etwas nicht in Ordnung ist?«

»Kommen Sie zur Sache«, forderte Ramsey ihn auf.

»Ah, diese ungeduldige Jugend«, seufzte Dr. Oberhausen. »Haben Sie Garcias Personalakten?«

»Sie wissen, daß ich sie habe.«

»Holen Sie sie, bitte, und lesen Sie mir vor, was darin steht.«

Ramsey nahm einen Ordner aus seinem Schreibtisch. Auf der ersten Seite war Garcias Bild eingeklebt. Ein kleiner Mann — etwa einsfünfundsiebzig — schlank. Dunkle Haare — südländischer Typ — ironisches Lächeln. Darunter Ramseys Handschrift: ›Erstklassiger Wasserpolospieler. Guter Handballer.‹

»Lesen Sie mir daraus vor«, sagte Dr. Oberhausen.

Ramsey blätterte um und las: »Neununddreißig Jahre. Aufstieg vom einfachen Matrosen zum Offizier. Früher Schiffsmaschinist. Funkamateur. In Puerto Madryn, Argentinien, geboren. Vater Viehzüchter — José Pedro Garcia y Aguinaldo. Mutter bei der Geburt einer Tochter gestorben, als Garcia drei Jahre alt war. Glaubensbekenntnis: katholisch: Trägt Rosenkranz um den Hals. Läßt sich vor jeder Ausfahrt von einem Priester den Segen erteilen. Verheiratet; Frau: Beatrice, einunddreißig.«

»Haben Sie ein Bild von ihr?« fragte Dr. Oberhausen.

»Nein.«

»Schade. Ich habe gehört, daß sie eine Schönheit sein soll. Weiter, bitte.«

»Studium in New Oxford«, las Ramsey vor. »Das erklärt den englischen Akzent.«

»Ich habe es sehr bedauert, daß Großbritannien zerstört wurde«, warf Dr. Oberhausen ein. »So eine stabile Zivilisation. Aber das ist natürlich auch ein Nachteil. Weiter, bitte.«

»Spielt Dudelsack.« Ramsey sah den Doktor an. »Das ist endlich etwas: ein Südamerikaner, der Dudelsack spielt.«

»Warum auch nicht, Johnny? Manchmal wirkt die Musik wirklich beruhigend.«

Ramsey zuckte mit den Schultern. »Beruhigend!« Er sah seinen Chef an. »Warum lese ich das vor?«

»Ich möchte, daß Sie sich mit Garcias Persönlichkeit vertraut machen, bevor ich Ihnen mitteile, was der Geheimdienst glaubt.«

»Das wäre?«

»Garcia ist vielleicht einer der *Schläfer*, die dem Geheimdienst so viele *schlaflose* Nächte bereiten.«

Ramsey schnaubte. »Garcia! Unsinn! Dann könnten sie gleich mich verdächtigen!«

»Die Untersuchung *Ihres* Falls ist noch nicht abgeschlossen«, sagte Dr. Oberhausen. »Vielleicht hat der Geheimdienst recht, vielleicht irrt er sich. Jedenfalls hat der Nachrichtendienst die Beschreibung eines Schläfers beigebracht, der U-Bootfahrer sein soll. Sie trifft auf Garcia zu. Daraufhin wurde das Unternehmen fast abgeblasen, aber ich habe den Geheimdienst davon überzeugen können, daß Sie auf diesen Garcia achten.«

Ramsey warf einen nachdenklichen Blick auf das Bild des Mannes mit dem ironischen Lächeln. »Ich glaube, daß sie wieder einmal hinter einem Schatten her sind. Und das sollen sie vielleicht auch, wenn es nach dem Ostblock geht. Diese Geheimdienstleute leiden offenbar alle an *Dementia praecox.*«

Dr. Oberhausen erhob sich. »Sagen Sie das den Leuten vom Geheimdienst lieber nicht, wenn sie hier auftauchen, um Sie über Garcia zu informieren«, meinte er. »Noch etwas — Ihr Freund, der Korvettenkapitän, wetzt bereits das Messer, um Ihnen den Hals abzuschneiden, wenn es diesmal wieder Schwierigkeiten gibt.«

»Das habe ich Ihnen zu verdanken«, stellte Ramsey fest.

»Keine Angst, ich sorge für meine Leute«, versicherte Dr. Oberhausen ihm. »Arbeiten Sie weiter, Johnny. Ich habe anderweitig zu tun.«

Als sich die Tür hinter ihm geschlossen hatte, griff Ramsey nach den Personalakten der beiden anderen Offiziere und begann darin zu lesen.

Fregattenkapitän Harvey Acton Sparrow. Einundvierzig Jahre. Ein hagerer großer Mann mit gebeugten Schultern und schütterem Haarwuchs.

Er sieht wie ein Collegeprofessor aus, dachte Ramsey. *Irgendwie merkt man ihm an, daß er lieber Mathematiklehrer geworden wäre. Ist er auf seine Familie böse, die ihn in diese Laufbahn gezwungen hat?*

Vater: Vizeadmiral Acton Orwell Sparrow, am 16. 10. 2018 mit dem U-Kreuzer *Plunger* in der Irischen See verschollen. Mutter: Genene Cobe Sparrow. Invalidin (Herz), lebt in einem Heim in Watters Point. Frau: Rita. Sechsunddreißig. Blond? Keine Kinder.

Weiß Sparrow, daß seine Frau ihn betrügt? fragte Ramsey sich. *Seine Freunde sind darüber informiert.*

Qualifikationen: Navigator — hervorragend; Feuerleitoffizier — hervorragend; Sanitätswesen (fortgeschrittene Erste Hilfe und Drucksyndrom) — ausgezeichnet; Eignung für Dienst auf U-Booten — hervorragend.

Ramsey schlug den dritten Ordner auf.

Kapitän z.S. Leslie (kein zweiter Vorname) Bonnett. Achtunddreißig Jahre alt. Fotografie eines massiv gebauten Mannes (fast einsneunzig) mit braunen gewellten Haaren (natürliche Wellen), Adlernase und buschigen Augenbrauen.

Vollwaise. Im Findlingsheim Cape Neston aufgewachsen. Viermal verheiratet. Vier Kinder — je zwei von den beiden ersten Frauen. Frau Nummer vier: Helene Davis Bonnett, neunundzwanzig. Miß Georgia 2021.

Der Findling, dachte Ramsey. *Er rächt sich unbewußt an den Frauen, weil seine Mutter ihn ausgesetzt hat.*

Qualifikationen: Navigator — gut; Nachschuboffizier — ausgezeichnet; Feuerleitoffizier — hervorragend (vier Jahre hintereinander bester Torpedooffizier); Eignung für Dienst auf U-Booten — ausgezeichnet bis hervorragend.

Ramsey las die Bemerkung in der psychologischen Beurteilung: »Aufstieg zu eigenem Kommando bisher wegen ungenügend kompensierter Minderwertigkeitskomplexe nicht empfehlenswert.«

Ein Findling, dachte er. *Bonnett will vielleicht gar nicht aufsteigen. Auf diese Weise hat er einen Vorgesetzten, der ihm den Vater ersetzt.*

Ramsey legte die Ordner auf den Tisch und lehnte sich in den Sessel zurück.

Sparrow und Bonnett waren Protestanten, Garcia Katholik. Trotzdem keine religiösen Streitigkeiten.

Diese Männer bilden ein gutes Team. Ihr Boot hat die beste Beurteilung von allen.

Wie reagieren sie darauf, daß Heppner abgelöst werden mußte? Wie stehen sie dem neuen Elektronikoffizier gegenüber?

Heppner war der falsche Mann! Eine völlig nichtssagende Krankengeschichte. Ruhige Kindheit. Gutes Familienleben. Nur zwei Mankos — die enttäuschte Liebe mit vierundzwanzig und der Nervenzusammenbruch mit zweiunddreißig. Es hätte je-

mand wie Bonnett sein müssen. Das Findelkind. Oder Sparrow. Der enttäuschte Mathematiker.

»Schlafen Sie?«

Das war Reed, sein Privatlehrer.

»Ich habe Ihnen einen genauen Plan der Elektronikbude an Bord dieser U-Boote mitgebracht.« Er breitete ihn auf dem Tisch vor Ramsey aus. »Hier ist die Arbeitsfläche. Schraubstock hier. Werkzeugkasten. Minidrehbank. Vakuumpumpe. Röhrenprüfer.«

»Danke, ich kann selbst lesen.«

»Sie müssen das Röhrenprüfgerät auch bei völliger Dunkelheit bedienen können«, stellte Reed fest. Er ließ sich in den Sessel fallen, in dem Dr. Oberhausen gesessen hatte. »Morgen beginnt die Ausbildung an einem Modell.«

»Morgen ist Samstag, Clint!«

»Vor 18 Uhr kommen Sie hier nicht heraus.« Reed beugte sich über den Plan. »Konzentrieren Sie sich auf die Anordnung dieser Schalter und Knöpfe. Das hier ist die Notbeleuchtung. Den Schalter müssen Sie auf den ersten Griff finden.«

»Und wenn ich ihn erst beim zweitenmal finde?«

Reed lehnte sich zurück und runzelte die Stirn. »Mister Ramsey, bevor Sie an Bord gehen, müssen Sie sich über etwas völlig im klaren sein.«

»Ja? Worüber?«

»Auf einem U-Boot gibt es keine *kleinen* Unfälle.«

2

Fregattenkapitän Sparrow marschierte die lange Rampe hinab und ging langsamer, als er den strahlend hell beleuchteten U-Bootbunker vor sich hatte. Von den Felswänden tropfte Kondenswasser und bildete einen leichten Nebel. Er ging weiter, wich summenden Elektromotoren aus und trat zur Seite, wenn ihm ein Gabelstapler entgegenkam. Vor ihm ragte sein Boot über die Pier — eine dreiundvierzig Meter lange Operndiva im Rampenlicht.

Sparrow dachte an die Abschlußbesprechung mit dem Geheimdienst.

»Ihre Besatzung ist vermutlich zuverlässiger als jede andere, aber Sie müssen trotzdem auf Schläfer achten.«

»In meiner Besatzung? Menschenskind, ich kenne sie doch seit Jahren! Bonnett fährt schon acht Jahre mit mir. Joe Gracia und ich sind bereits vor dem Krieg auf dem gleichen Kahn gewesen. Hepper und ...« Er runzelte die Stirn. »Wie steht es mit dem neuen E-Offizier?«

»Seinetwegen brauchen Sie sich keine Sorgen zu machen. Die Inspektion hat ergeben, daß keine feindlichen Sender an Bord versteckt sind.«

»Warum habe ich dann das Ding im Nacken?«

»Das ist nur eine zusätzliche Vorsichtsmaßnahme.«

»Wie steht es mit dem Neuen? Wie gut ist er als E-Offizier?«

»Er ist einer unserer besten Leute. Hier, überzeugen Sie sich selbst.«

»Beschränkte Kampferfahrung im Golf von Mexiko! Also praktisch eine Landratte!«

»Sehen Sie sich seine Qualifikationen an.«

Beschränkte Kampferfahrung!

Die Hupe eines Elektrokarrens weckte Sparrow aus seinem Träumen. Er warf einen Blick auf seine Armbanduhr: 7.38 Uhr — zweiundzwanzig Minuten vor dem Ablegen. Er ging rascher weiter.

Der Teufel soll den Geheimdienst holen!

Sparrow sah über die weite Wasserfläche zu der gähnenden Öffnung des Unterwassertunnels. Er führte zweihundertsechzig Kilometer weit durch die Felsen und endete erst im DeSoto-Graben im Golf von Mexiko — und dort lauerte der Gegner. Ein Gegner, der plötzlich schrecklicher denn je geworden war, weil er hundertprozentige Erfolge gegen amerikanische U-Boote erzielt hatte.

Wieder summte ein Elektrokarren dicht an Sparrow vorüber. Er trat zur Seite und sah zu seinem Boot auf. Jetzt konnte er bereits die Bronzebuchstaben auf dem ausgefahrenen Kommandoturm erkennen: *Hornet S 1881*. Ein schmaler Steg führte zum Turm hinauf.

Der Dockkommandant, ein dicklicher Fregattenkapitän im Arbeitsanzug, kam auf Sparrow zu. Er hielt eine umfangreiche Prüfliste in der Hand.

»Captain Sparrow.«

Sparrow drehte sich um, blieb aber nicht stehen. »Ja? Oh,

hallo, Myers. Sind die Wartungsmannschaften schon von Bord?«

Myers ging neben ihm her. »Fast alle. Sie sind dünner geworden, Sparrow.«

»Mir bekommt das friedliche Leben nicht«, antwortete Sparrow grinsend. »Ist mein neuer E-Offizier schon erschienen?«

»Ich habe ihn noch nicht gesehen. Seine Sachen sind vorher gekommen. Komischerweise war ein versiegelter schwarzer Kasten dabei. Ungefähr so groß.« Er zeigte die Größe mit den Händen an. »Von Admiral Belland freigegeben.«

»Vom Geheimdienstchef?«

»Genau.«

»Warum war der Kasten versiegelt?«

»Angeblich enthält er hochempfindliche Instrumente, mit denen das neue Ortungsgerät mit größerer Reichweite überprüft werden soll. Der Kasten war versiegelt, damit kein Neugieriger daran herumpfuscht.«

»Oh. Das Gerät ist also bereits eingebaut?«

»Ja. Sie führen die Kampferprobung durch.«

Sparrow nickte.

Die Männer am Ende des Landungsstegs nahmen Haltung an, als die beiden Offiziere herankamen. Sparrow und Myers blieben stehen. »Rührt euch«, befahl Sparrow.

»Noch sechzehn Minuten«, stellte Myers fest. Er schüttelte Sparrow die Hand. »Viel Glück. Machen Sie ihnen die Hölle heiß.«

»Wird gemacht«, antwortete Sparrow.

Myers verschwand wieder.

Sparrow wandte sich an den Mann neben der Rampe — an den Ersten Offizier. »Tag, Les.«

»Willkommen an Bord, Skipper«, antwortete Bonnett grinsend. Er entließ die drei Matrosen, die unter seiner Leitung gearbeitet hatten, und wandte sich wieder an Sparrow. »Die Sicherheitsüberprüfung ist abgeschlossen. Zusatzausrüstung überprüft und betriebsbereit. Aber der neue E-Offizier ist noch nicht an Bord.«

Sparrow machte ein wütendes Gesicht. »Wo steckt der Kerl?«

Bonnett zuckte mit den Schultern. »Ich weiß nur, daß der Geheimdienst angerufen hat, um mitzuteilen, daß es eine kurze Verzögerung geben würde. Ich habe . . .«

»Der Geheimdienst?«

»Richtig.«

»Der Teufel soll sie holen!« knurrte Sparrow. »Müssen sie immer bis zur letzten Minute warten? Ich ...« Er schwieg. Das war geheim.

»Hoffentlich dauert es nicht mehr lange«, meinte Bonnett hoffnungsvoll.

Sparrow stellte sich die komplizierten Freigabeverfahren vor, die notwendig waren, damit die *Hornet* das eigene Verteidigungssystem vor der amerikanischen Küste passieren konnte.

»Wenn wir Pech haben, können wir erst morgen auslaufen.«

Bonnett sah auf seine Armbanduhr und holte tief Luft. »Ich habe ausdrücklich gesagt, daß er spätestens um 8 Uhr hier sein muß. Aber die Kerle wollten keine einzige verdammte Frage beantworten und ...« Er schwieg, als auf der eisernen Rampe Schritte hörbar wurden.

Die beiden Offiziere sahen drei Männer herankommen: zwei Matrosen, die über und über mit elektronischen Suchgeräten beladen waren, und ein dunkelhaariger Mann in einem uralten Arbeitsanzug, der vorsichtig ein empfindliches Gerät unter dem Arm trug.

»Don José Garcia«, sagte Sparrow.

Garcia legte grüßend die Hand an die Mütze. »Skipper! Bin ich froh, daß ich Sie endlich wieder vor mir sehe!«

Sparrow trat beiseite und ließ die Matrosen vorbei. Dann sah er Garcia fragend an.

Garcia schüttelte den Kopf. »Für Gott und Vaterland«, sagte er. »Aber ich habe manchmal das Gefühl, daß ich mein Konto bei Gott bereits überzogen habe.« Er bekreuzigte sich. »Die Kerle vom Geheimdienst haben uns die halbe Nacht lang durch diesen schwimmenden Abwasserkanal gehetzt. Wir haben das Ding viermal abgesucht, ohne etwas zu finden. Und jetzt soll ich eine fünfte Überprüfung vornehmen, nachdem wir abgelegt haben!« Er zuckte mit den Schultern. »Allmählich verstehe ich gar nichts mehr.«

»Befehl ist Befehl«, sagte Sparrow. »Ich habe eine gründliche Überprüfung vorgesehen, bevor wir den ersten Ablaufpunkt erreichen.«

»Hört, hört«, meinte Garcia. Er grinste. »Wissen Sie was, Skipper, ich habe bereits alles dafür vorbereitet.«

Sparrow grinste ebenfalls und spürte, daß seine Nervosität nachließ.

Bonnett warf einen bedeutungsvollen Blick auf seine Uhr. »Nur noch zwölf . . .«

In diesem Augenblick summte ein Elektrokarren heran. Die drei Männer drehten sich nach dem Geräusch um.

Der Karren beschrieb eine enge Kurve an der Rampe und hielt mit quietschenden Reifen an. Neben dem Fahrer saß ein rothaariger Mann und hielt seine Uniformmütze mit beiden Händen fest.

Sparrow sah die Rangabzeichen und dachte: *Das ist mein neuer E-Offizier*. Er grinste, als er sah, daß der Leutnant offenbar erleichtert ausstieg. Die rasante Fahrweise der Ordonnanzen machte viele Leute nervös.

Der Neue setzte sich seine Mütze auf und kam über die Rampe nach oben. Der Elektrokarren verschwand summend.

Der Leutnant blieb vor Sparrow stehen, grüßte und sagte: »Leutnant Ramsey bittet an Bord gehen zu dürfen, Sir.«

Sparrow erwiderte den Gruß und antwortete: »Willkommen an Bord.«

Ramsey überreichte ihm seine Personalakte. »Der Dienstweg hätte zu lange gedauert«, sagte er dabei.

Sparrow gab die Papiere an Bonnett weiter. »Das ist Mister Bonnett, der Erste Offizier«, erklärte er dabei. Dann wandte er sich an Garcia. »Mister Garcia, der Bootsingenieur.«

»Angenehm«, antwortete Ramsey.

»Das gibt sich bald«, sagte Garcia.

Sparrow grinste, streckte Ramsey die Hand entgegen und war von dem kräftigen Händedruck überrascht. Der Neue *wirkte* also nur verweichlicht. Bonnett und Garcia schüttelten ihm ebenfalls die Hand.

Ramsey verglich die Wirklichkeit mit den Informationen, die er über diese drei Männer erhalten hatte. Er glaubte, sie bereits gut zu kennen – und wußte, daß er in dieser Beziehung vorsichtig sein mußte. Schließlich durfte der Neue nichts über die Details der Vergangenheit der anderen Offiziere wissen.

»Der Geheimdienst hat uns verständigt, daß Sie etwas später kommen würden«, sagte Sparrow.

»Was haben die Kerle eigentlich in letzter Zeit?« fragte Ramsey. »Sie hätten mich fast seziert.«

»Darüber können wir uns später unterhalten«, antwortete

Sparrow. Er rieb die winzige Narbe an seinem Nacken, die nach der Einpflanzung des Detektors zurückgeblieben war. »Wir legen pünktlich um 8 Uhr ab. Mister Garcia zeigt Ihnen Ihre Kabine. Ziehen Sie sich einen Arbeitsanzug an. Sie sind ihm bei der letzten Überprüfung behilflich, nachdem wir abgelegt haben.«

»Jawohl, Sir«, antwortete Ramsey.

»Ihre Sachen sind schon lange hier«, sagte Garcia. »Kommen Sie, wir haben nicht viel Zeit.« Sie eilten die Rampe hinauf.

Ramsey fragte sich, wann er Gelegenheit finden würde, die Aufzeichnungen seines Geräts zu untersuchen. Er wollte möglichst bald mehr über Sparrow erfahren.

Diese Angewohnheit, sich den Nacken zu reiben, dachte Ramsey. *Große Nervosität, die gut verdeckt wird. Aber die Bewegung verrät ihn doch.*

Sparrow war neben Bonnett auf der Pier geblieben. Jetzt drehte er sich um und wies auf die Lichter, die sich langsam durch das riesige Becken bewegten. »Dort drüben kommt unser Schlepper, Les.«

»Schaffen wir es diesmal, Skipper?«

»Wir haben es immer geschafft.«

»Ja, aber ...«

»Denn unser Heil ist jetzt näher, als da wir gläubig wurden«, sagte Sparrow. »Die Nacht ist vorgerückt, der Tag aber ist nahe herbeigekommen. So lasset uns ablegen die Werke der Finsternis und anlegen die Waffen des Lichtes.« Er sah Bonnett an. »Das hat Paulus vor zweitausend Jahren an die Römer geschrieben.«

»Gar nicht dumm«, meinte Bonnett.

Ein schriller Pfiff aus einer Bootsmannspfeife gellte über das Dock. Dann senkte sich ein Kranhaken herab und nahm den Eisensteg auf. Zwei Matrosen hängten die Seile in die Ösen und sahen die beiden Offiziere fragend an.

»Jetzt sind wir an der Reihe«, stellte Sparrow fest. Er nickte den Männern zu. Bonnett ging hinter ihm her die Rampe hinauf.

Sie hatten den Kommandoturm erreicht. Bonnett blieb neben der Kabeltrommel stehen, in der das Kabel aufgespult war, das die Verbindung zu ihrem schwimmenden TV-Periskop herstellte. Er warf einen Blick auf das Gehäuse und überzeugte sich, daß es fertig zum Tauchen war. Dann kletterte er die Leiter in das Innere des Bootes hinab.

Sparrow blieb auf dem Turm zurück. Das riesige Becken wirkte wie ein Moorsee. Er sah zur Decke des Bunkers auf.

Dort oben müßten Sterne stehen, dachte er. *Man müßte noch einmal die Sterne sehen können, bevor man ins Meer hinabtaucht.*

Auf der Pier unter ihm warfen zwei Männer die Leinen los. Sparrow betrachtete den Schlepper, der am Bug der *Hornet* festmachte. Seine Schraube wirbelte das Wasser auf. Das Boot setzte sich langsam in Bewegung.

Dann kam ein zweiter Schlepper von achtern heran. Die Männer mit den Magnetschuhen sprangen auf die Dämpferplatten der *Hornet* und hängten die Schlepptaue des Plastikprahms ein, der sich weit durch das schwarze Wasser erstreckte. Sparrow beobachtete sie bei der Arbeit.

Keine Fanfaren, keine Ansprachen, keine Verabschiedung, wenn ein U-Boot ausläuft, dachte er. *Wir verschwinden einfach — und kommen vielleicht nie wieder.*

Sparrow sah auf die Schlepptaue hinab. An diesen armdikken Leinen hing der vorläufig noch leere Prahm. *Öl. Der Krieg verlangte Flüssigkeit aus der Erde. Pflanzliche Öle genügten nicht. Der Krieg war kein Vegetarier. Er war ein fleischfressendes Raubtier.*

Die beiden Schlepper bugsierten jetzt die *Hornet* an den Schlepphaken, der sie durch den unterirdischen Tunnel in den Golf ziehen würde.

Sparrow sah auf das Schaltpult in dem Kommandoturm und signalisierte den Schleppern, daß sie warten sollten. Dann drückte er auf den Knopf, der die Turmhydraulik betätigte. Der Turm wurde eingezogen, während sich gleichzeitig eine schwere Stahlplatte über die Öffnung schob.

Neben dem Schaltpult hing ein Brustmikrophon. Der Captain legte es an und sprach hinein: »Fertig zum Tauchen.«

Dann konzentrierte er sich auf das Tauchpult vor sich.

Bonnetts Stimme drang aus dem Deckenlautsprecher: »Hülle unter Druck.«

Die roten Lämpchen auf Sparrows Tauchpult erloschen nacheinander und wurden durch grüne ersetzt. »Alles grün«, sagte er. »Warten Sie.« Jetzt spürte er deutlich, daß der Innendruck sich rasch erhöhte. Er gab das Signal, das den Schleppern anzeigte, daß das Boot bereit zum Einlaufen in den Tunnel war.

Die *Hornet* holte über, dann dröhnte etwas gegen die Außenwand des Druckkörpers. Auf dem Tauchpult leuchteten drei gelbe Lampen auf — das Boot befand sich im Schlepp des Tunnellifts. Zwanzig Stunden lang freie Fahrt.

Sparrow verließ den Turm und ging in die Kommandozentrale hinüber. Als er die Tür hinter sich schloß, fiel sein Blick auf das Schild, das Heppner daneben angebracht hatte — der Ausspruch eines Weisen aus dem neunzehnten Jahrhundert:

»Nur ein Verrückter würde seine Zeit damit vergeuden, ein Unterseeboot zu erfinden, und nur ein Wahnsinniger würde damit tauchen, wenn es eines Tages erfunden würde.«

Der De-Soto-Graben zieht sich als tiefer Einschnitt durch den weichen Kalk vor der Halbinsel Florida: vierzehn Faden tief an der Stelle, wo er in der Apalachee Bay beginnt, mehr als zweihundertsechzig Faden, wo er südlich von Kap San Blas und östlich von Tampa ins Meer übergeht.

Die Öffnung des Unterwassertunnels liegt in fünfzig Faden Tiefe. Dort herrscht nur noch ein ungewisses Zwielicht, in dem die bunten Tiefseefische im Scheinwerferlicht aufblitzen und wieder verschwinden. Die *Hornet* schob sich wie ein Meeresungeheuer aus der Öffnung und senkte sich auf den dunkelbraunen Boden des Grabens hinab. Ein Sonarimpuls nach dem anderen drang durch das Boot, wurde von Detektoren in den drei Hüllen aufgenommen und an die Meßgeräte auf dem Navigationsdeck weitergeleitet.

Garcia las die einzelnen Punkte von der Prüfliste ab, während er die bunten Lämpchen auf dem Kontrollpult beobachtete. »... Trimmgewichte ausgeglichen, keine Lecks, Innendruck gleichbleibend, kein Stickstoff in der Atmosphäre, Kameras in Ordnung, TV-Periskop aufgetaucht und ...« Die anderen hörten ihn lachen. »Eine Möwe! Sie wollte auf dem Periskop landen, als ich es einzog. Dabei ist sie glatt ins Wasser gefallen.«

»Wie sieht es oben aus, Joe?« fragte Bonnett.

»Klar. Die Sonne geht eben auf. Ein guter Tag zum Fischen.«

Sparrows Stimme drang aus den Lautsprechern: »Aufhören!

War irgend jemand in der Nähe, der die Möwe hätte sehen können?«

»Niemand, Skipper.«

Die Überprüfung ging weiter, bis Ramsey unterbrach. »Ich bin in der Induktionskammer. Hier ist ein auffällig lautes Störgeräusch zu hören.«

»Sind Sie durch den unteren Tunnel gegangen?« fragte Garcia.

»Ja.«

»Das ist mir auch schon aufgefallen. Wir müssen den Eisenrost irgendwie erden. Vielleicht genügt das.«

»Kümmern Sie sich darum, Joe«, befahl Sparrow. »Les, wo stecken Sie?«

»Im Maschinenraum auf dem Steg in halber Höhe.«

»Lösen Sie Joe am Kommandopult ab. Ramsey, machen Sie sich auf den Weg zu Ihrer Bude. Nehmen Sie in elf Minuten Verbindung mit dem Stützpunkt auf.«

»Wird gemacht, Skipper.«

Sparrow ging durch den Kontrollraum, bis er vor der offenen Tür stand, hinter der die großen Meßgeräte in der Reaktorabschirmung sichtbar waren. *Dieser eine Raum im Bug macht mir wirklich Sorgen,* dachte er. *Die Fernsehkameras zeigen uns, was sich darin abspielt, die Meßinstrumente melden jede kleinste Veränderung. Aber wir können uns nicht selbst davon überzeugen.*

Er fuhr sich mit einem Taschentuch über die Stirn. *Irgend etwas stimmte nicht.* Er wußte, daß er sich auf seine Ahnung verlassen konnte.

Garcia begann plötzlich laut zu fluchen.

»Joe! Was ist los?« wollte Sparrow wissen. Er drehte sich um, als könne er die Schotten mit den Blicken durchdringen.

»Ein Putzlappen im Rotor. Er hat sich bei jeder Umdrehung an dem Induktionsring gerieben. Das sind Ramseys Störungen.«

»Sieht es nach Absicht aus?«

»Haben Sie schon einmal einen *seidenen* Putzlappen gesehen?«

»Heben Sie ihn auf«, wies Sparrow ihn an. »Wo sind Sie, Ramsey?«

»In meiner Bude. Ich wärme das Funkgerät auf.«

»Haben Sie Joe gehört?«

»Ja.«
»Berichten Sie über den Putzlappen. Melden Sie, daß ...«
»Skipper!« Das war wieder Garcias Stimme. »Hier riecht es deutlich nach Öl!«
»Ölnebel plus Funkenbildung ist gleich Explosion«, stellte Sparrow fest. »Wo kommt das Öl her?«
»Augenblick.« Metall schlug gegen Metall. »Einer der Ablaßhähne im Hydrauliksystem ist eine Kleinigkeit weit offen. Gerade genug, um einen winzigen Strahl auszusprühen, wenn der Antrieb arbeitet.«
»Ramsey, melden Sie das ebenfalls.«
»Aye, Skipper.«
»Joe, ich komme zu Ihnen«, fuhr Sparrow fort. »Wir müssen den Antrieb mit der Lupe untersuchen.«
»Ich habe schon damit angefangen.«
»Skipper, können Sie Ramsey zu mir schicken, wenn er seine Meldung abgesetzt hat?« fragte Bonnett. »Er kann mir bei der Überprüfung helfen.«
»Haben Sie das gehört, Ramsey?« wollte Sparrow wissen.
»Aye.«
»Ausführung.«
»Wird gemacht.«
Sparrow ging nach achtern, kroch durch den Wellentunnel und erreichte die Induktionskammer. Garcia hatte ein Vergrößerungsglas in der Hand, mit dem er die Spulen untersuchte.
»Eigentlich nur Kleinigkeiten«, stellte Sparrow fest. »Aber alle zusammen – peng!«
Garcia drehte sich nach ihm um. »Die Sache gefällt mir nicht, Skipper«, meinte er. »Was schon so anfängt, kann nicht gut enden. Ich habe den Verdacht, daß wir nicht wieder nach Hause kommen.«
Sparrow holte tief Luft und atmete langsam aus. Dann drückte er auf den Sprechknopf seines Mikrophons. »Ramsey, wenn Sie Verbindung aufgenommen haben, bitten Sie um Erlaubnis zur Rückkehr.«
»Aye, Skipper.«
Ramsey überlegte rasch. *Welche Auswirkungen hatte das auf die Kampfmoral anderer? Das erste Boot seit Monaten kehrt zurück, ohne den Golf verlassen zu haben. Sehr schlecht.* Er starrte den Sekundenzeiger der Uhr an. Als die eingestellte Zeit erreicht war, ertönte ein Summer. Er sandte den

ersten verschlüsselten Anruf aus: »Able John an Red Hat. Kommen.«

Aus dem Lautsprecher über seinem Kopf drang ein Pfeifgeräusch. Dann erklang eine Stimme. »Red Hat an Able John. Kommen.«

»Red Hat, wir haben Sabotage an Bord entdeckt. In der Induktionskammer ist Öl ausgelaufen. Außerdem hat ein Lappen im Rotor gesteckt. Die Funkenbildung hätte eine Explosion bewirken können. Kommen.«

»Able John, warten Sie. Ich gebe weiter an Bird George.«

Geheimdienst!

Wieder knackte es im Lautsprecher. »Bird George an Able John. Hier spricht Lehrer. Wie sieht die Lage an Bord aus? Kommen.«

Clint Reed! Ramsey sah das humorlose Gesicht seines Ausbilders deutlich vor sich. *Lehrer Reed. Eine hastige Verschlüsselung.* Ramsey beugte sich über das Mikrophon: »Schüler an Lehrer.« Er wiederholte seinen Bericht.

»Lehrer an Schüler. Was schlagen Sie vor? Kommen.«

»Schüler an Lehrer. Die Inspektion wird am besten hier draußen fortgesetzt, wo keine neuen Faktoren zu berücksichtigen sind. Verläuft sie zufriedenstellend, können wir den Auftrag weiter durchführen. Rückkehr hätte schlechte Auswirkungen auf Kampfmoral anderer Besatzungen. Kommen.«

»Lehrer an Schüler. Ganz meine Meinung. Warten Sie.« Pause. »Erlaubnis erteilt. Wie lange brauchen Sie? Kommen.«

Ramsey drückte auf den Sprechknopf des Brustmikrophons. »Skipper, wir sollen die Überprüfung hier draußen fortsetzen und nicht zurückkommen, wenn alles klar ist.«

»Haben Sie gemeldet, was wir gefunden haben?«

»Jawohl, Sir.«

»Und?«

»Hier draußen ist die Gefahr geringer, daß etwas schiefgeht. Wir sollen uns gegenseitig überprüfen und dann . . .«

»Der Teufel soll die Kerle holen!«

»Sie wollen wissen, wie lange wir brauchen.«

Schweigen.

»Skipper, sie wollen . . .«

»Ich habe verstanden, Ramsey. Melden Sie, daß wir zehn Stunden brauchen.«

Ramsey ließ den Sprechknopf los. »Schüler an Lehrer. Die Überprüfung dauert vermutlich zehn Stunden. Kommen.«

»Lehrer an Schüler. Wie befohlen mit Überprüfung beginnen. Neue Kontrollpunkte werden später durchgegeben. Kommen.«

»Verstanden, Ende.«

Ramsey lehnte sich in seinen Stuhl zurück und überlegte: *Jetzt habe ich mich wirklich in die Nesseln gesetzt. Aber Obe hat gesagt, daß dieser Auftrag unbedingt klappen muß.*

»Ramsey!« sagte Bonnetts Stimme aus dem Lautsprecher. »Kommen Sie zu mir herauf, wenn Sie in Ihrer Bude fertig sind!«

»Komme sofort.«

Sparrow kauerte in der Induktionskammer neben Garcia, der die Sekundärspulen überprüfte. »Wir sollen es unbedingt schaffen, Joe«, stellte er fest.

Garcia schüttelte den Kopf. »Aber dann schicken Sie uns einen jungen Kerl wie diesen Ramsey. Praktisch eine Landratte!«

»Ganz so schlimm ist es auch wieder nicht.«

Garcia beugte sich über die nächste Spule. »Trotzdem kommt er mir irgendwie komisch vor.«

Sparrow schraubte einen Kondensator auf. »In welcher Beziehung?«

»Ich habe den Verdacht, daß er hier nur eine Rolle spielt, während er in Wirklichkeit etwas anderes ist.«

»Wie kommen Sie darauf?«

»Weiß ich selbst nicht, Skipper.«

Sparrow zuckte mit den Schultern und arbeitete weiter. »Vielleicht können wir später darüber sprechen, Joe. Geben Sie mir bitte den Fünferschlüssel dort drüben.«

Garcia gab ihm den Schraubenschlüssel und wandte sich wieder seiner Arbeit zu. Die beiden Männer arbeiteten schweigend weiter und konzentrierten sich ganz auf die Überprüfung der Geräte.

Sparrow betrat die Kontrollzentrale und beobachtete Bonnett und Ramsey, die eben wieder das Gehäuse über dem Schaltpult festschraubten.

Bonnett richtete sich auf und rieb sich mit einer ölverschmierten Hand den Nacken. »Gar nicht übel, Kleiner«, sagte er zu Ramsey. »Aus Ihnen machen wir noch einen guten U-Bootfahrer.«

Ramsey klappte seinen Werkzeugkasten zu, drehte sich um und sah Sparrow. »Alles klar, Skipper?«

Sparrow antwortete nicht sofort. Er sah sich in der Kontrollzentrale um und sog prüfend die Luft ein. Es roch leicht nach Ozon. Irgendwo summten Aggregate. Die Meßinstrumente zeigten an, daß alles in bester Ordnung war. Trotzdem spürte er noch immer die gleiche Unruhe.

»Alles klar«, antwortete er dann. »Wir treffen uns in drei Minuten im Erholungsraum.« Er wandte sich ab und verschwand.

Ramsey verstaute den Werkzeugkasten und folgte Bonnett, der bereits hinausgegangen war. Sparrow und Garcia saßen an dem Tisch im Erholungsraum. Ramsey riß erstaunt die Augen auf, als er eine Bibel auf dem Tisch liegen sah.

»Wir erflehen die Hilfe des Allmächtigen für unsere bösen Taten«, sagte Sparrow.

Bonnett und Ramsey nahmen ihre Plätze ein. Sparrow erhob sich und stand über ihnen. *Ein Gottesdienst*, dachte Ramsey. *Das ist einer der Gründe für den guten Zusammenhalt der Besatzung. Der Segen des Himmels für die Kämpfer vor der Schlacht.*

»Welches Glaubensbekenntnis haben Sie, Mister Ramsey?« fragte Sparrow.

Ramsey räusperte sich. »Ich bin Methodist, Sir.«

»Hier unten ist das ziemlich gleichgültig«, sagte Sparrow. »Ich war nur neugierig. Wir U-Bootfahrer glauben, daß kein *lebender* Atheist tiefer als fünfhundert Meter tauchen kann.«

Ramsey lächelte.

Sparrow beugte sich über die Bibel, las eine kurze Passage daraus vor und hob wieder den Kopf. Ramsey war unwillkürlich von der Zuversicht beeindruckt, die dieser Mann ausstrahlte.

»Wir haben einen Auftrag durchzuführen«, sagte Sparrow. »Wir erfüllen ihn, weil wir ihn für richtig und gerecht halten. Wir führen ihn durch, obwohl uns das Kummer bereitet. Wir tun es, damit das Böse vom Antlitz der Erde verschwindet. Amen.«

Sparrow wandte sich ab und legte die Bibel in das Regal hinter sich. »Alle Mann auf Gefechtsstationen«, befahl er dann.

»Mister Ramsey, Sie melden, daß wir startbereit sind. Lassen Sie sich die Zeit für den ersten Kontrollpunkt geben.«

Ramsey erhob sich. »Jawohl, Sir«, antwortete er. Dann verschwand er in seiner Bude, stellte die Verbindung her und setzte die Meldung ab.

Kontrollpunkt eins in vier Stunden.

Ramsey unterrichtete Sparrow.

»Gesamtzeitmesser läuft«, bestätigte Sparrow. »Stationen überprüfen und melden.«

»Garcia hier. Antrieb und Schleppvorrichtungen in Ordnung.«

»Bonnett hier. Kontrollzentrale in Ordnung.«

Ramsey sah sich in dem engen Raum um. Er hatte plötzlich das Gefühl, seit undenklichen Zeiten hierher zu gehören. »E-Pult in Ordnung«, meldete er. »Diffusion normal, kein Stickstoff.«

»Tauchen, Les«, befahl Sparrow.

Ramsey spürte, daß das Deck sich leicht nach unten neigte und wieder in die Waagrechte zurückschwang, bevor es sich endgültig senkte. Der Antrieb summte fast unhörbar. *Jetzt geht es in die Tiefe hinunter,* dachte er. *Körperlich und geistig. Von jetzt an hängt alles von mir ab.*

»Mister Ramsey zu mir auf das Kontrolldeck«, sagte Sparrow.

Ramsey warf noch einen Blick auf die Lämpchen an seinem E-Pult. Alles grün. Er betrat die Kontrollzentrale. Sparrow hatte die Hände hinter dem Rücken gefaltet und stand breitbeinig in der Mitte des Kontrolldecks. Rechts von ihm war Garcia mit der Steuerung der Schleppvorrichtung beschäftigt; links neben ihm stand Bonnett vor dem Rad, durch das die hydraulisch betätigten Ruder kontrolliert wurden. Der Außendruckmesser zeigte einhundertzwei Atmosphären an. Die Nadel bewegte sich weiter nach rechts. Sie hatten bereits tausend Meter Tauchtiefe überschritten.

Sparrow drehte sich nicht um, als er fragte: »Was enthält der schwarze Kasten, der mit Ihren Sachen an Bord gekommen ist, Mister Ramsey?«

»Ein Instrument zur Überprüfung des neuen Ortungssystems, Sir.«

Sparrow streckte den Kopf vor, um ein Meßgerät ablesen zu

können. Dann nahm er seine frühere Haltung wieder ein. »Warum war der Kasten versiegelt?«

»Das Instrument ist hochempfindlich und entsprechend verpackt, damit niemand ...«

»Ich möchte es so bald wie möglich sehen«, sagte Sparrow. Er ging zu Bonnett hinüber. »Les, ist das ein Leck in Abteilung neun?«

»Feuchtigkeit und Druck verändern sich nicht. Es muß Kondenswasser sein, Skipper.«

»Achten Sie weiter darauf.« Sparrow kehrte zu Ramsey zurück.

Ich bin gespannt, ob er sich von der Trickschaltung hereinlegen läßt, dachte Ramsey.

»Was für ein Hobby haben Sie?« wollte Sparrow wissen.

Ramsey grinste überrascht. »Astronomie, Sir.«

Bonnett sprach über die Schulter hinweg. »Das ist ein merkwürdiges Hobby für einen U-Bootfahrer.«

Bevor Ramsey antworten konnte, sagte Sparrow: »Jeder Seemann müßte sich eigentlich mit den Sternen beschäftigen.«

»Die Grundlage für jede Navigation«, stellte Ramsey fest.

Sparrow warf ihm einen fragenden Blick zu und sah dann wieder auf die Instrumente. »Als wir in den Tunnel eingefahren sind, habe ich mir überlegt, daß man uns eigentlich noch einen Blick auf die Sterne gönnen müßte, bevor wir untertauchen. Ich orientiere mich gern an ihnen. Bevor ich Garden Glenn verließ, habe ich einen wunderbaren Sternenhimmel gesehen. Der Herkules war ...« Er machte eine Pause, als der Bug nach oben ausschlug.

»Der Prahm ist in eine Abwärtsströmung geraten«, stellte Garcia fest.

Bonnett hatte bereits reagiert und das frühere Gleichgewicht wiederhergestellt.

»Herkules«, sagte Ramsey. »Meinen Sie den Knienden?«

»Unter dem Namen kennt ihn heutzutage kaum noch jemand«, antwortete Sparrow. »Ich stelle mir gern vor, daß er seit Jahrtausenden dort oben am Himmel steht und über uns Seefahrer wacht. Die Phönizier haben ihn sogar angebetet, wissen Sie.«

Ramsey spürte, daß ihm der andere immer sympathischer wurde. Trotzdem versuchte er sich zu beherrschen. *Ich muß objektiv bleiben,* sagte er sich.

Sparrow trat einen Schritt nach links, um die Instrumente neben Bonnett besser sehen zu können. Dann wandte er sich an Ramsey. »Mister Ramsey, ist Ihnen schon einmal aufgefallen, daß U-Boote dieser Klasse große Ähnlichkeit mit Raumschiffen haben? Wir sind völlig unabhängig.« Er starrte wieder auf die Meßgeräte. »Aber was tun wir mit unseren Raumschiffen? Wir verstecken uns darin im Meer. Wir benützen sie, um uns gegenseitig umzubringen.«

Ramsey dachte: *Das ist ein Problem — eine morbide Phantasie, die der Besatzung zugänglich gemacht wird.* Er sagte: »Wir müssen uns verteidigen, wenn wir angegriffen werden.«

»Der Mensch kann sich nicht gegen sich selbst verteidigen«, stellte Sparrow fest.

Ramsey wollte etwas sagen, schwieg aber und dachte: *Das ist eine Jungsche Definition.* Er sah Sparrow mit neuer Hochachtung an.

»Jedes Auslaufen erinnert mich an eine Geburt«, fuhr Sparrow fort.

Ramsey steckte die Hände in die Taschen und ballte dort die Fäuste. *Was geht hier eigentlich vor?* fragte er sich. *Auf solche Ideen darf nur die Abteilung für Psychologie kommen. Dieser Sparrow ist entweder schwer angeknackst — oder der normalste Mensch, den ich je zu Gesicht bekommen habe. Die Analogie stimmt tatsächlich, obwohl wir noch nie darauf gestoßen sind. Das hängt mit unserem Problem zusammen. Aber wie?*

»Joe, stellen Sie die Prahmsteuerung auf automatisch um«, wies Sparrow Garcia an. »Ich möchte, daß Sie gemeinsam mit Mister Ramsey das neue Ortungsgerät auf Betriebsbereitschaft überprüfen.« Er warf einen Blick auf die riesige Navigationskarte, auf der ein roter Punkt die Position der *Hornet* anzeigte. »Les, schicken Sie das Periskop hinauf, damit wir die automatische Anzeige auf der Karte kontrollieren können.«

»Wird gemacht, Skipper.«

Garcia stand auf und ging an Ramsey vorbei. »Los, kommen Sie mit, Kleiner.«

Ramsey sah zu Sparrow hinüber und sagte bedeutungsvoll: »Meine Freunde nennen mich Johnny.«

Sparrow wandte sich an Garcia. »Joe, weisen Sie Mister Ramsey auch in die Feinheiten der Lufterneuerungsanlage ein. Vielleicht fangen Sie mit dem Anhydraseregulator an.«

Ramsey zuckte zusammen, als habe er eine Ohrfeige erhalten, und verließ die Kontrollzentrale.

Garcia folgte, schloß die Tür, drehte sich um und sagte: »Ich muß Ihnen noch etwas über das Leben an Bord eines U-Boots erklären, Ramsey. Ein Neuer wird immer mit dem Nachnamen oder irgendeinem beliebigen Spitznamen angesprochen, bis er den ersten Einsatz hinter sich hat. Manche Kerle hoffen sogar, daß sie *nie* mit dem Vornamen angesprochen werden.«

Ramsey fluchte innerlich. Der Geheimdienst hatte diesen Punkt übersehen. Deshalb hatte er sich jetzt blamiert. Dann dachte er: *Eigentlich ganz natürlich. Die Besatzung ist sich in ihrer Ablehnung einig. Das ist eine Art Beschwörung. Gebraucht den geheimen Namen des Neuen nicht, damit die Götter ihn nicht vernichten . . . und seine Kameraden mit ihm.*

Bonnett drehte sich in der Kontrollzentrale nach Sparrow um und rümpfte die Nase. »Ziemlich grün«, stellte er fest.

»Aber willig«, antwortete Sparrow. »Hoffen wir das Beste.«

»Finden Sie es nicht merkwürdig, daß der Geheimdienst ihn in letzter Minute noch einmal überprüft hat?« wollte Bonnett wissen. »Machen Sie sich deswegen Sorgen, Skipper?«

»Ein bißchen«, antwortete Sparrow.

»Irgendwie kommt mir der Kerl nicht ganz echt vor«, meinte Bonnett zweifelnd. Er runzelte die Stirn. »Aber ich kann nicht genau sagen, was mich an ihm stört.«

»Vielleicht war alles nur Routine«, sagte Sparrow. »Sie wissen doch, wie wir ausgequetscht worden sind, bevor wir an Bord gehen durften.«

»Trotzdem werde ich gut auf ihn achten«, versprach Bonnett.

»Ich habe noch zu arbeiten«, stellte Sparrow fest. »Kurs wie bisher. Rufen Sie mich, bevor wir den ersten Kontrollpunkt erreichen.«

»Wie sieht die Wacheinteilung aus?« wollte Bonnett wissen.

»Ich bin gerade damit beschäftigt«, sagte Sparrow. »Am besten teile ich uns so ein, daß ich in der ersten Zeit gemeinsam mit Ramsey Wache habe. Ich möchte vermeiden, daß er Unsinn macht, wenn es kritisch wird. Solange wir noch nicht viel zu befürchten haben, kann er mit mir Wache gehen und zeigen, ob er seine Sache versteht.«

Sparrow kletterte den Niedergang hinab und betrat die winzige Messe. Dabei fiel ihm der Überzug des einzigen Tisches auf, obwohl er den Überzug und die Farbe schon unzählige Male gesehen hatte.

Warum sind Tische bei der Marine immer grün überzogen? fragte er sich. *Soll uns das an blühende Wiesen erinnern? An die Heimat, die so weit hinter uns liegt?*

Garcia und Ramsey arbeiteten gemeinsam in der Elektronikbude und befestigten eben die letzten Schrauben, nachdem sie das Ortungsgerät überprüft hatten.

»Was jetzt?« fragte Ramsey.

»Am besten horchen Sie ein bißchen an der Matratze«, riet Garcia ihm. »Les hat vorläufig noch Wache. Der Skipper stellt vermutlich bereits die Wacheinteilung auf. Vielleicht sind Sie demnächst an der Reihe. Am ersten Tag auf See ist noch nicht viel los.«

Ramsey nickte. »Ich bin müde.« Er blieb noch einmal in der Tür stehen. »Wir sehen uns später wieder.«

»Gute Nacht«, antwortete Garcia.

Ramsey zog sich in seine Kabine zurück, schloß die Tür und griff nach dem schwarzen Kasten. Er nahm die ersten Streifen heraus und betrachtete sie nachdenklich.

Die gleichförmige schwarze Linie wies gleich zu Beginn einige Zacken auf. Ramsey stellte fest, daß einer mit seiner Ankunft an Bord zusammentraf. Ein anderer zeigte sich, als der Bootskörper unter Druck gesetzt wurde.

Die ersten Spannungen, dachte Ramsey. *Aber das ist völlig normal.*

Er rollte den Telemetriestreifen bis zu der Stelle ab, an der die Sabotage entdeckt worden war, überprüfte den Zeitpunkt nochmals und runzelte überrascht die Stirn.

Nichts!

Aber das ist doch unmöglich!

Ramsey starrte den langen Streifen verblüfft an. *Gibt es einen Menschen, dessen Drüsentätigkeit nicht durch Spannungszustände angeregt wird?* fragte er sich. *Ja, aber diese Erscheinung ist auf pathologische Fälle beschränkt, zu denen Sparrow auf keinen Fall gehört.*

Ramsey erinnerte sich daran, wie die Stimme des Captains in diesen Augenblicken geklungen hatte: höher, knapp, angespannt.

Er untersuchte den Streifen nochmals. *Vielleicht hatte das Gerät versagt?*

Er überprüfte es eingehend. Alles in bester Ordnung. Funktionierte der Mechanismus in Sparrows Nacken nicht zuverlässig? Dann hätte er auch die anderen Spannungszustände nicht registriert.

Ramsey lehnte sich auf die Koje zurück, faltete die Hände hinter dem Kopf und dachte über das Problem nach. *Es gab zwei Lösungen: Wenn Sparrow von dem Putzlappen und dem Öl wußte, brauchte er sich deswegen nicht aufzuregen. War es nicht möglich, daß er selbst der Saboteur war? Er könnte es getan haben, um eine Rückkehr zu erzwingen, weil er die Nerven verloren hat – oder weil er ein Spion ist. Aber selbst dann hätte das Gerät andere psychomotorische Indikationen aufzeichnen müssen.*

Die zweite Möglichkeit: In Augenblicken höchster Spannung wurden Sparrows autonome Drüsenfunktionen vom Gehirn übernommen. Das ließ sich mit den ersten Anzeichen von Paranoia vereinbaren, die an ihm bemerkt worden waren. Vielleicht versagten die normalen Funktionen unter Spannung, weil die Angst so stark unterdrückt wurde, daß der ganze Körper nicht an die bestehende Gefahr glauben konnte.

Das paßte auch zu Sparrows religiöser Einstellung. Seine tiefe Gläubigkeit ohne Vorbehalte erklärte vielleicht vieles. Schließlich hatte es schon früher Menschen mit religiöser Paranoia gegeben. Allerdings ...

In diesem Augenblick klopfte jemand an die Tür. Ramsey stopfte die Telemetriestreifen hastig in den doppelten Boden des Kastens und schloß ihn ab.

Wieder das Klopfen. »Ramsey?« Garcias Stimme.

»Ja?«

»Ramsey, nehmen Sie lieber ein paar Benzedrintabletten. Sie sind für die nächste Wache eingeteilt.«

»Danke. Wird gemacht.« Ramsey schob den Kasten unter die Koje, ging an die Tür und öffnete sie. Der Gang war leer. Er blieb wartend stehen und horchte auf die leisen Geräusche des Bootes um ihn herum. Ein Tropfen Kondenswasser fiel dicht an seinem Kopf vorbei zu Boden. Plötzlich mußte er sich gegen eine aufkommende Depression zur Wehr setzen. Er glaubte den schrecklichen Wasserdruck fast körperlich zu spüren.

3

Die *Hornet* bewegte sich parallel zu den Meeresströmungen und versteckte sich unter jeder Kaltwasserschicht, weil das kalte Wasser ihre Schraubengeräusche dämpfte. Sie kroch wie ein Zeppelin mit einem langen Schwanz die Steilwände der Unterwasserschluchten entlang, weil die Felsen schalldämpfend wirkten.

Auf Wache gehen, schlafen, essen. Sparrow und Garcia begannen eine endlos lange Schachpartie. Der rote Zeiger des Gesamtzeitmessers kreiste unermüdlich um das Zifferblatt und zählte leise tickend Sekunden, Minuten, Stunden und Tage ab. Der rote Punkt auf der Sonar-Navigationskarte kroch um Florida herum, die Atlantikküste hinauf und nach Osten — auf Island zu.

Fünf Tage, dreizehn Stunden und einundzwanzig Minuten seit dem Auslaufen.

Sparrow betrat die Kontrollzentrale und warf einen Blick auf die Instrumente, die seine *anderen* Sinnesorgane waren. Zuviel Luftfeuchtigkeit. Das mußte Garcia überprüfen, wenn er auf Wache ging. Jetzt hatte Bonnett Wache. Das zentrale Kontrollpult war auf Fernsteuerung geschaltet; eines der Steuerungspulte fehlte.

Auf der Sonar-Karte stand ihre Positionsmarkierung östlich von Neufundland auf einer Linie mit der Südspitze von Grönland; Kurs: einundsechzig Grad zwanzig Minuten. Der Außendruckmesser zeigte einhundertvierundsechzig Atmosphären an — fast 1650 Meter Tiefe.

Sparrow ging durch den Kontrollraum und betrat den Eisensteg, von dem aus man in den Maschinenraum hinuntersehen konnte.

Bonnett stand ein Deck tiefer, kehrte Sparrow den Rücken zu und sah nach links. Sparrow folgte seinem Blick und starrte die schwere Tür an, die einen der Tunnels zu dem Reaktorraum verschloß.

Zählt er irgend etwas? fragte Sparrow sich, aber dann erkannte er die Bewegung: Bonnett schnüffelte in der Luft herum. Er sog prüfend die Luft ein, roch aber nur Ozon, Öl und Kondenswasser. Er beugte sich über das Geländer. »Irgend etwas nicht in Ordnung, Les?«

Bonnett drehte sich um und sah nach oben. »Hallo, Skipper. Hier riecht es irgendwie verfault.«

Sparrow grinste. »Wie merken Sie das in dem allgemeinen Gestank?«

»Irgend etwas verfault hier«, sagte Bonnett. »Es riecht deutlich nach Aas. Der Gestank fällt mir seit einigen Tagen immer an der gleichen Stelle auf.«

»Haben die anderen etwas davon gemerkt?«

»Sie haben jedenfalls nichts davon gesagt.«

»Vielleicht bilden Sie sich das nur ein, Les. Nach fünf Tagen in dieser schwimmenden Abwasserröhre stinkt alles.«

»Richtig, Skipper. Aber ich kann die meisten Gerüche unterscheiden. Und dieser hier paßt nicht hierher.«

»Augenblick.« Sparrow kletterte zu Bonnet hinunter, holte tief Luft und stellte fest, daß es wirklich nach Aas roch. »Ist das vielleicht eine tote Ratte?« fragte er.

»Wie hätte sie an Bord kommen sollen? Außerdem haben wir die *Hornet* gründlich durchsucht. Nicht einmal eine Mücke ...« Er brach ab, drehte sich um und starrte die Reaktorabschirmung an.

»Dort haben wir nicht gesucht«, stellte Sparrow fest.

»Aber wir haben alle Innenkameras in Betrieb gehabt«, wandte Bonnett ein. Er zuckte mit den Schultern.

»Kommen Sie, wir überzeugen uns noch einmal«, schlug Sparrow vor.

Er ging in die Kontrollzentrale voraus und schaltete nacheinander die Fernsehkameras ein. Auf dem Bildschirm wurden verschiedene Teile des Reaktorraumes sichtbar.

»Nichts zu sehen«, stellte Bonnett fest.

Sparrow sah auf seine Armbanduhr. »Joe hat seit einer Stunde wachfrei.« Er warf einen Blick auf den dunklen Bildschirm. »Er soll trotzdem kommen. Ramsey kann hier oben weitermachen. Ich gehe nach vorn.« Er verließ die Kontrollzentrale und kletterte über die Eisenleiter nach unten in den Maschinenraum.

Bonnett drückte auf den Knopf, mit dem der Summer in Garcias Kabine betätigt wurde. Eine schläfrige Stimme antwortete. »Ja?«

»Joe, der Skipper möchte, daß Sie zu ihm kommen. Reaktortunnel eins.«

»Was ist los?«

»Das erfahren Sie von ihm.«

Bonnett legte einen anderen Schalter um. »Ramsey?«

»Hier. Im Erholungsraum.«

»Sofort zu mir auf das Kontrolldeck.«

»Okay.«

Bonnett kletterte zu Sparrow hinab. Dann tauchte auch Garcia auf, knöpfte sich das Hemd zu und fuhr sich über die Haare. »Etwas nicht in Ordnung?«

»Sie haben den Meiler zuletzt überprüft, Joe«, sagte Sparrow. »Haben Sie dabei auch die Tunneltüren geöffnet?«

»Selbstverständlich. Aber ich bin nicht in den Tunnels gewesen. Die Geheimdienstleute haben uns . . .«

»Schon gut. Riechen Sie hier etwas?«

Garcia holte tief Luft. »Riecht verfault«, stellte er dann fest.

»Les ist schon vor einigen Tagen darauf aufmerksam geworden.«

»Hat jemand die Ventilatorröhre überprüft?« wollte Garcia wissen.

»Gleich zu Anfang«, antwortete Bonnett. »Dort ist alles klar.«

»Joe, holen Sie mir ein Stück Hochdruckschlauch aus dem Ersatzteillager.«

»Wie lang?«

»Sechs bis sieben Meter. Irgend etwas, das sich dem Tunnelprofil anpaßt und bis in den freien Raum reicht.«

»Wird gemacht.« Garcia verschwand nach achtern.

Sparrow öffnete einen Schrank und holte eine tragbare Fernsehkamera heraus. Aus einem anderen nahm er einen starken Scheinwerfer. »Keiner von uns denkt gern daran, aber die Innenkameras erfassen nicht den gesamten Reaktorraum. Wir haben einen blinden Fleck an verschiedenen Stellen. Auf diese Weise büßen wir eine Kamera und einen Scheinwerfer ein, wenn sie heiß werden, aber dafür sehen wir wenigstens die sonst nicht zugänglichen Stellen.«

Garcia kam mit dem Hochdruckschlauch zurück. »Was haben Sie damit vor?« fragte er.

»Ich will die Kamera und den Scheinwerfer daran montieren«, erklärte Sparrow ihm.

Garcia schüttelte verblüfft den Kopf. »Darauf wäre ich nicht gekommen.«

»Man kann eben nicht an alles denken«, tröstete Sparrow ihn.

Ramseys Stimme drang aus dem Lautsprecher über ihnen. »Ich habe euch auf dem Bildschirm. Was ist dort unten los?«

Bonnett schaltete sein Mikrophon ein. »Hier in dem Tunnel verfault irgend etwas.«

Sparrow sah von der Arbeit auf. »Er soll an das Fernsteuerpult gehen, das Sie dort oben auf dem zweiten Deck gelassen haben. Vielleicht kann er uns später helfen.«

Bonnett gab den Befehl weiter.

Sekunden später erschien Ramsey auf dem schmalen Steg über den drei Männern und überprüfte das tragbare Kontrollpult. Dann beugte er sich über das Geländer. »Jetzt rieche ich auch etwas«, stellte er fest. »Glauben Sie, daß es eine Ratte ist?«

»Keine Ahnung«, antwortete Bonnett.

»Hier.« Sparrow drückte Garcia den steifen Schlauch in die Hand, schob den Verschluß der Tunneltür zur Seite und blieb wartend stehen. Er sah zu Ramsey auf. »Gehen Sie etwas weiter zurück.«

Ramsey griff nach dem Pult und bewegte sich drei Meter rückwärts.

Sparrow nickte Bonnett zu. »Les, etwas weiter nach rechts.«

Bonnett trat zur Seite und sah Sparrow fragend an. »Was erwarten Sie, Skipper?«

Sparrow wies mit dem Daumen auf den Geigerzähler über der Tunnelöffnung. »Vielleicht ist es ein bißchen heiß dort drinnen. Behalten Sie das Ding im Auge.«

Garcia hatte einen tragbaren Zähler aus dem Wandschrank genommen und stellte sich damit neben Sparrow auf.

»Okay«, sagte Sparrow. »Jetzt geht es los.« Er zog die schwere Tür auf.

Garcia hielt sich die Nase zu, während Bonnett unwillkürlich einen Schritt zurücktrat. »Puh!« sagte Sparrow.

Ramsey beugte sich über das Geländer. »Das ist bestimmt keine Ratte«, stellte er fest.

Sparrow schaltete den Scheinwerfer neben der Kamera ein und schob den Schlauch langsam in den Tunnel. Garcia stand neben dem tragbaren Empfänger und starrte auf den Bildschirm.

Ramsey drückte auf den Knopf an seinem Kontrollpult, der seinen Bildschirm in Betrieb setzte. Dann riß er erschrocken die Augen auf, als Garcia ausrief: »Skipper! Sehen Sie sich das an!«

Auf dem Bildschirm war der nach unten geneigte Tunnelboden deutlich sichtbar. Am Bildrand waren die Schuhe eines Menschen und seine Beine sichtbar. Auch seine Knie waren noch zu sehen.

Bonnett sah zu Ramsey auf und wischte sich den Schweiß von der Stirn. »Haben Sie das auch auf Ihrem Schirm?« erkundigte er sich.

Ramsey nickte betroffen.

Bonnett drehte sich um und warf einen Blick auf den Zähler über der Tür. »Strahlung etwas stärker«, stellte er fest.

»Das schaffen die Filter leicht«, antwortete Garcia.

Sparrow beugte sich über den Schlauch und schob ihn noch weiter in den Tunnel hinein. Garcia trat etwas zur Seite, damit Bonnett ebenfalls den Bildschirm beobachten konnte.

»Und jetzt?« fragte Sparrow.

»Mehr Bein«, antwortete Bonnett.

Sparrow drehte den Schlauch vorsichtig.

»Messer!« keuchte Garcia.

Ramsey hatte das gleiche Bild vor sich. Aus der Brust des Toten in dem Tunnel ragte ein langer Messergriff.

»Bild aufzeichnen«, befahl Sparrow.

»Wird gemacht«, rief Ramsey zu ihm hinab. Er schwenkte die Filmkamera an dem Kontrollpult über den Bildschirm und ließ sie laufen.

Sparrow schob den Schlauch weiter in den Tunnel hinein, bis das Gesicht des Mannes auf dem Bildschirm erschien. »Kennt ihn jemand?«

»Ich habe ihn schon einmal gesehen, glaube ich«, antwortete Garcia. »Der Uniform nach ist er Reaktortechniker.« Er schüttelte den Kopf. »Aber er gehört nicht zu den Technikern, die ich zur Abschlußinspektion an Bord gelassen habe.«

Sparrow drehte sich um und sah zu Ramsey auf. »Und Sie, Ramsey?«

»Er ist Geheimdienstoffizier in Admiral Bellands Stab«, erwiderte Ramsey. »Foss oder Foster — oder so ähnlich.«

»Woher wissen Sie das?« fragte Bonnett.

Ramsey merkte erst jetzt, daß er einen taktischen Fehler

gemacht hatte. »Während meiner Dienstzeit auf der *Sawfish* war er unser Verbindungsoffizier zum Geheimdienst.«

Die Lüge kam ihm leicht über die Lippen. Er erinnerte sich daran, daß er den Mann zuletzt in Bellands Vorzimmer gesehen hatte.

»Wissen Sie, was er hier wollte?« fragte Sparrow.

Ramsey schüttelte den Kopf. »Ich vermute nur, daß er überrascht worden ist, als er etwas überprüfen wollte.«

»Wobei hätte er überrascht werden können?« wollte Garcia wissen.

Ramsey holte tief Luft und dachte daran, daß Garcia verdächtigt wurde, ein Schläfer zu sein.

»Wahrscheinlich war es etwas anders«, meinte Bonnett. »Er hat jemand erwischt und . . .«

»Wobei?« erkundigte Sparrow sich. Er ging an den Schrank neben der Tunnelöffnung. »Joe, helfen Sie mir in einen Schutzanzug.« Er zog die Tür auf und nahm einen Anzug heraus.

Garcia war ihm beim Anlegen behilflich.

Dann kam Sparrows Stimme über des Helmmikrophon: »Les, holen Sie einen strahlensicheren Sack und einen Bleikasten für das persönliche Eigentum des Toten. Bringen Sie das Zeug bis an die Tunnelöffnung. Joe, Sie ziehen ebenfalls einen Schutzanzug an, damit Sie mir helfen können, wenn ich ihn herausbringe. Ramsey, Sie bleiben am Bildschirm und nehmen alles auf, was ich hochhalte. Verfolgen Sie auch die Anzeige meines Zählers. Vielleicht habe ich so viel zu tun, daß ich nicht darauf achten kann.«

»Wird gemacht«, antwortete Ramsey.

Garcia legte bereits einen Anzug an. Bonnett ging nach achtern in den Laderaum.

Sparrow bückte sich, kletterte über die hohe Schwelle und verschwand in dem Tunnel. Der Geigerzähler auf Ramseys Pult begann sofort zu ticken.

»Ziemlich heiß«, stellte er fest. »Hier sind es 5000 Milliröntgen.«

»Richtig«, antwortete Sparrow. »Schalten Sie auf meine Helmkamera um.«

Ramsey führte den Befehl aus und sah jetzt eine Hand in einem dicken Handschuh, die aus dem Aufnahmebereich verschwand und wieder sichtbar wurde.

»Nachricht«, sagte Sparrow. »Er hat eine Nachricht hinterlassen. Ramsey, nehmen Sie den Text auf, während ich ihn vorlese, und machen Sie dann ein Bild davon. Sie ist am sechzehnten April um 8.45 Uhr geschrieben.«

Zu dem Zeitpunkt waren wir bereits in dem Unterwassertunnel, dachte Ramsey.

Sparrow las vor: »An Captain H. A. Sparrow von Leutnant Arthur H. Foss, GDO-22/4829. Betrifft: Inspektion U-Boot *Hornet.*«

Sparrow räusperte sich und fuhr fort: »Gemäß der neuen Sicherheitsvorschriften habe ich heute den Reaktor nochmals überprüft, nachdem die Abschlußinspektion beendet war. Weil die Überprüfung nicht lange dauern sollte, brauchte ich keinen Schutzanzug, was die Geheimhaltung erleichterte.«

Garcia stand wie ein Urweltungetüm vor der Tunnelöffnung. »Brauchen Sie mich jetzt, Skipper?« erkundigte er sich.

»Warten Sie draußen, Joe«, antwortete Sparrow. Er las weiter: »Mein Geigerzähler war aus Versehen abgeschaltet, als ich durch den Tunnel kroch, so daß ich nicht merkte, wie heiß es hier drinnen war.« Sparrow las rascher weiter. »Ich stellte fest, daß einer der Hafnium-Moderatoren aus der zweiten Reihe fehlte. Er war im Tunnel versteckt. Ich befand mich unmittelbar darüber, bevor ich darauf aufmerksam wurde. Der Stab war nicht zu verkennen. Ich schaltete meinen Zähler ein und sah sofort, daß ich eine tödliche Überdosis abbekommen hatte.«

Sparrow machte eine Pause. »Der Herr sei seiner Seele gnädig«, sagte er, bevor er weiterlas. »Der Moderator war offensichtlich so ausgesucht worden, daß die Überlastung zu einem bestimmten Zeitpunkt erfolgen mußte, aber dieser Zeitpunkt war nicht ohne weiteres erkennbar. Deshalb setzte ich ihn so rasch wie möglich wieder ein und reparierte dann die Verdrahtung der Alarmanlage, die an einer Stelle unterbrochen war.«

Sparrow ließ das Blatt sinken. »Joe, ist Ihnen in letzter Zeit etwas an dem Alarmsystem aufgefallen?« fragte er.

»Nichts«, antwortete Garcia.

Sparrow las weiter: »Dann suchte ich nach der Sprechstelle, die vom Reaktorraum aus eine Verbindung zur Kontrollzentrale herstellt. Sie war zertrümmert worden. Daraufhin kroch ich durch den Tunnel zurück, um wenigstens ärztliche Hilfe in Anspruch zu nehmen. Aber die Tür war von außen verriegelt worden, so daß ich gefangen war. Mein Sprechfunkgerät war zu schwach, um die Abschirmung zu durchdringen.«

Sparrow schwieg erschüttert.

Ramsey versetzte sich in die Lage des Offiziers, der allein in dem Tunnel gefangen war und dort den Tod vor Augen hatte. Trotzdem hatte er noch an die Sicherheit der anderen gedacht.

Wäre ich ebenso tapfer gewesen? fragte er sich.

»Er hat Selbstmord begangen, anstatt hier drinnen langsam zu sterben«, sagte Sparrow. »Offenbar hat er nicht einmal gewußt, wer die Sabotage verübt und ihn eingesperrt hat.«

»Er hätte jemand verständigen können«, warf Ramsey ein. »Wenn er eine der Leitungen ...«

»Dabei hätte er aber auch die falsche erwischen können, die sämtliche Moderatoren gleichzeitig ausstößt«, stellte Garcia fest.

»Joe, wer von den Technikern war zuletzt an Bord?« wollte Sparrow wissen.

»Zwei Elektronikspezialisten. Sie haben sie selbst gesehen, Skipper.«

Schon wieder Garcia, dachte Ramsey. Er drückte auf den Sprechknopf seines Mikrophons. »Wer waren die beiden, Joe?«

»Die Namen stehen auf der Gangway-Liste«, antwortete Garcia.

»Nehmen Sie diesen Teil auf, Ramsey«, sagte Sparrow. Er las vor: »Zweck der Sabotage war es offenbar, den Reaktor innerhalb des Unterwassertunnels explodieren zu lassen. Dadurch wäre der Stützpunkt bis zur Fertigstellung eines neuen Tunnels außer Betrieb gewesen. Anscheinend ist der Gegner über den Stützpunkt informiert. Benachrichtigen Sie sofort den Geheimdienst.« Sparrows Stimme wurde leiser. »Sagen Sie bitte meiner Frau, daß ich bis zuletzt an sie gedacht habe.«

»Diese gemeinen ...«, murmelte Garcia.

Sparrow hielt den Zettel hoch, damit Ramsey ihn fotografieren konnte.

»Noch etwas?« fragte Ramsey.

»Ein Notizbuch, in dem eine Art Kode steht. Hier ist noch etwas — auf der ersten Seite. ›Sorgen Sie dafür, daß der Geheimdienst (Abt. 22) dieses Buch bekommt.‹ Das ist wieder die gleiche Handschrift.«

Sparrow blätterte in dem Notizbuch herum und sagte: »Fotografieren Sie die einzelnen Seiten, Ramsey.« Er hielt sie nacheinander vor seinen Helm. »Ich habe sein persönliches Eigentum an mich genommen und komme jetzt wieder nach draußen.« Er bewegte sich langsam rückwärts.

Bonnett kam aus dem Laderaum zurück und zog den schweren Strahlenschutzsack hinter sich her. Unter dem linken Arm hatte er einen kleinen Bleikasten. »Ich habe zugehört, während ich das Zeug herausgesucht habe«, sagte er zu Ramsey. »Wenn ich nur die Schweine erwischen könnte, die den armen Kerl erledigt haben!«

»Die uns fast erledigt haben«, verbesserte Ramsey. Er beugte sich über sein Mikrophon. »Joe, nehmen Sie Les besser das Zeug ab. Ohne Schutzanzug darf er nicht näher an die Öffnung heran.«

»Okay«, antwortete Garcia. Er nahm den Sack und den Kasten von Bonnett entgegen und ging an die Tunneltür zurück.

Sparrow kam aus dem Tunnel, drehte sich um und sagte: »Ramsey, nehmen Sie alles auf, was ich in den Kasten lege. Ein Geigerzähler in Standardausführung, ein kleines Sprechfunkgerät, ein Taschenrekorder, eine Stabtaschenlampe und ein Portemonnaie mit folgendem Inhalt: eine Fotografie von einer Frau und einem kleinen Mädchen, ein Dienstausweis auf den Namen Arthur H. Foss, Leutnant, GDO 22/4829, ein Torausweis, ein Ausweis für die Offiziersmesse, Scheine und Münzen im Gesamtbetrag von sechzehn Dollar und vierundachtzig Cent.«

Er griff noch einmal in die Tunnelöffnung und holte ein zusammengeknüpftes Taschentuch heraus, dessen Knoten er mühsam mit den schweren Handschuhen löste. »Hier ist noch etwas: ein Füllfederhalter, ein Schlüsselring mit vier Schlüsseln, eine Nagelfeile und eine Miniaturkamera. Die Anzeige steht auf rot – der Film ist also völlig überbelichtet.«

Sparrow hatte die Gegenstände nacheinander in den Kasten gelegt, den Garcia jetzt verschloß.

Ramsey sah auf seine Uhr und merkte sich die Zeit. *Ich bin gespannt, wie Sparrows Reaktion diesmal aussieht,* dachte er.

Garcia richtete sich auf. »Wie sieht es dort drinnen aus?« fragte er.

Sparrow nickte mit dem Kopf, was in dem schweren Schutzanzug merkwürdig aussah. »Alles in Ordnung, wie er es beschrieben hat. Nur die Sprechstelle ist zertrümmert. Weshalb?«

»Vielleicht hat der Saboteur gewußt, daß eine Überprüfung bevorstand«, meinte Garcia.

»Vielleicht.«

Ramsey konzentrierte sich wieder auf das Kontrollpult und glich eine Kursabweichung aus, die durch eine Aufwärtsströmung entstanden war. Als er wieder über das Geländer sah, verschlossen Garcia und Sparrow eben den Sack, in dem der tote Leutnant Foss lag.

»Les, wenn wir ihn fortgeschafft haben, spülen Sie alles gründlich mit Reinigungsmittellösung ab. Teilen Sie mir später mit, was Ihr Zähler anzeigt.«

Ramsey beugte sich über sein Mikrophon. »Skipper, ist Ihnen schon aufgefallen, daß die Nachricht uns vielleicht nur irreführen soll? Meiner Meinung nach hätte Foss seinen Taschenrekorder benützen können.«

»Und riskieren sollen, daß das Band aus Versehen gelöscht wird?« fragte Garcia. Er hängte den Sack an einen Kranhaken.

»Wenn Sie alles abgespritzt haben, ziehen Sie sich einen Schutzanzug an und überprüfen den Reaktor von innen. Ich habe die zulässige Strahlenmenge in acht Minuten überschritten. Verstanden, Les?«

»Wird gemacht, Skipper.«

Garcia hielt seinen Geigerzähler an den Sack. »Heiß«, stellte er fest. »Wir müssen ihn in spätestens zwölf Stunden über Bord schaffen, sonst garantiere ich für nichts mehr.« Er stellte den Zähler in den Schrank zurück.

In der Zwischenzeit hatte Bonnett bereits einen Schutzanzug angelegt und hielt jetzt den Schlauch in der Hand, mit dem die Reinigungsflüssigkeit unter hohem Druck versprüht wurde.

Garcia wandte sich an Sparrow. »Warum lassen Sie sich nicht von Les hier draußen helfen, damit ich in den Tunnel kann? Das gehört eigentlich zu meinem Aufgabenbereich.«

Sparrow sah zu Bonnett hinüber, der vor der Öffnung des Tunnels stand. »Okay. Les, helfen Sie mir mit dem Sack.«

Bonnett kam langsam näher.

Garcia ging an die Tunneltür, drehte sich noch einmal um und sah zu Ramsey hinauf. Sein Gesicht war unter der massiven Quarzscheibe des Helms kaum zu erkennen. Dann wandte er sich ab und verschwand in dem Tunnel. Wenige Sekunden später hörte Ramsey seine Stimme aus dem Lautsprecher vor sich. »Verstehen Sie, was ich sage, Kleiner?«

»Ich höre Sie.«

»Mein Zähler tickt wie verrückt. Anscheinend ist es hier verdammt heiß. Ich habe nur noch ein paar Meter zu gehen. Hier ist die Sprechstelle. Völlig zertrümmert.« (Pause.) »Jetzt bin ich an den Halterungen.« (Lange Pause.) »Scheint alles in Ordnung zu sein.« (Wieder lange Pause.) »Keine Anzeichen für Sabotage. Alles klar. Ich komme wieder heraus.«

Was tut Garcia eigentlich dort drinnen, wenn er wirklich ein Schläfer ist? fragte Ramsey sich. *Warum wollte er die Überprüfung selbst durchführen?*

Ramsey überlegte, unter welchem Vorwand er den Tunnel selbst inspizieren konnte.

Wahrscheinlich überhaupt nicht, dachte er. *Sparrow riskiert bestimmt nicht, daß drei Besatzungsmitglieder fast die zulässige Höchstdosis erreichen. Dann hat er nur noch einen in Reserve, falls später eine zweite Überprüfung notwendig wird.*

Sparrow und Bonnett bugsierten jetzt den Sack nach oben zu einem der Torpedorohre unterhalb des eingezogenen Kommandoturms. »Ramsey, gehen Sie mit Ihrem Kontrollpult lieber etwas weiter zurück. Der Sack ist nicht ganz dicht.«

Ramsey führte die Anweisung aus.

Sparrow ließ Bonnett an dem Kranhaken zurück, verschwand unter der Dusche und kam ohne den Anzug wieder heraus. Er sah zu Ramsey auf und runzelte besorgt die Stirn. »Kommt Joe bald wieder?«

»Schon unterwegs«, antwortete Ramsey.

»Auf dem Dienstausweis steht, daß Foss katholisch war«, sagte Sparrow. »Fragen Sie Joe, ob er ein Gebet für ihn lesen will, bevor wir ihn über Bord lassen.«

Ramsey gab die Frage weiter.

Garcia kam aus dem Tunnel und blieb stehen. »Foss kann nicht katholisch gewesen sein«, stellte er fest, »oder er ist ermordet worden. Ein guter Katholik begeht nicht Selbstmord.«

Sparrow nickte. »Richtig, Joe. Daran habe ich noch gar nicht gedacht. Wollen Sie ein letztes Gebet für ihn sprechen?«

»Selbstverständlich«, antwortete Garcia. Er verriegelte die Tür hinter sich, trat unter die Dusche und kam ohne Schutzanzug darunter hervor.

Bonnett kletterte die Leiter zum Oberdeck hinauf, machte die Last an dem Kranhaken mit einer zusätzlichen Leine fest und stieg wieder nach unten. Dann rollte er die Schläuche aus und begann jeden Quadratzentimeter abzuspritzen.

Sparrow und Garcia blieben hinter Ramsey stehen.

»Wir tauchen um Mitternacht auf und bestatten Foss«, sagte Sparrow. Er ging nach achtern, ohne noch einen Blick auf das Bündel an dem Kranhaken zu werfen.

»Ich habe jetzt Wache«, stellte Garcia fest. »Aber ich bin lieber im Kontrollraum.« Er übernahm Ramseys Fernsteuerpult und verschwand damit durch die Tür in dem Schott.

Ramsey folgte langsam und warf noch einen Blick auf das Bündel an dem Haken. Er ging durch die Kontrollzentrale, schloß sich in seiner Kabine ein und holte den Streifen aus seinem Telemeter.

Keine größeren Abweichungen!

Er versteckte den Papierstreifen in dem doppelten Boden des schwarzen Kastens, legte sich auf seine Koje und schlief sofort ein. Er träumte davon, ein Tiefseefisch zu sein, der verzweifelt versuchte, Licht und Sonne an der Oberfläche zu erreichen. Aber das gelang ihm nicht, weil der schreckliche Wasserdruck ihn in der Tiefe gefangenhielt.

Um Mitternacht übergaben sie die sterblichen Überreste des Leutnants dem Meer. Die Sterne glitzerten über der stürmischen See. Ramsey stand neben Bonnett und zitterte vor Kälte, während Garcia die letzten Worte seines Gebetes murmelte:

»Herr, wir befehlen seinen Geist in Deine Hände. Amen.«

4

Bonnett hatte Wache und war mit dem Fernsteuerpult in den Maschinenraum gegangen. Der kleinste Gesamtzeitmesser neben der Kompaßanzeige stand auf sieben Tage, acht Stunden und achtzehn Minuten seit dem Ablegen. Die *Hornet* war bereits tief in die neutralen Gewässer südlich von Island eingedrungen.

Vielleicht ist doch alles kinderleicht — die reinste Spazierfahrt, dachte er. *Wenn es nach unseren Ortungsgeräten geht, haben wir den ganzen verdammten Ozean für uns allein.* Er erinnerte sich an den Abend vor dem Auslaufen und fragte sich, ob Helen ihm wirklich treu war. *So verdammt viele Frauen von Marineoffizieren ...*

In der linken oberen Ecke glühte eine gelbe Lampe auf und zeigte ihm an, daß jemand den Kontrollraum betreten hatte. Er sprach in sein Brustmikrophon: »Ich bin auf dem zweiten Laufsteg im Maschinenraum.«

Sparrows Stimme drang aus dem Lautsprecher an dem Kontrollpunkt: »Weitermachen, Les. Ich kann nur nicht richtig schlafen und wollte mich ein bißchen umsehen.«

»Okay, Skipper.« Bonnett wandte sich wieder den Meßgeräten in der Reaktorabschirmung zu. Seitdem sie den Toten dort drinnen gefunden hatten, betrachtete er den Reaktorraum mit äußerstem Mißtrauen.

Dann wurde er auf die Bewegung eines Zeigers aufmerksam. Die Außentemperatur des Wassers war plötzlich um vier Grad Celsius gesunken. Die *Hornet* befand sich in einer kalten Wasserströmung.

Ramseys Stimme drang aus dem Deckenlautsprecher. »Hier spricht Ramsey aus der Elektronikbude. Meine Instrumente zeigen einen Temperaturabfall von vier Grad an der Außenseite an.«

Bonnett drückte auf den Sprechknopf seines Mikrophons. »Warum sind Sie um diese Zeit noch auf den Beinen, Kleiner?«

»Ich bin immer nervös, wenn Sie auf Wache sind«, antwortete Ramsey. »Ich konnte nicht schlafen, deshalb bin ich hierher gegangen, um die Instrumente zu überprüfen.«

»Unverschämter Kerl«, sagte Bonnett.

Sparrow meldete sich ebenfalls. »Stellen Sie fest, wie tief die Strömung reicht, Ramsey. Falls unsere maximale Tauchtiefe genügt, können wir uns darunter verstecken und auf größere Fahrt gehen. Vier Grad Temperaturunterschied verdecken jedes Schraubengeräusch.«

»Wird gemacht, Skipper.« Pause. »Neunzehnhundertfünfzig Meter, vielleicht etwas weniger.«

»Tauchen, Les«, sagte Sparrow.

Bonnett griff nach dem Hebel für die Tiefenruder. Wenige Sekunden später zeigte der Druckmesser an, was er bereits gespürt hatte — die *Hornet* sank zu rasch; eine Aufwärtsströmung hatte den Prahm erfaßt und drückte den Bug des

Bootes nach unten. Er stabilisierte die Neigung, bis sie wieder die zulässigen drei Grad betrug.

Die *Hornet* befand sich in zweitausendzehn Meter wieder auf ebenem Kiel.

Ramsey saß noch immer in seiner Bude und starrte den Druckmesser an, der die Anzeige des Geräts in der Kommandozentrale wiederholte: 202,3 kg/cm². Dann warf er instinktiv einen Blick auf den Teil des Druckkörpers, der zwischen Rohren und Leitungen von seinem Platz aus sichtbar war. Er versuchte, nicht daran zu denken, was sich bei einer Implosion ereignen würde.

Was hatte Reed gesagt? Ramsey erinnerte sich deutlich an die unpersönliche Stimme seines Ausbilders: »Eine Implosion der außen angebrachten Geräte in großer Tiefe kann eine Druckwelle auslösen, vor der die Hülle aufreißt. Selbstverständlich wäre alles vorbei, bevor Sie etwas davon gemerkt hätten.«

Ramsey zuckte zusammen.

Wie reagiert Sparrow auf diese erhöhte Gefahr? fragte er sich. Dann: *Das ist mir gleichgültig, solange seine Fähigkeiten mein Leben erhalten.*

Diese Überlegung erschreckte Ramsey. Er sah sich erstaunt um, als sehe er seine Instrumente zum erstenmal, als sei er eben erst aufgewacht.

Was für ein Psychologe bin ich eigentlich? Was habe ich eben gedacht?

Eine Stimme in seinem Innern schien die Frage zu beantworten: *Du hast dich vor deiner Angst zu verstecken versucht. Du wolltest ein vollwertiges Mitglied dieser Besatzung werden, weil du dich dann etwas sicherer fühlen kannst.*

Wovor habe ich Angst? fragte er sich.

Die Antwort war: *vor dem Tod!*

Ramsey merkte, daß er am ganzen Leibe zitterte. Auf seiner Stirn standen dicke Schweißperlen. Die unzähligen Schalter und Knöpfe vor seinem Gesicht schienen ihn wie Augen anzustarren. Er wollte schreien und brachte doch keinen Ton hervor.

Wenn jetzt die Katastrophe käme, wäre ich hilflos, überlegte er. *Ich könnte nicht einmal einen Finger rühren.*

Er versuchte den Zeigefinger der rechten Hand zu bewegen. Ohne Erfolg.

Als etwas seine Schulter berührte, saß er vor Schreck wie erstarrt.

»Ramsey. Langsam, mein Junge.

Sie sind ein tapferer Mann, Ramsey. Sie haben es länger als die meisten ausgehalten.«

Ramsey zitterte so heftig, daß er kaum noch sehen konnte.

»Hier unten ist jeder einmal an der Reihe. Jeder muß es durchmachen. Aber dann ist wieder alles in Ordnung.«

Eine väterliche Stimme.

Ramsey hätte am liebsten laut geweint.

»Tun Sie es ruhig«, sagte Sparrow. »Sie brauchen sich nicht künstlich zu beherrschen. Ich bin allein hier — und ich weiß, wie man sich in Ihrer Lage fühlt.«

Ramsey legte den Kopf auf die Arme und begann zu schluchzen. Sparrows Hand blieb auf seiner Schulter liegen. Die Anwesenheit des anderen wirkte beruhigend und tröstend.

»Ich habe Angst gehabt«, flüsterte Ramsey.

»Zeigen Sie mir einen Mann, der keine Angst hat, dann zeige ich Ihnen einen Dummkopf«, antwortete Sparrow. »Wir denken alle zuviel. Das ist der Preis, den wir dafür bezahlen müssen, daß wir keine Dummköpfe sind.«

Jetzt lag die Hand nicht mehr auf Ramseys Schulter. Er hörte, daß sich die Tür leise hinter Sparrow schloß.

Bonnetts Stimme drang aus dem Lautsprecher: »Ramsey, können Sie den Dämpfungsgrad der Wasserschicht feststellen?«

Ramsey räusperte sich. »Wird gemacht.« Er veränderte die Einstellung einiger Meßgeräte. »Die kalte Schicht reicht aus, um die Schraubengeräusche bei voller Fahrt abzudecken«, sagte er dann.

»Volle Fahrt voraus, Les«, sagte Sparrows tiefe Stimme aus dem Lautsprecher. »Ramsey, wir sind nur noch achtzehn Atmosphären von unserem Höchstdruck entfernt. Bleiben Sie mit Les auf Wache, bis Sie abgelöst werden.«

Die Elektromotoren der *Hornet* summten höher und noch höher.

»Okay, Skipper«, sagte Ramsey.

Garcia meldete sich. »Was ist los? Ich habe die Motoren gehört.«

»Kalte Wasserschicht«, erklärte Sparrow ihm. »Wir nützen die gute Gelegenheit aus und legen ein paar Knoten zu.«

»Werde ich gebraucht?«

»Kommen Sie in die Kommandozentrale.«

Ramsey hörte die Stimmen der anderen so deutlich wie nie zuvor. Und plötzlich erinnerte er sich auch an ein Detail, das er vorher übersehen hatte: Sparrow hatte sich mit ihm in Verbindung gesetzt, weil er wissen wollte, wie hoch der Dämpfungsgrad war.

Und als ich nicht geantwortet habe, ist er sofort gekommen, um mir zu helfen.

Ein anderer Gedanke verdrängte den ersten: *Er weiß, wie grün ich bin – hat es von Anfang an gewußt.*

»Ramsey.«

Sparrow stand in der Tür.

Ramsey starrte ihn an.

Sparrow kam herein und ließ sich auf einem Hocker neben der Tür nieder.

»Was sind Sie, Ramsey?« fragte er.

Ramsey räusperte sich. »Was soll das heißen, Sir?« antwortete er.

»Hier unten hat jeder Mann mit seinem Schatten zu kämpfen. Sie haben es lange ausgehalten.«

»Das verstehe ich nicht.«

»Das Leben hier unten bringt es mit sich, daß man früher oder später mit seiner Angst fertig werden muß.«

»Woher haben Sie gewußt, daß ich Angst hatte?«

»Hier hat jeder Angst. Ich brauchte nur zu warten, bis Ihnen das ebenfalls klar geworden war. Beantworten Sie jetzt meine Frage: Was sind Sie?«

Ramsey sah ihm ins Gesicht. »Ich bin Elektronikoffizier, Sir.«

Sparrow lächelte leicht und verzog dabei kaum den Mund. »Wir leben in einer traurigen Welt, Ramsey. Aber der Geheimdienst nimmt wenigstens nur Männer, die persönlichen Mut beweisen.« Er richtete sich auf.

Ramsey antwortete nicht.

»Jetzt möchte ich Ihren kleinen schwarzen Kasten sehen«, sagte Sparrow. »Ich bin von Natur aus neugierig.« Er stand auf, ging hinaus und wandte sich nach achtern.

Ramsey folgte schweigend.

»Warum bewahren Sie das Ding nicht in der E-Bude auf?« erkundigte Sparrow sich.

»Ich habe es während meiner Freiwache mehrmals überprüft.«

»Schlafen Sie lieber, wenn Sie nicht Wache gehen müssen«, empfahl Sparrow ihm. Er erkletterte die Leiter und ging weiter. Ramsey blieb ihm dicht auf den Fersen. Sie betraten Ramseys Kabine. Das Summen des Induktionsantriebs drang deutlich durch das Schott an der Rückwand der Kabine.

Ramsey setzte sich auf seine Koje, holte den Kasten darunter hervor, stellte ihn auf den Tisch und schlug den Deckel zurück. *Er darf das Ding nicht zu lange sehen,* überlegte er sich dabei. Zum Glück arbeitete das Tarnsystem einwandfrei.

Sparrow warf einen Blick in das Innere des Kastens und runzelte die Stirn.

Was erwartet er eigentlich? fragte Ramsey sich.

»Erklären Sie mir, wie das Ding funktioniert«, verlangte Sparrow.

Ramsey wies auf ein Anzeigegerät. »Damit wird der Primär-Suchimpuls überwacht. Die früheren Geräte waren unzuverlässig, weil das Rückkopplungsecho nicht völlig unterdrückt werden konnte.«

Sparrow nickte.

Ramsey deutete auf eine Reihe Signallampen. »Damit werden die Impulsfrequenzen getrennt. Sie flackern rot, wenn eine Phasenverschiebung auftritt. Die betreffende Lampe zeigt an, in welchem Stromkreis der Fehler liegt.«

Sparrow warf Ramsey einen durchbohrenden Blick zu.

»Auf dem Streifen werden etwaige Veränderungen aufgezeichnet«, erklärte Ramsey weiter.

»Damit können wir uns später ausführlicher befassen«, sagte Sparrow. Er wandte sich ab.

Er hat etwas anderes erwartet, dachte Ramsey.

»Warum hat der Geheimdienst Sie an Bord geschickt?« fragte Sparrow.

Ramsey schwieg.

Sparrow drehte sich um und sah ihm ins Gesicht. »Ich habe nicht die Absicht, der Sache jetzt auf den Grund zu gehen«, stellte er fest. »Dazu ist noch genügend Zeit, wenn wir wieder zu Hause sind.« Er verzog das Gesicht. »Der Geheimdienst! Dem verdanken wir die Hälfte aller Schwierigkeiten.«

Ramsey schwieg noch immer.

»Zum Glück sind Sie außerdem ein guter E-Offizier«, fuhr Sparrow fort. »Wahrscheinlich sind Sie deshalb für diese Aufgabe ausgewählt worden.« Er runzelte unsicher die Stirn. »Sie *sind* doch Geheimdienstmann, nicht wahr?«

Ramsey dachte: *Wenn er das glaubt, bin ich gut getarnt. Aber ich darf es nicht einfach zugeben. Damit würde ich bereits aus der Rolle fallen.*

»Ich habe meine Befehle, Sir«, sagte er statt dessen.

»Natürlich«, antwortete Sparrow. »Das hätte ich mir gleich denken können.« Wieder der unentschlossene Gesichtsausdruck. »Schön, wir müssen ...« Plötzlich zuckte er zusammen.

Ramsey mußte seine ganze Selbstbeherrschung aufwenden, um sich nicht zu verraten. Das winzige Gerät in seinem Nakken hatte eben ein scharfes *Ping!* von sich gegeben. Er wußte, daß Sparrow die gleiche Warnung gehört hatte.

Sparrow stürmte hinaus und rannte auf die Kommandozentrale zu. Ramsey blieb dicht hinter ihm. Sie blieben vor dem riesigen Hauptkontrollpult stehen. Garcia drehte sich langsam um. »Irgend etwas nicht in Ordnung, Skipper?«

Sparrow antwortete nicht. Eine Stimme in seinem Innern wiederholte mehrmals den sinnlosen Reim, der in den vergangenen Monaten aufgetaucht war, als der Ostblock so erfolgreich gewesen war: *Zwanzig Boote — achtzig Tote ... Zwanzig Boote — achtzig Tote ...*

Ramsey stand dicht hinter Sparrow, nahm deutlich die gespannte Atmosphäre in dem engen Raum wahr, sah Garcias fragenden Gesichtsausdruck und spürte das Deck unter seinen Füßen leise schwanken, als der Autopilot die Trimmlage der *Hornet* veränderte.

Das Gerät in seinem Nacken sandte jetzt einen pulsierenden Summton aus.

Garcia trat von dem Kontrollpult zurück. »Was ist los, Skipper?«

Sparrow winkte ungeduldig ab und wandte sich nach rechts. Ramsey folgte ihm.

Das Summen wurde niedriger. Das war also die falsche Richtung.

»Holen Sie einen Peilempfänger«, befahl Sparrow Ramsey.

Ramsey ging an den Geräteschrank, nahm den Empfänger aus dem Fach und drehte den Abstimmknopf, als er wieder neben Sparrow stand. Aus dem Lautsprecher des Geräts drang ein Pfeifton, der im gleichen Rhythmus wie das Summen in Ramseys Nacken pulsierte.

Sparrow wandte sich nach links; Ramsey blieb neben ihm. Der Pfeifton wurde eine Oktave höher.

»Ein Sender!« sagte Garcia.

Sparrow ging auf das Tauchkontrollpult zu. Ramsey wich nicht von seiner Seite. Das Pfeifen wurde lauter. Als sie das Pult hinter sich gelassen hatten, sank die Tonhöhe rasch ab. Sie drehten sich um und standen unmittelbar vor dem Pult. Jetzt wurde der Pfeifton noch eine Oktave höher.

Ramsey dachte: *Garcia war allein hier. Hat er den Sender in Betrieb gesetzt?*

»Wo steckt Les?« wollte Sparrow wissen.

»Vorn«, antwortete Garcia.

Sparrow schien das Schott mit den Augen durchdringen zu wollen.

Er denkt, daß Bonnett vielleicht das Signal sendet, überlegte Ramsey. Dann fragte er sich in plötzlicher Verzweiflung: *Wäre das vielleicht möglich?*

Sparrow sprach in sein Brustmikrophon. »Les! Sofort in die Kommandozentrale! Marsch! Marsch!«

Bonnett bestätigte den Befehl, schaltete sein Mikrophon aus und kam über den eisernen Laufsteg gepoltert.

Ramsey starrte den Peilempfänger an. Das Signal veränderte sich nicht, obwohl Bonnett rasch näher kam. Aber vielleicht hatte er den Sender im Bugraum zurückgelassen. Er drehte die Suchantenne, bis sie genau auf das Tauchkontrollpult zeigte. Das Signal wurde um eine Kleinigkeit lauter.

Sparrow hatte seine Bewegung verfolgt.

»Es kommt aus dem Pult!« stellte Ramsey aufgeregt fest.

Sparrow nickte heftig. »Vielleicht haben wir nur noch ein paar Minuten Zeit!«

Ramsey stellte sich einen Augenblick lang die gegnerischen Wolfsrudel vor, die sich bereits jetzt ihrem nächsten Opfer näherten, um es einzukreisen — Nummer einundzwanzig.

Garcia riß seinen Werkzeugkasten auf, holte einen Schraubenzieher heraus und begann die Abdeckplatte abzuschrauben.

Bonnett kam hereingestürzt. »Was ist hier los, Skipper?«

»Irgendwo ist ein Sender versteckt«, antwortete Sparrow.

Er hatte einen zweiten Schraubenzieher gefunden und war jetzt Garica behilflich.

»Führen wir ein Ausweichmanöver durch?« wollte Ramsey wissen.

Sparrow schüttelte den Kopf. »Nein, wir bleiben auf dem bisherigen Kurs. Sie sollen ruhig denken, daß wir nichts ahnen.«

»Hier«, sagte Garcia. »Fassen Sie dort drüben an.«

Ramsey griff zu, hob gemeinsam mit Garcia die Abdeckplatte hoch und stellte sie auf das Deck. Jetzt war das Gewirr aus Drähten, Transistoren und Hochdruckröhren sichtbar.

Bonnett griff nach dem Peilempfänger, kam damit näher heran und zuckte zusammen, als der Pfeifton sofort lauter wurde.

»Joe, übernehmen Sie das Reservepult«, befahl Sparrow. »Ich schalte jetzt den Strom ab.«

Garcia eilte an das zweite Tauchkontrollpult. »In Betrieb«, meldete er wenige Sekunden später.

»Warten Sie«, sagte Bonnett. Er hielt den Peilempfänger vor eine Röhre, griff mit der freien Hand zu und zog sie aus dem Sockel. Der Pfeifton war noch immer hörbar, schien aber jetzt aus Bonnetts Hand zu kommen, als er die Röhre vor dem Gerät hin und her bewegte.

»Das kleine Ding hat eine eigene Stromversorgung«, stellte Ramsey verblüfft fest.

»Der Teufel soll mich holen«, murmelte Sparrow. »Hier, geben Sie mir die Röhre, Les.« Er nahm sie Bonnett aus der Hand und biß die Zähne zusammen, weil sie ihm fast die Finger verbrannte.

»Verdammt heiß«, meinte Bonnett und rieb sich die Hand an der Hose.

»Treten Sie kräftig drauf, Skipper«, schlug Garcia vor.

Sparrow schüttelte den Kopf. »Nein.« Er lächelte grimmig. »Vielleicht haben wir doch noch eine Chance. Les, bringen Sie uns auf Ausstoßtiefe.«

»Zweihundert Meter?« fragte Bonnett. »Aber dann sind wir nur noch eine wehrlose Zielscheibe!«

»Führen Sie den Befehl aus!« herrschte Sparrow ihn an. Er wandte sich an Ramsey und streckte ihm die Röhre entgegen. »Fällt Ihnen daran etwas auf, was die Identifizierung ähnlicher Röhren erleichtern könnte?«

Ramsey nahm die Röhre entgegen und betrachtete sie von allen Seiten. Dann griff er in die Brusttasche seiner Uniformjacke, holte eine Minikamera heraus und fotografierte die Röhre von allen Seiten.

Sparrow fiel auf, daß sein E-Offizier eine Kamera griffbereit hatte, aber bevor er eine Bemerkung darüber machen konnte, sagte Ramsey: »Ich muß mir erst die Vergrößerungen ansehen.« Er sah zu Sparrow auf. »Haben wir noch genügend Zeit, um das Ding in meiner Bude gründlicher zu untersuchen?«

Sparrow warf einen Blick auf den Außendruckmesser. »Ungefähr zehn Minuten. Tun Sie, was Sie für richtig halten, aber sorgen Sie dafür, daß das Signal nicht unterbrochen wird.«

Ramsey drehte sich auf dem Absatz um und rannte auf seine Bude zu. Sparrow blieb dicht hinter ihm. Er sprach gleichzeitig in sein Brustmikrophon.

»Joe, holen Sie einen Abfallbehälter und bereiten Sie alles vor, damit wir die Röhre darin ausstoßen können. Wenn wir Glück haben, jagen die anderen hinter einer Wasserströmung her.«

Ramsey breitete ein Stück Filz auf seinem Arbeitsplatz aus und legte die Röhre vorsichtig darauf.

»Das Ding ist eigentlich für eine eigene Stromversorgung viel zu klein«, stellte er dann fest.

»Es hat aber eine«, sagte Sparrow.

Ramsey wischte sich die Hände ab. *Ich bin gespannt, was der Streifen diesmal zeigt,* dachte er.

»Teuflische Erfindung!« murmelte Sparrow.

»Wir riskieren eine ganze Menge«, meinte Ramsey. Er spannte die Röhre in eine Schublehre ein. »Genau die Standardmaße einer ZO2R.« Er legte die Röhre auf eine Waage und belastete die andere Schale mit einer Röhre gleicher Ausführung. Die erste Waagschale senkte sich nach unten.

»Sie ist schwerer als die Normalausführung«, sagte Sparrow.

Ramsey verschob die Gewichte. »Zweiundsiebzig Gramm.«

Bonnetts Stimme drang aus dem Deckenlautsprecher. »Erreichen Ausstoßtiefe in voraussichtlich vier Minuten. Wir haben eine günstige Aufwärtsströmung erwischt.«

»Können Sie noch etwas feststellen?« erkundigte Sparrow sich.

»Dazu müßte ich die Röhre zerlegen«, antwortete Ramsey.

»Vielleicht könnten wir eine Röntgenaufnahme machen, auf der die Innenstruktur sichtbar wird.« Er schüttelte zweifelnd den Kopf.

»Wir finden bestimmt noch mehrere an Bord«, meinte Sparrow. »Davon bin ich fest überzeugt.«

»Warum?«

Sparrow zuckte mit den Schultern. »Das ahne ich einfach. Das ganze Unternehmen steht unter einem unglücklichen Stern.« Er starrte die Röhre an. »Aber wir schaffen es trotzdem!«

»Noch zwei Minuten!« kündigte Bonnett an.

»Das wäre vorläufig alles«, sagte Ramsey. »Ich muß erst feststellen, was sich mit den Aufnahmen anfangen läßt.«

Sparrow nahm die Röhre an sich. »Schalten Sie das Ortungssystem auf größte Reichweite«, wies er Ramsey an.

»Dann verraten wir uns aber vielleicht durch den Impuls«, gab Ramsey zu bedenken. Im gleichen Augenblick wurde er rot, als er das rhythmische Summen des Lautsprechers in seinem Nacken hörte.

Sparrow schüttelte wortlos den Kopf und verließ den Raum. Sekunden später kam seine Stimme bereits aus dem Deckenlautsprecher: »Wir haben alles zum Ausstoßen vorbereitet, Les. Wie hoch ist der Außendruck?«

Dann antwortete Bonnetts Stimme: »Dreiundzwanzig, zweiundzwanzig, einundzwanzig ... genau zwanzig!«

Ramsey hörte das dumpfe *Plop!* des Ausstoßrohres, als der Behälter mit der Röhre mit Preßluft ausgestoßen wurde.

»Tauchventile auf!« befahl Sparrow.

Das Deck der *Hornet* neigte sich steil nach unten. Die Elektromotoren begannen lauter zu summen.

Ramsey warf einen Blick auf das Gerät, das die Lautstärke des Schraubengeräusches anzeigte. Viel zu hoch. Soviel konnten die Dämpferplatten nicht unterdrücken.

Sparrows Stimme drang aus dem Lautsprecher. »Ramsey, schalten Sie das Druckausgleichsystem auf Handbedienung um. Kompensieren Sie für maximale Tauchtiefe. Wegen der Tiefenkrankheit können wir uns später Sorgen machen. Im Augenblick möchte ich nur eine Kaltwasserschicht und zweitausend Meter über mir haben.«

Ramsey bestätigte den Befehl und griff bereits nach dem Schalter vor sich. Er sah auf die Vampir-Sonde an seinem

Handgelenk. Das Diffusionsverhältnis war zu niedrig. Er setzte der Atemluft mehr Kohlenstoffanhydrase zu.

Wieder sprach Sparrow: »Ramsey, wir haben einen Satz Suchkopftorpedos mit Verzögerungszünder nach achteraus geschossen. Orten Sie das Signal, falls einer von ihnen hochgeht.«

»Aye, Skipper.« Ramsey setzte sich Kopfhörer auf und stöpselte den Stecker ein. Dabei fiel ihm auf, daß der Lautsprecher in seinem Nacken nur noch einen verschwindend leisen Summton von sich gab. Er hatte weiter mit dem Druckausgleich zu tun. Der Außendruck betrug jetzt einhundertfünfundachtzig Atmosphären und stieg noch immer. Plötzlich sprach das Thermometer auf die Veränderung der Wassertemperatur an.

»Wir haben die Kaltwasserschicht erreicht, Skipper«, meldete Ramsey.

»Danke«, antwortete Sparrow.

Ramseys Manometer kletterte bis auf zweihundertfünf Atmosphären und blieb dort stehen. Er spürte, daß das Deck nicht mehr nach unten geneigt war. Relais klickten, dann leuchteten die grünen Signallampen vor Ramsey auf. Er spürte das Schiff um sich herum – ein fast lebendes Ding aus Maschinen, Stahl, Plastik, Gasen, Flüssigkeiten ... und Menschen. Er hörte auch die Befehle, die Sparrow in der Kontrollzentrale erteilte.

»Volle Kraft voraus. Dreißig Minuten auf Ausweichkurs neunundfünfzig Grad gehen.«

Auf der zweiten Sonar-Karte links neben Ramsey wurde der Kurswechsel angezeigt. Er warf einen Blick auf den roten Punkt, der ihre Position markierte: fast genau südlich der Westspitze Islands auf dem sechzigsten Breitengrad. Der Gesamtzeitmesser registrierte: sieben Tage, vierzehn Stunden und sechsundzwanzig Minuten seit dem Auslaufen.

»Ramsey, haben Sie schon etwas von unseren Aalen gehört?«

»Nichts, Skipper.«

»Bleiben Sie in Ihrer Bude. Wir montieren jetzt das Tauchkontrollpult ab. Wir müssen jede Röhre überprüfen.«

»Aber auch die in meiner Bude und alle Ersatzröhren«, sagte Ramsey.

»Später«, antwortete Sparrow gelassen.

Ramsey sah auf seine Uhr. *Was zeigt das Telemeter diesmal*

an? fragte er sich nochmals. Er ahnte, daß er irgendwann eine äußerst wichtige Tatsache übersehen hatte. Irgend etwas über Sparrow. Dann konzentrierte er sich wieder und drückte den Kopfhörer fester auf seine Ohren. Er warf einen Blick auf das Oszilloskop rechts neben sich – nur normale Ausschläge. Einen Augenblick lang fühlte er sich so eins mit dem Boot, daß die Instrumente ihm nur als zusätzliche Sinnesorgane erschienen. Aber das Gefühl verschwand sofort wieder.

Sparrow stand in der Kontrollzentrale über den Sonar-Empfänger gebeugt. Er steckte eine Röhre in ihren Sockel zurück, zog eine andere heraus und las die Kennzeichnung vor: »PY4X4.«

Garcia schlug in der Prüfliste nach. »Vierhundertzwanzig Gramm«, sagte er.

Sparrow legte die Röhre auf die Waage. »Stimmt genau.« Er steckte sie wieder in den Sockel und griff nach einer anderen.

»Skipper, was ist eigentlich dieser Ramsey?« fragte Garcia.

Sparrow sah von der Waage auf. »Ich *glaube*, daß der Geheimdienst ihn an Bord geschickt hat.«

»Daran habe ich auch schon gedacht«, meinte Garcia. »Aber haben Sie schon überlegt, wem wir die Aufregung mit dem Sender verdanken? Vielleicht ist er ein Schläfer? Das wäre durchaus möglich, Skipper.«

Sparrows Hände zitterten, als er nach der nächsten Röhre griff. Dann ließ er die Hand sinken, wischte sie am Hemd trocken und sah zu Garcia hinunter. »Joe ...« Seine Stimme brach ab.

»Ja?«

»Ist Ihnen schon einmal aufgefallen, daß der Gedanke an Sicherheit alle menschlichen Probleme einschließt?«

»Glauben Sie, Skipper?«

»Doch, ich meine es ernst, Joe. Hören Sie, ich weiß, was ich bin. Ich kann Ihnen sogar sagen, welche Vorstellung ich von mir selbst habe. Daß Sie von mir nichts zu befürchten haben. Les kann das auch. Und Sie. Und Ramsey.« Er schüttelte den Kopf. »Aber vielleicht lügen wir alle.«

»Das ist kein Sicherheitsproblem, Skipper. Das ist ein Verständigungsproblem. Dafür ist Ramsey zuständig.«

Sparrow wandte sich wortlos ab und arbeitete weiter.

»Ich möchte nur wissen, weshalb der Geheimdienst Ramsey noch einmal in letzter Minute überprüft hat«, sagte Garcia.

»Halten Sie den Mund!« fuhr Sparrow ihn an. »Solange ich ihm nicht das Gegenteil beweisen kann, gehört er zu uns. Les und Sie ebenfalls. Und ich auch.« Er lächelte spöttisch. »Wir sitzen alle in dem gleichen Boot.« Das Lächeln verschwand. »Im Augenblick haben wir ein wichtigeres Problem zu lösen. Wie können wir die Funkstille durchbrechen und eine Meldung absetzen, in der wir von unserer Entdeckung berichten?«

Ein dumpfes Grollen dröhnte durch das Boot. Dann ein zweites.

Ramseys Stimme drang aus dem Lautsprecher: »Skipper! Zwei Treffer! Detonationsgeräusch wie bei unseren Aalen!« Seine Stimme überschlug sich fast. »Deutliche Wassereinbrüche! Zwei, Skipper! Wir haben zwei erwischt!«

»Herr, vergib uns«, murmelte Sparrow.

Dann dröhnten weitere Geräusche durch das Boot – jeweils zwei kurz hintereinander.

»Abwehrtorpedos«, sagte Ramsey. »Damit haben sie die übrigen Aale erledigt.«

»Die armen Kerle haben nicht die geringste Chance gehabt«, flüsterte Sparrow vor sich hin. Er schloß eine Sekunde lang müde die Augen.

Bonnett hielt eine Röhre hoch. »Joe, wieviel darf eine GR5 wiegen?«

Garcia beobachtete Sparrow, der sich plötzlich wieder seiner Arbeit zuwandte. »Zweihundertfünfundzwanzig Gramm«, antwortete er dann.

»Das habe ich mir auch gedacht«, sagte Bonnett. »Aber die hier wiegt mehr als zweihundertneunzig.« In seiner Stimme schwang eine unterdrückte Aufregung mit.

Sparrow hob den Kopf.

»Ich habe eine gefunden, glaube ich, Skipper«, sagte Bonnett.

Garcia war aufgestanden und zu Bonnett gegangen. Er nahm die Röhre und wog sie prüfend in der Hand.

»Daß die Menschen nicht besser leben und besser sterben können«, murmelte Sparrow. Er schüttelte den Kopf und starrte Bonnett an. »Schön, legen Sie die Röhre weg und suchen Sie weiter!«

Bonnett schien etwas sagen zu wollen, schwieg aber doch. Er nahm Garcia die Röhre aus der Hand und legte sie vorsichtig neben seinen Werkzeugkasten auf ein Büschel Putzwolle.

Sparrow fuhr sich mit dem Handrücken über die Stirn. Er hatte plötzlich heftige Kopfschmerzen. *Haben wir wirklich einen Spion an Bord?* fragte er sich. *Ist es Ramsey? Oder Les? Oder Joe? Der Gegner hofft, daß wir ihm die genaue Lage der Bohrung verraten.* Er warf einen verständnislosen Blick auf die Röhren in dem geöffneten Empfänger. *Aber warum ist der Sender schon jetzt in Betrieb gesetzt worden? Um unsere Wachsamkeit auf die Probe zu stellen? Das Signal ist doch erst dann sinnvoll, wenn wir das Öllager anzapfen. Wenn wir das Öllager erreicht haben! Wie kann ich das verhindern? Ich kann unmöglich die ganze Zeit wach bleiben.*

»Das ist die letzte«, stellte Garcia fest. Er wies auf die Röhre, die Sparrow auf die Waage gelegt hatte.

Sparrow zuckte zusammen und konzentrierte sich wieder auf die Arbeit. »In Ordnung«, sagte er. »Stecken Sie sie wieder zurück.«

Garcia führte den Befehl aus.

Sparrow sah zu Bonnett hinüber. »Les, überprüfen Sie die Ersatzröhren im Lagerraum.«

»Wird gemacht«, antwortete Bonnett.

»Sie bleiben hier auf Wache«, sagte Sparrow zu Garcia.

Garcia nickte. »Wollen Sie ein bißchen ausruhen, Skipper?«

Sparrow schüttelte den Kopf. »Nein, ich gehe nach achtern und helfe Ram . . .« Er sprach nicht weiter, sondern warf Garcia einen bedeutungsvollen Blick zu. »Wir haben Feindberührung gehabt und sind noch einmal davongekommen.« Sparrow ging auf die Tür zu. »Ich muß *Johnny* bei der Überprüfung der Röhren in seiner Bude helfen.«

»Was wird daraus?« fragte Garcia und wies auf die Röhre neben Bonnetts Werkzeugkasten.

Sparrow kam noch einmal zurück, griff nach der Röhre und machte sich wieder auf den Weg. »Wir müssen sie eingehend untersuchen. Vielleicht hilft uns das weiter.« Er sah noch einmal zu Garcia hinüber. »Sie können sich in der Zwischenzeit überlegen, wie wir mit dem Stützpunkt Verbindung aufnehmen.«

Er verschwand durch die Tür.

Garcia ballte die Fäuste und wandte sich wieder dem Hauptkontrollpult zu. Sein Blick fiel auf die Sonar-Karte und den Markierungspunkt — ein rotes Insekt kroch durch die unendlichen Weiten. *Wo? Wo befindet sich das Öllager?*

Ramsey sah von seinen Instrumenten auf, als Sparrow hereinkam. »Etwas gefunden, Skipper?«

»Les hat das hier entdeckt.« Sparrow legte die Röhre vorsichtig auf Ramseys Arbeitsplatz. »Sie hat siebzig Gramm Übergewicht.«

Ramsey starrte die Röhre an, ohne sie zu berühren. »Haben Sie schon darüber nachgedacht, daß sie vielleicht explodiert, wenn wir daran herumpfuschen?«

»Früher war es üblich, daß Kapitäne vor dem Auslaufen eine Messe für ihr Seelenheil lesen ließen«, sagte Sparrow. »Vielleicht hätte ich das ebenfalls tun sollen.«

»Das habe ich nicht gemeint«, antwortete Ramsey. »Zwanzig Gramm Nitrox würden für uns beide genügen. Wollen Sie mich nicht lieber mit dem Ding alleinlassen?«

Sparrow runzelte die Stirn. Dann drückte er auf den Sprechknopf seines Mikrophons. »Joe und Les, hört gut zu. Die Röhre enthält vielleicht einen Sprengsatz, der beim Öffnen explodiert. Falls Johnny und mir etwas zustößt, laßt ihr den Prahm schwimmen und geht auf Gegenkurs. Das ist ein Befehl!«

Johnny! dachte Ramsey. *Er hat mich Johnny genannt!*

»Am besten nehmen wir jede Bewegung auf«, meinte Sparrow. Er nahm die Filmkamera aus dem Wandschrank, klemmte sie über Ramseys Arbeitsplatz fest und stellte sie ein. »Okay«, sagte er dann. »Sie sind der Fachmann für diesen Kram.«

Ramsey starrte die Röhre auf der grünen Filzunterlage an. »Wenn wir sie vorher eine halbe Stunde lang von allen Seiten untersuchen, haben wir wahrscheinlich wesentlich bessere Erfolgsaussichten«, stellte er fest.

»Wonach suchen wir eigentlich?« wollte Sparrow wissen.

»Kann ich noch nicht sagen«, antwortete Ramsey nachdenklich. »Nach irgendeinem kleinen Unterschied, der auffällig genug ist.«

Sparrow beugte sich nach vorn und hielt sich an einem Handgriff fest, als das Deck unter seinen Füßen schwankte, weil die *Hornet* in eine Aufwärtsströmung geraten war. Ramsey hielt die Röhre mit einer Hand fest und schob die Filzunterlage zusammen, um ihr mehr Halt zu geben. Auf seinem Kontrollpult blinkte das gelbe Licht auf, das einen Temperaturwechsel anzeigte.

Ramsey schaltete das Fernthermometer über der Signallampe ein: drei Grad Celsius Außentemperatur.

Sparrow nickte. »Plankton über dem Meeresboden.« Er lächelte. »Jetzt brauchen wir uns wegen der Schraubengeräusche keine Sorgen mehr zu machen. Das ist immerhin eine Erleichterung.«

Ramsey schüttelte den Kopf. »Aber das Ding hier ist noch immer gefährlich genug.« Er starrte die Röhre an. »Wie würden Sie die Explosion auslösen, wenn man Ihnen diese Aufgabe gestellt hätte, Skipper?«

»Vielleicht durch einen hauchdünnen Draht. Wenn er zerreißt . . .«

»Vielleicht«, meinte Ramsey zweifelnd. »Noch besser wäre allerdings ein Zünder, der auf Druckveränderungen anspricht — wenn das Vakkum im Röhreninnern nicht mehr . . .« Er richtete sich auf. »Zuerst einige Aufnahmen mit Infrarot und Röntgenstrahlen. Dann stellen wir eine Vakuumkammer mit Fernbedienung auf und nehmen die Röhre darin auseinander.«

Sparrow tippte mit dem Zeigefinger gegen das Glas. »Von außen sieht sie eigentlich ganz normal aus«, meinte er.

»Ich verstehe nur etwas nicht«, sagte Ramsey, während er die Infrarotkamera aufbaute. »Warum ist der Sender schon jetzt in Betrieb gesetzt worden? Das war ungeschickt. Sie hätten damit warten sollen, bis wir die Öllagerstätte erreicht haben.«

»Das finde ich auch«, stimmte Sparrow zu.

Ramsey stellte die Kamera ein. »Wann kommen wir dort an?« erkundigte er sich.

Die Frage war so beiläufig gestellt, daß Sparrow sich im ersten Augenblick verblüffen ließ. Er sah zu der Sonar-Karte auf und sagte: »Nun, bis zur Flanke der . . .« Dann schwieg er plötzlich betroffen.

Ramsey machte eine Aufnahme und drehte die Röhre vorsichtig um.

Die Gleichgültigkeit ist nur gespielt, dachte Sparrow.

»Was wollten Sie eben sagen, Skipper?« Ramsey sah nicht von seiner Arbeit auf.

»Mister Ramsey, nur der Kommandant eines U-Bootes darf das Ziel kennen, bevor das Zielgebiet nicht erreicht ist.«

Ramsey richtete sich auf. »Das ist ein dummer Befehl. Wenn Ihnen etwas zustieße, müssen wir umkehren, ohne etwas erreicht zu haben.«

»Soll das heißen, daß ich Ihnen erzählen soll, wo unser Ziel liegt?«

Ramsey zögerte unentschlossen. *Ich kenne es bereits,* überlegte er sich. *Was passiert, wenn ich Sparrow davon erzähle? Dann glaubt er, daß ich wirklich Geheimdienstoffizier bin.*

»Beantworten Sie meine Frage!«

»Skipper, ich habe Ihnen nur eine höfliche Frage gestellt, die eine höfliche Antwort wert ist. Ich wollte nur wissen, wie lange es noch dauert, bis wir Nowaja Semlja erreichen.«

Sparrow beherrschte sich mühsam und dachte: *Geheimdienst? Ein Spion, der mich auf geschickte Weise aushorchen will?* Dann antwortete er: »Ich sehe nicht ein, welches Interesse Sie daran haben können, wie lange wir irgendwohin brauchen.«

Ramsey konzentrierte sich wieder auf die Röhre. *Ist er jetzt davon überzeugt, daß ich Geheimdienstoffizier bin?*

Ich könnte ihn nach den genauen Koordinaten fragen, überlegte Sparrow. *Aber was beweist es, wenn er sie kennt? Oder wenn er sie nicht kennt?*

Ramsey holte eine Glasglocke aus dem Geräteschrank, legte die Röhre auf das Unterteil, in dem die Vakuumpumpe eingebaut war, und stülpte die Glasglocke probeweise darüber. Dann nahm er sie noch einmal ab, schloß die Drähte der elektrisch gesteuerten Fernbedienung an und setzte das Glas wieder auf die Dichtung.

Sparrow beobachtete ihn aufmerksam.

»Jetzt geht es langsamer voran«, sagte Ramsey.

Mein Gott, wenn ich nur wüßte, was ich von ihm halten soll, dachte Sparrow. *Ist er der Spion? Wie soll ich das beurteilen? Er benimmt sich jedenfalls nicht wie einer.*

Ramsey ließ sich auf einem Hocker vor dem Arbeitsplatz nieder. »Langsam und vorsichtig«, wiederholte er dabei.

Sparrow warf ihm einen nachdenklichen Blick zu. *Vielleicht ist er nur ein guter Schauspieler. Am besten überprüfe ich seine Röhren und beobachte ihn dabei.* »In der Zwischenzeit kann ich die Röhren hier überprüfen«, sagte er, schraubte die Abdeckung eines der Geräte ab und begann die Röhren zu wiegen.

Eine Minute nach der anderen verstrich, eine Stunde, zwei Stunden ... zwei Stunden und vierzig Minuten. Dann lagen die Bestandteile der Röhre nebeneinander unter der Glasglocke.

Sparrow war schon lange mit seiner Arbeit fertig und sah Ramsey aufmerksam zu.

»Keine Sprengladung«, stellte Ramsey fest. Er schaltete den Magnetarm unter der Glasglocke ein und hob damit das Röhrengitter hoch. »Ich kann mir noch immer nicht vorstellen, wieso das Ding gesendet hat. Es sieht völlig normal aus.« Er betrachtete das Bauteil von allen Seiten. »Bis jetzt habe ich noch nichts gefunden, was bei einer Überbelastung zusammenschmelzen könnte. Die Röhre unterscheidet sich nur durch diesen Mikrovibrator und den dazugehörigen Kondensator von einer normalen.« Er schüttelte den Kopf. »Unsere Techniker interessieren sich bestimmt dafür. Keine Auslösevorrichtung! Aber wie hat es sonst funktioniert?«

Sparrow warf einen Blick auf die Kamera, die jede Bewegung registriert hatte, und sah wieder zu Ramsey hinüber. »Wir haben noch ein anderes Problem zu lösen«, stellte er fest.

»Welches?« Ramsey richtete sich auf und rieb sich den schmerzenden Nacken.

Sparrow runzelte die Stirn. »Wie sollen wir den Stützpunkt von unserer Entdeckung benachrichtigen? Wenn wir versenkt werden, geht dieses Wissen mit uns verloren. Aber andererseits darf ich die Funkstille auf keinen Fall durchbrechen.«

Ramsey reckte sich. »Haben Sie Vertrauen zu mir, Skipper?«

»Nein«, antwortete Sparrow unwillkürlich.

Ramsey grinste. »Aber ich kann Ihr Problem trotzdem lösen.«

»Wie?«

»Sie sprechen die ganze Geschichte auf Tonband und spielen es später mit höchster Geschwindigkeit ab. Dann ist jeweils nur ein kurzer Pfeifton zu hören, der mehrmals wiederholt wird. Unsere Leute brauchen ihn nur aufzunehmen und wieder langsam abzuspielen – natürlich unter der Voraussetzung, daß wir vorher ein Kodezeichen senden, das den Tod ankündigt.«

»Trotzdem durchbrechen wir damit die Funkstille.«

Ramsey schüttelte den Kopf. »Wir brauchen nur einen kleinen Sender auf einem Floß zu montieren und ihn so einzustellen, daß er erst zu senden beginnt, wenn wir schon längst verschwunden sind.«

Sparrow starrte ihn überrascht an. »Können Sie das zusammenbauen?«

Ramsey sah sich um. »Warum nicht? Wir haben alles hier, was wir brauchen.«

»Ich schicke Ihnen Garcia, damit er Ihnen hilft«, sagte Sparrow.

»Ich brauche keine ...«

»Er hilft Ihnen trotzdem«, unterbrach Sparrow ihn.

Ramsey grinste wieder. »Richtig, Skipper. Ich hätte fast vergessen, daß Sie mir nicht trauen.«

Sparrow wollte ebenfalls grinsen, runzelte aber statt dessen böse die Stirn. *Will Ramsey mich nur amüsieren, um mich abzulenken?* fragte er sich. *Das wäre durchaus möglich.*

Ramsey warf einen Blick auf seine Uhr. »Meine Wache«, stellte er fest.

»Ich übernehme Ihre Wache«, sagte Sparrow. Er drückte auf den Sprechknopf seines Mikrophons. »Joe, kommen Sie in die E-Bude. Johnny hat eine Möglichkeit entdeckt, wie wir einen Funkspruch absetzen können. Sie müssen ihm dabei helfen.«

»Wir brauchen bestenfalls ein paar Stunden«, erklärte Ramsey. »Ich melde Ihnen die Fertigstellung, Skipper.«

Sparrow nickte. »Noch etwas«, sagte er dann. »Ab sofort tritt eine neue Wacheinteilung in Kraft: jeweils zwei Besatzungsmitglieder haben Wache und lassen sich dabei nicht aus den Augen.«

Ramsey riß die Augen auf. »Wir sind aber nur vier, Skipper.«

»Natürlich ist das anstrengend«, stimmte Sparrow zu. »Deshalb wird der zweite Mann jeweils nach der Hälfte der Wache abgelöst.«

»Das habe ich nicht gemeint«, sagte Ramsey. »Wenn Ihre Einteilung verwirklicht wird, beobachten wir uns gegenseitig. Das muß dazu führen, daß wir mißtrauisch werden. Und dieses Mißtrauen bewirkt eine Art Paranoia, die ...«

»Ich werde einen Vermerk ins Logbuch aufnehmen, daß Sie offenbar mit den Maßnahmen der Schiffsführung nicht einverstanden sind«, unterbrach Sparrow ihn.

Ramsey dachte: *Vorsicht! Das sind die ersten Anzeichen der Paranoia, vor der Obe mich gewarnt hat.* »Wir können aber nicht ständig ...«, begann er nochmals.

»Ich bin noch immer Kommandant der *Hornet*«, wies Sparrow ihn zurecht.

»Jawohl, *Captain*«, antwortete Ramsey. Seine Stimme hatte deutlich einen spöttischen Unterton.

Sparrow drehte sich wortlos um, verließ den Raum und ging in seine Kabine. Dort ließ er sich auf die Koje fallen und überlegte: *Wir haben einen Spion an Bord. Irgend jemand muß den Sender in Betrieb gesetzt haben. Ich hätte Joe hereinholen sollen, als Ramsey die Röhre zerlegt hat. Er behauptet, daß sie keine Auslösevorrichtung enthält, aber vielleicht hat er sie nur vor mir versteckt. Ich muß . . .*

Er erinnerte sich daran, daß er Garcia befohlen hatte, in die E-Bude zu gehen. Er drückte auf den Sprechknopf seines Mikrophons. »Joe, sind Sie achtern bei Johnny?«

»Aye, Skipper«, antwortete Garcias Stimme aus dem Deckenlautsprecher.

»Sehen Sie sich die Röhre an«, sagte Sparrow. »Vielleicht finden Sie etwas, das wir übersehen haben.«

»Wird gemacht, Skipper. Bin gerade dabei.«

»Das war alles«, schloß Sparrow und schaltete ab.

Garcia sah von der Glasglocke auf. »Sie haben völlig recht, Johnny. Kein Auslösemechanismus.«

»Was ist das Ding Ihrer Meinung nach?« erkundigte Ramsey sich.

»Da gibt es nur eine Möglichkeit«, stellte Garcia fest. »Ein Relaisverstärker.«

Ramsey nickte zustimmend. »Richtig. Das eigentliche Signal kommt von woanders her.«

»Aber trotzdem aus nächster Nähe«, wandte Garcia ein. »Bestenfalls zwei oder drei Meter.«

Ramsey runzelte nachdenklich die Stirn. »Wie steht es mit den Ersatzröhren?« fragte er.

Garcia schüttelte den Kopf. »Nichts.«

»Der Captain hat meine Bude überprüft, während ich die Röhre zerlegt habe«, sagte Ramsey. »Ebenfalls Fehlanzeige.« In diesem Augenblick begann der Lautsprecher über dem Seismoskop zu summen. Die grüne Linie schlug mehrmals nach oben aus.

Bonnetts Stimme drang aus dem Lautsprecher. Er sprach von der Kontrollzentrale aus: »Skipper!«

»Was gibt es, Les?« fragte Sparrow sofort.

»Mehrere Detonationen achteraus.«

»Ich habe sie beobachtet«, berichtete Ramsey. Er rechnete so schnell wie möglich. »Ungefähr hundertvierzig Kilometer achteraus. Das muß der Behälter gewesen sein, den wir ausgestoßen haben.«

»Dann haben sie also tatsächlich den Behälter für uns gehalten, weil er das Signal ausgestrahlt hat!« stellte Sparrow überrascht fest.

»Das schätze ich auch, Skipper«, antwortete Ramsey.

Sparrow sprach weiter: »Sowie ich meine Arbeit hier beendet habe, löse ich Les ab.« Er räusperte sich.

Ramsey warf einen Blick auf die Uhr. »Wird allmählich Zeit«, murmelte er vor sich hin. »Les hat jetzt schon die dritte Wache hintereinander.«

Sparrow fuhr fort: »Dann schlage ich die neue Wacheinteilung im Erholungsraum an. Sie tritt ab sofort in Kraft.«

»Was hat der Alte eigentlich?« fragte Garcia. »Er scheint einen Zorn im Leib zu haben.«

Ramsey schilderte ihm die neue Einteilung.

»Der Teufel soll den Kerl holen!« sagte Garcia. »Als ob wir nicht schon verrückt genug wären!«

Ramsey starrte ihn an. *Das ist eine merkwürdige Reaktion für einen Ingenieur,* dachte er. *Für einen Psychologen völlig in Ordnung, aber für Garcia ...*

Sparrow warf einen kurzen Blick auf den Gesamtzeitmesser in seiner Kabine: sieben Tage, neunzehn Stunden und dreiundzwanzig Minuten seit dem Auslaufen.

Er stand langsam auf, nahm die Wacheinteilung mit, verließ den Raum und schloß sorgfältig die Tür hinter sich. Als er an der E-Bude vorüberging, hörte er Ramsey sagen: »Das stabilisiert die Drehzahl der Aufnahmespule. Deshalb muß es genau abgeglichen werden.«

Sparrow hörte Garcias Antwort nicht mehr, denn er hatte bereits den Erholungsraum betreten und schloß sorgfältig die Tür hinter sich.

5

Während der nächsten Wache wurde das winzige Floß mit dem Sender zu Wasser gebracht. Dann suchte die *Hornet* wieder größere Tiefen auf, die ihr eigentliches Element waren. Sparrow trug den Zeitpunkt in das Logbuch ein: sieben Tage, zwanzig Stunden und achtundvierzig Minuten seit dem Auslaufen. Er fügte auch ihre augenblickliche Position hinzu: einundsechzig Grad achtundfünfzig Minuten nördlicher Breite, siebzehn Grad zweiunddreißig Minuten westlicher Länge. Der Sender sollte vier Stunden später den Betrieb aufnehmen.

»Gut gemacht, Johnny«, sagte Sparrow mechanisch. »Hoffentlich funktioniert das Ding auch.« Er sah zu Garcia hinüber. »Aber damit rechnen wir lieber nicht fest.«

Garcia zuckte mit den Schultern. »Es *könnte* funktionieren«, meinte er. »Falls es jemand hört.« Er starrte Ramsey an.

Joe ist mißtrauisch, dachte Sparrow. *Wenn Ramsey wirklich für die andere Seite arbeitet, hat er den Sender bestimmt auf eine Wellenlänge eingestellt, die der Gegner abhört. Und dann können wir uns auf etwas gefaßt machen!*

»Bin ich jetzt abgelöst?« wollte Ramsey wissen.

»Ja, bis Sie wieder Wache haben«, antwortete der Captain. Er starrte hinter Ramsey her.

Sobald Ramsey seine Kabine erreicht hatte, holte er das Telemeter unter der Koje hervor und untersuchte den Streifen. Diesmal hatte Sparrow endlich reagiert! Aber wie! Jeder Ausschlag seit der Entdeckung des Senders war größer als der vorhergehende! Ramsey ließ den Streifen sinken.

Sparrow verliert das Gefühl für Realitäten, dachte er. *Ich muß etwas unternehmen. Aber was? Und was weiß ich überhaupt über seine Reaktionen? Mir ist in der vergangenen Woche nur klar geworden, daß er sein Fach ausgezeichnet versteht. Manchmal könnte man fest glauben, das Boot sei ein Teil seiner selbst – oder umgekehrt. Als ob Sparrow nur ein Bauteil wäre: Captain, U-Boot, Modell I, tragbar.*

Ramsey erinnerte sich plötzlich an den kurzen Augenblick in seiner Bude, in dem er das Gefühl gehabt hatte, Bestandteil des Bootes zu sein.

Sparrow hatte sich offenbar glänzend angepaßt, weil das seine Überlebenschancen erhöht.

Captain, U-Boot, Modell I – vielleicht entspricht das tatsächlich der Wirklichkeit.

Ramsey streckte sich auf seiner Koje aus, schloß die Augen und war schon nach wenigen Sekunden traumlos eingeschlafen.

Garcia hatte Wache.

Der Gesamtzeitmesser zeigte an: acht Tage, vier Stunden und neunzehn Minuten seit dem Auslaufen.

Bonnett hielt sich ebenfalls in der Kommandozentrale auf. Er saß zusammengekrümmt auf einem Hocker und hatte die Augen geschlossen.

Die *Hornet* machte zwanzig Knoten.

Garcia stand vor dem Hauptkontrollpult, beobachtete die verschiedenen Instrumente und warf ab und zu einen Blick auf die Anzeige des Autopiloten.

Der Sonar-Empfänger begann zu summen.

Bonnett hob ruckartig den Kopf. Er starrte den Oszillographen links neben sich an und legte den Schalter um, der die Elektromotoren der *Hornet* gleichzeitig abstellte.

Das Boot trieb lautlos weiter.

»Was war das?« fragte Garcia.

»Metall. Groß. In unserer Richtung.«

»Nur ein Signal?«

»Weiß ich noch nicht.«

»Ein Iwan?«

»Ruhe!«

Bonnett drehte den Abstimmknopf nach rechts und beobachtete die Anzeige. »Einer. Er kommt so schnell, als gehörte ihm der ganze Ozean. Das kann sich in dieser Gegend nur ein Iwan leisten. Du mußt den Skipper aufwecken.«

Garcia drückte auf den Knopf, der den Summer in Sparrows Kabine betätigte.

Wenige Sekunden später erschien Sparrow in der Tür.

Bonnett wies mit dem Daumen auf das Sonar-Gerät.

Die *Hornet* hatte sich langsam nach Steuerbord geneigt, während sie Fahrt verlor. Jetzt krängte sie bereits so stark, daß Sparrow sich festhalten mußte, um nicht das Gleichgewicht zu verlieren. »Wie weit bis zum Boden?« fragte er.

»Zu weit«, antwortete Bonnett.

Garcia drehte sich um. »Hoffentlich fällt euch bald etwas ein, bevor wir nur noch kriechen!«

Sparrow sah nochmals auf das Ortungspult. Das andere U-Boot war weniger als fünf Kilometer entfernt und näherte sich rasch. Plötzlich erschienen zwei Zacken auf dem Oszillographen. »Jetzt sind es schon zwei«, stellte er fest.

»Sie laufen in weniger als tausend Meter Abstand an uns vorbei«, sagte Bonnett.

»Wenn sie den jetzigen Kurs beibehalten«, antwortete Sparrow. »Das kann aber auch nur ein Trick sein.«

»Die Kerle müssen schlafen, wenn sie uns bisher noch nicht geortet haben«, flüsterte Garcia.

»Ihr Ortungssystem ist ziemlich miserabel«, sagte Sparrow. Er wandte sich an Garcia: »Joe, schießen Sie vier Torpedos mit Suchköpfen ab und stellen Sie die Zünder auf fünf Minuten Verzögerung ein.« Garcia nickte und führte den Befehl aus.

»Tauchen«, wies Sparrow Bonnett an. Die Elektromotoren summten leise und verstummten dann wieder.

»Sie sind nicht nur blind, sondern auch taub!« stellte Garcia fest.

Sparrow beobachtete gespannt den Druckmesser. Der Zeiger bewegte sich langsam nach rechts: 210 ... 211 ... 212 ... 213 ... Der rote Punkt bei 220 zeigte die maximale Tauchtiefe der *Hornet* an. Der Zeiger bewegte sich noch immer: 214 ... 215 ... 216 ...

Auf Garcias Stirn standen dicke Schweißperlen. Bonnett nagte nervös an der Unterlippe. Sparrow sah nur kurz auf, als Ramsey hereinkam. Dann starrte er wieder den Druckmesser an. »Genug«, sagte er leise zu Bonnett.

Das Manometer registrierte 218, ging langsam auf 217 zurück und blieb dort stehen.

»Sie sind fast über unserem ...«, flüsterte Bonnett.

Als die dumpfe Detonation die *Hornet* erschütterte, schlug der Zeiger wild aus, erreichte 224 und ging wieder langsam auf 217 zurück.

»Ich habe gehört, daß die Implosion auf der *Barracuda* erst bei 245 erfolgt ist«, murmelte Garcia.

»Die meisten Boote halten sogar mehr aus«, wandte Bonnett ein.

»Selbst wenn sie die Torpedos geortet haben, wissen sie noch nicht, wo wir stecken«, sagte Sparrow.

»Aber das zweite Boot ist jedenfalls gewarnt«, stellte Bonnett fest. »Es treibt nur noch, hat aber die Abwehrtorpedos bereits ...«

Drei kurze Hammerschläge erschütterten die *Hornet*.

»Das waren unsere Torpedos«, sagte Sparrow. »Haben Sie einen Wassereinbruch gehört, Johnny?«

»Fehlanzeige«, antwortete Ramsey.

»Dann haben sie unsere Position bereits nach dem Echo berechnet«, sagte Sparrow. »Schießen Sie einen Störtorpedo ab,

Joe. Und die Abwehrtorpedos gleich hinterher.« Er schlug Bonnett auf die Schulter. »Ausweichmanöver. Volle Kraft voraus.«

Bonnett nickte wortlos. Die Elektromotoren begannen wieder zu summen.

Garcia hatte nacheinander den Störtorpedo und den Satz Abwehrtorpedos abgeschossen. Jetzt drehte er sich wieder zu den anderen um. »Warum habe ich nicht rechtzeitig einen sicheren Job in einer Nitroxfabrik angenommen?« wollte er wissen.

»Ich kann gar nicht einsehen, daß ihr Kerle ewig leben wollt«, sagte Bonnett. »Hier sitzt ihr ganz gemütlich in einer schwimmenden . . .«

»Aufwärts!« sagte Sparrow plötzlich. »Wenn es hart auf hart geht, möchte ich wenigstens noch tauchen können.«

Garcia führte den Befehl aus.

»Wir verlassen den Bereich des Störtorpedos«, stellte Ramsey fest.

»Schießen Sie noch einen in Richtung auf unseren jetzigen Kurs ab«, wies Sparrow ihn an. Er schlug Bonnett nochmals auf die Schulter. »Ruder hart Steuerbord und treiben lassen.«

Bonnett nickte und legte dann den Antrieb still. Die *Hornet* verlor langsam an Fahrt. Gleichzeitig begann sie nach Steuerbord zu krängen.

»Der Trimm muß später verbessert werden«, stellte Sparrow fest.

Bonnett lehnte sich zu Ramsey hinüber und flüsterte ihm zu: »Der Captain ist wirklich ein Genie. Wir treiben jetzt genau am Rand des Bereichs des ersten Störtorpedos. Der zweite hinterläßt eine Spur, der die anderen folgen, bis sie . . .« Seine Stimme brach ab, als er mit vor Schreck geweiteten Augen den Bildschirm des Ortungsgerätes anstarrte. »Skipper!« sagte er heiser. »Sie sind genau über uns! Jetzt laufen sie mit voller Kraft voraus über uns weg. Abstand nicht mehr als vierzig Meter!«

Sparrow schob Garcia beiseite, griff selbst nach den Hebeln an dem Nebenkontrollpult, ließ den Antrieb aufheulen und steuerte die *Hornet* in das Kielwasser des feindlichen U-Bootes. Zu Bonnett sagte er: »Bleiben Sie dicht hinter ihm, Les. Aber vorsichtig, Freund, ganz vorsichtig.«

»Ich habe gehört, daß die alte *Plunger* den gleichen Trick

vorgeführt hat«, flüsterte Garcia. »Aber ich hätte nie gedacht, daß ich ihn selbst erleben würde.«

»Das ist ihr blinder Fleck«, sagte Ramsey. »Solange wir in ihrem Kielwasser bleiben, können sie unser Schraubengeräusch nicht hören.«

Bonnetts Stimme klang wieder so ruhig wie zuvor: »Zwei Grad Backbord.«

Sparrow nahm die Kurskorrektur vor.

Ramsey wies auf das Oszilloskop.

Bonnett warf einen Blick auf das Instrument und meldete: »Skipper, an Steuerbord lauert ein ganzes Wolfsrudel. Es läuft auf den letzten Störtorpedo zu, den wir ausgestoßen haben.«

»Zu nah«, stellte Sparrow fest. Er verringerte die Fahrt der *Hornet* und drückte gleichzeitig auf einen der Knöpfe auf dem Torpedopult, um einen Aal scharfzumachen. »Sagen Sie mir, wenn wir den Mindestabstand erreicht haben«, wandte er sich an Bonnett. »Nach der Detonation schießen Sie sofort vier Störtorpedos in verschiedene Richtungen ab.«

Bonnett nickte bestätigend. »Hundert Meter«, sagte er. »Hundertfünfundzwanzig ... hundertfünfzig ... hundertsiebzig ...« Er warf einen Blick auf das zweite Oszilloskop. »Innerhalb der nächsten Sekunden nehmen die anderen Boote zwei Signale aus unserer Richtung auf – und eines paßt nicht zu ihrer IFF. Zweihundertfünfzig ... zweihundertsiebzig ...«

Sparrow schoß den einen Torpedo ab, legte den Antrieb still und begann zu zählen: »Eins, zwei, drei, vier, fünf, sechs, sieben, acht, neun, zehn, elf, zwö ...«

Ein schwerer Schlag erschütterte die *Hornet.*

Bonnett schoß die Störtorpedos ab.

Ramseys Ohren summten.

Sparrow schaltete auf höchste Fahrtstufe, beschrieb einen engen Kreis mit der *Hornet* und zog sie steil nach oben. Dann schob er Garcia an das Tauchkontrollpult und trat selbst zurück. »Die anderen glauben bestimmt, daß wir jetzt tauchen«, sagte er dabei. »Tanks anblasen.«

Garcia drückte auf die Knöpfe. Die *Hornet* setzte sich ruckartig in Bewegung.

»Les, melden Sie mir, wenn wir nur noch zwanzig Meter unterhalb der Grenze des Störbereichs sind«, sagte Sparrow.

»Aye, Skipper«, antwortete Bonnett. »Das dauert noch einige Zeit.«

Bonnett sah den verblüfften Ausdruck auf Ramseys Gesicht und meinte grinsend: »Das haben Sie auf der Marineakademie nicht gelernt, was?«

Ramsey schüttelte den Kopf.

»Wir schweben nach oben«, sagte Bonnett. »Vielleicht hängen wir bis dahin mit dem Kopf an der Decke, aber jedenfalls tauchen wir leise auf.«

Sparrow warf einen Blick auf den Außendruckmesser: fünfundneunzig Atmosphären — weniger als tausend Meter. Er sah fragend zu Bonnett hinüber, der den Kopf schüttelte.

Die Sekunden tickten langsam vorbei.

»Jetzt!« sagte Bonnett plötzlich.

Garcia legte den Antrieb still.

Sparrow fuhr sich mit dem Handrücken über das Gesicht und schüttelte verblüfft den Kopf, als er das Blut sah. »Nasenbluten«, stellte er fest. »Der Druckwechsel war zu schnell. Los, jeder eine Haldane-Pille!« Er holte die grüne Pille aus der Tasche seines Hemdes, schluckte sie, mußte gegen ein plötzliches Schwindelgefühl ankämpfen und behielt sie nur mit Mühe unten.

Ramsey verschluckte sich, hustete und hielt sich den Magen.

Bonnett schüttelte den Kopf. »Das Zeug ist schlimmer als ein Liter lauwarmes Salzwasser«, stellte er fest.

Die *Hornet* krängte leicht nach Steuerbord.

Sparrow sah zu Ramsey hinüber. »Auf die Backbordseite, Johnny«, sagte er.

Ramsey gehorchte und dachte: *Und das alles, damit die anderen mich Johnny nennen!*

Als er an Garcia vorbeiging, drückte der Bootsingenieur den gleichen Gedanken laut aus: »Ich wette, daß Sie lieber Kleiner oder Ramsey heißen möchten.«

Ramsey grinste schwach.

Das Deck neigte sich weniger rasch, aber unaufhaltsam.

Sparrow nickte Bonnett zu. »Handpumpe. Mit Wasser trimmen. Aber langsam und leise.«

Bonnett ging an das Achterschott und klappte den Pumpenschwengel aus der Halterung. Sparrow nahm seinen Platz ein.

Die *Hornet* kehrte langsam auf ebenen Kiel zurück, aber dann begann der Bug zu sinken. Und wenige Minuten später neigte sich das Deck nach Backbord.

Sparrow winkte Ramsey zu sich heran. »Hierher, Johnny,

damit sich der Bug aufrichtet. Versuchen Sie das Gleichgewicht zu halten.«

Ramsey warf einen Blick auf den Druckmesser: achtundfünfzig Atmosphären. Sie waren weniger als sechshundert Meter tief.

»Auf diese Weise können wir einigermaßen im Trimm bleiben«, meinte Sparrow. »Aber wenn wir auf eine starke Strömung stoßen, müssen wir vielleicht doch den Antrieb riskieren.«

Die *Hornet* trieb weiter nach oben.

Ramsey hatte den richtigen Rhythmus gefunden. Die Trimmlage ließ sich nicht völlig ausgleichen, aber gemeinsam mit Bonnett gelang es ihm immerhin, die Ausschläge in erträglichen Grenzen zu halten.

Das Deck bewegte sich plötzlich nicht mehr nach Backbord, denn die *Hornet* holte schwer nach Steuerbord über. Gleichzeitig stampfte der Bug, als das Boot zu rollen begann. Ein lautes Zischen dröhnte durch die Hülle.

Der Bildschirm über Garcia zeigte plötzlich ein milchiges Grün, als die Kamera über dem Kommandoturm eingeschaltet wurde. Sparrow stand unbeweglich vor dem Hauptkontrollpult.

Wann nehmen wir endlich wieder Fahrt auf? fragte Ramsey sich.

Diesmal holte die *Hornet* weit nach Backbord über.

Einen unendlichen Augenblick lang starrte Ramsey auf die Röhren und Leitungen an der Backbordwand hinab. *Gleich kentern wir,* dachte er.

Aber die *Hornet* richtete sich langsam wieder auf. Auf dem Bildschirm wurden schaumgekrönte Wogen sichtbar. Dicht über dem Wasser hing eine undurchdringliche Nebelwand. Die *Hornet* stampfte heftig in der hohen Dünung.

»Ich bin völlig Ihrer Meinung, Skipper«, sagte Bonnett. »Eine Todesart ist so gut wie die andere. Die Kerle hätten uns bestimmt gehört.«

Sparrow warf einen Blick auf den Oszillographen. »Welcher Kurs liegt an, Joe?«

»Fast achtundfünfzig Grad.«

»Der Wind steht gerade richtig«, meinte Sparrow. »Die Brüder dort unten sind noch immer hinter dem letzten Störtorpedo her.«

»Lieber Gott, ich danke dir für den schönen Nebel«, sagte Bonnett ernsthaft.

»Sie haben jetzt wachfrei, Joe«, stellte Sparrow fest. »Ich übernehme Ihren Posten.« Er sah wieder auf das Sonoskop. »Wir lassen uns treiben, bis wir keine Signale mehr aufnehmen.«

Ramsey gähnte.

Sparrow wies mit dem Daumen auf die Tür. »Sie ebenfalls. Gut gemacht, Johnny.«

Ramsey grinste und verschwand wortlos in dem Niedergang. Das Deck unter ihm schwankte heftig. Plötzlich konnte er sich nicht mehr beherrschen, hielt sich die Hand vor den Mund und erreichte mit knapper Not seine Kabine.

Garcia kam hinter ihm her, drückte ihm eine blaue Tablette in die Hand und sorgte dafür, daß Ramsey sie schluckte.

Die Wirkung setzte sofort ein. »Danke«, brachte Ramsey heraus.

»Los, in die Falle, Kleiner.«

Garcia half ihm in die Koje und deckte ihn zu.

Seekrank! Das hängt mir ewig nach! dachte Ramsey. Er hörte, daß Garcia die Kabine verließ, und erinnerte sich an das Telemeter. Aber er war zu müde und schlief sofort ein.

Bevor er wieder auf Wache gehen mußte, fand er einen Augenblick Zeit, um den Streifen zu untersuchen.

Sparrow hatte offenbar seine eiserne Selbstbeherrschung wiedergefunden.

Ramseys Unterbewußtsein schien sich mit dem Problem befaßt zu haben. Jetzt drang die Lösung allmählich bis in das Bewußtsein vor.

Er wußte, was er zu tun hatte.

6

Die *Hornet* trieb dreiundzwanzig Stunden lang vor dem Wind und entfernte sich in nordöstlicher Richtung von Island. Ein grauer Fleck im Nebel, der noch immer dicht über dem Wasser hing. Und hinter ihr tauchte von Zeit zu Zeit die grüne Oberseite des Prahms wie ein Meeresungeheuer aus den Wogen auf.

Ramsey hatte gemeinsam mit Garcia zweite Wache, als

Sparrow die Kontrollzentrale betrat. Der Captain wirkte gelöster als sonst.

Er ist völlig entspannt, dachte Ramsey. *Das ist nur richtig. Wer soll uns schon hier oben suchen? Wir liegen so tief im Wasser, daß die Küstenstationen uns nicht orten können.*

»Alles ruhig, Skipper«, sagte er.

»Ausgezeichnet«, antwortete Sparrow. Er sah auf den Gesamtzeitmesser: neun Tage, drei Stunden und siebenundvierzig Minuten. »Joe, seit wann haben wir kein Signal mehr von unseren Freunden aufgenommen?«

»Seit fast zehn Stunden.«

Sparrow warf einen Blick auf die Sonar-Karte. Der rote Punkt stand auf sechsundsechzig Grad, neun Minuten und zwanzig Sekunden nördlicher Breite und zwei Grad, elf Minuten und vierzig Sekunden westlicher Länge. Er nickte Ramsey zu. »Fahrt aufnehmen, Johnny. Aber nicht mehr als acht Knoten.«

Ramsey schaltete den Antrieb ein.

Die *Hornet* nahm langsam Fahrt auf.

»Ruder spricht an, Skipper«, meldete Ramsey kurze Zeit später.

Sparrow nickte. »Kurs dreizehn Grad. Wir sind ein bißchen zu nahe an der norwegischen Küste. Dort stehen eine Menge Horchstationen.«

Ramsey ging auf den befohlenen Kurs.

»Solange der Nebel anhält, bleiben wir aufgetaucht«, sagte Sparrow.

»Unsere Schutzengel machen Überstunden«, stellte Garcia fest.

»Ob sie in einer Gewerkschaft organisiert sind?« fragte Ramsey.

Sparrow sah wieder auf den Gesamtzeitmesser: genau neun Tage und vier Stunden. Er nickte Garcia zu. »Lösen Sie ihn ab, Joe.«

Garcia trat an Ramseys Stelle.

»Sie können schlafen gehen«, sagte Sparrow.

Ramsey fühlte sich müde und erschöpft. Aber er erinnerte sich an das, was er tun mußte, und kämpfte gegen die Müdigkeit an. »Zum Glück sind wir bald da«, sagte er.

Sparrow runzelte die Stirn.

»Ich bin jedenfalls froh, wenn der Zauber vorbei ist«, sprach

Ramsey weiter. »Hätten wir das verdammte Öl nur erst wieder . . .«

»Das genügt«, unterbrach Sparrow ihn.

»Haben Sie Angst, daß ich Ihr kleines Geheimnis ausplaudere?« fragte Ramsey.

Garcia starrte ihn verblüfft an.

»Gehen Sie in Ihre Kabine«, befahl Sparrow.

»Wird gemacht«, antwortete Ramsey und ahmte Garcias Akzent nach. Er grinste so frech wie möglich und ging auf die Tür zu.

»Kommen Sie zu mir, bevor Ihre nächste Wache beginnt«, sagte Sparrow. »Wir müssen uns . . .« Er brach ab, als eine rote Warnlampe auf dem Reaktorkontrollpult zu blinken begann. Die Lampe glühte grün, dann rot und wieder grün.

»Im Reaktorraum hat sich etwas losgerissen«, stellte Sparrow fest.

»Die Druckwelle des einen Torpedos«, sagte Ramsey.

»Wahrscheinlich eher die Erschütterung durch den hohen Seegang«, meinte Garcia.

»Kurzschluß an der Steuerbordseite«, warf Sparrow ein. »Anscheinend in der Fernbedienung. Les soll sofort heraufkommen.«

Garcia drückte auf den Alarmknopf.

»Kameras einschalten«, befahl Sparrow.

Ramsey kehrte an seinen Platz zurück. Garcia warf ihm einen kurzen Blick zu und schaltete dann nacheinander die Reaktorraumkameras ein.

Bonnett kam herein. »Was ist los?«

»Kurzschluß im Reaktorraum«, erklärte Sparrow ihm. »An der Steuerbordseite. Ich gehe nach vorn.« Er sah zu der Lampe hinüber. Rot, grün, rot, grün, rot . . . »Les, helfen Sie mir in den Anzug. Ich muß durch den unteren Steuerbordtunnel und die Fernbedienung über den Spiegel steuern.«

»Augenblick, Skipper«, warf Garcia ein. »Sehen Sie sich das an.« Er wies auf einen der Bildschirme.

Sparrow kam näher.

Jetzt sahen auch die anderen, was Garcia meinte. Der lange Arm der hydraulischen Moderatorkontrolle war an dem oberen Scharnier abgebrochen. Dadurch konnte der Greifer, der sonst waagrecht in Ruhestellung stand, sich frei bewegen und pendelte immer wieder gegen ein dickes Kontrollkabel. Bei jeder Berührung sprühten blaue Funken aus dem Kabel.

Garcia wies auf die untere Hälfte des Bildschirms, auf der das Gehäuse der Fernbedienung sichtbar war. »Das ist die größte Schwierigkeit. Das ganze Gehäuse steht nicht mehr richtig. Die Schraubbolzen sind glatt abgeschoren.«

Sparrow drehte sich um. »Les, ich habe mir die Sache anders überlegt. Sie bleiben mit Johnny hier. Joe, Sie kommen mit.« Er sah zu Ramsey hinüber. »Tauchen, bis der Seegang sich nicht mehr auswirkt.«

Ramsey reagierte automatisch: Tiefenruder zwei Grad, Druckausgleich arbeitet, Innendruck gleichbleibend. Er schaltete die Kamera im Maschinenraum ein, um Sparrow und Garcia beobachten zu können. *Ausgerechnet jetzt muß ich meine Vorstellung geben*, überlegte er sich. Dann zuckte er innerlich mit den Schultern. *Vielleicht war der Zeitpunkt doch nicht schlecht gewählt.*

Sparrow und Garcia hatten die Schutzanzüge bereits aus den Spinden geholt. Sparrow stand vor Garcia und half ihm in den Anzug.

Was zeichnet das Telemeter jetzt auf? fragte Ramsey sich. *Wieder nur eiserne Selbstbeherrschung? Oder unkontrollierbare Reaktionen?*

Sparrow holte tief Luft und sprach in das Helmmikrophon: »Abstimmung ... Abstimmung. Hören Sie mich, Les?«

Seine Stimme dröhnte aus dem Deckenlautsprecher. Ramsey verringerte die Lautstärke.

Bonnett antwortete: »Laut und klar, Skipper.«

»Joe«, sagte Sparrow. »Hören Sie mich?«

»Klar, Skipper.«

»Hören Sie gut zu, Les«, fuhr Sparrow fort. »Wenn der Arm zu weit ausschlägt, kann er den Reaktor beschädigen. Beobachten Sie ihn auf Ihrem Schirm. Vielleicht sehe ich die Lageveränderung nicht rechtzeitig.«

Bonnett warf einen Blick auf den Bildschirm. »Vorläufig ist alles ruhig, Skipper. Der Greifer liegt auf der Strebe über dem Reaktor.«

»Die Schraubenbolzen sind aber abgeschoren«, sagte Sparrow. »Wenn wir Pech haben, fällt der ganze Kasten auf den Reaktor.«

Bonnett studierte den Bildschirm. »Skipper, vielleicht können Sie den Arm mit den Greifern der Fernbedienung stabilisieren.« Er beugte sich dicht über den Schirm. »Dazu müßten Sie aber haargenau arbeiten. Der Greifer muß unter dem abgebrochenen Scharnier durchgreifen.«

»Wieviel Platz ist unterhalb frei?«

»Etwa zwanzig Zentimeter. Bestimmt nicht mehr. Und der Beobachtungsspiegel steht in einem schlechten Winkel.«

»Weisen Sie mich ein«, befahl Sparrow. »Wir schaffen es trotzdem.« Er drehte sich um, öffnete die Tunneltür und schaltete den Helmscheinwerfer ein. »Joe, Sie bleiben hier, wenn ich Sie nicht rufe.« Er griff mit der behandschuhten Hand in den Tunnel, legte den Ventilatorschalter um und stellte die Verbindung zwischen der Luftversorgung und seinem Anzug her.

»Ich achte auf die Zeit«, sagte Garcia. »Les soll die Strahlung im Tunnel überwachen.«

Bonnett hatte zugehört und antwortete: »Skipper, ich überwache Ihr Zeit-Strahlungs-Verhältnis von hier aus.« Er ließ eine Stoppuhr anlaufen und warf gleichzeitig einen Blick auf den Geigerzähler, der die Meßwerte aus dem Tunnel übertrug.

»Ich gehe jetzt hinein«, kündigte Sparrow an. Er bückte sich und verschwand in dem Tunnel. »Ich beschreibe Ihnen die Lage, Les. Zeichnen Sie alles auf Band auf, falls wir später einen Unfallbericht einreichen müssen.«

»Nur keine unchristliche Hast, Skipper«, mahnte Bonnett.

Sparrow sagte: »Joe, verriegeln Sie die Tür hinter mir. Wenn das Gehäuse nach Steuerbord fällt, zertrümmert es bestimmt einen Teil der vorderen Abschirmung. Dann wird es hier drinnen verdammt heiß.«

»Wird gemacht.«

Sparrow hörte einen dumpfen Schlag hinter sich und wußte, daß Garcia den Befehl ausgeführt hatte. Plötzlich fühlte er sich völlig allein und verlassen. Der Schweiß stand ihm in dicken Perlen auf der Stirn. Sein Hemd schien an ihm zu kleben.

Garcias Stimme kam aus einer anderen Welt zu ihm: »Was sehen Sie, Skipper?«

»Im Tunnel ist alles klar. Bisher noch nicht übermäßig heiß.« Der Helmscheinwerfer sandte einen scharfgebündelten Lichtstrahl durch die Dunkelheit. Das Licht fiel auf die Sicherheitstür, die nach der Abschirmung in das Druckschott eingelassen war. Sparrow zog sie auf und ließ sie in geöffneter Stellung einrasten.

Vor ihm strahlten die Scheinwerfer der Innenbeleuchtung in einem unwirklichen Blau, das von den Spiegeln reflektiert wurde. Sparrow stand jetzt in ihrem Lichtschein.

»Ich habe die Fernsteuerung erreicht«, sagte er. Dann schluckte er trocken und versuchte die Angst zu überwinden, die ihn plötzlich überfallen hatte. Unter dem bläulichen Licht wartete . . . was? Die Welt mit allen ihren Schrecken.

Garcias Stimme kam aus seinem Helmlautsprecher: »Alles okay, Skipper?«

Sparrow holte tief Luft. »Ja.«

Ich bilde mir einfach ein, noch immer in der Schule zu sein, dachte er. *Das Ganze ist nur eine Übung. Der Reaktor ist gar nicht echt, sondern nur eine Nachbildung zu Trainingszwekken . . .*

»Skipper?« Das war Les gewesen.

»Ja?«

»Fertig?«

»Augenblick, Les.«

»Okay.«

Sparrow steckte beide Hände in die Griffe der Fernbedienung, bis er eine feste Verbindung hergestellt hatte. Dann bewegte er die rechte Hand langsam zurück und beobachtete in dem Spiegel, daß der Greiferarm sich in Mittelstellung befand.

»Les?«

»Ich sehe ihn, Skipper. Ungefähr achtzig Zentimeter anheben. Auf gleiche Höhe wie die Zugfeder, aber nicht bis an das Scharnier.«

Sparrow faßte den rechten Handgriff fester und drehte ihn leicht, um die Hydraulik einzuschalten. Der Greiferarm schoß förmlich nach oben. *Zu schnell!* Er spürte, daß ihm der Schweiß ausbrach.

»Etwas langsamer«, sagte Bonnett.

Sparrow murmelte ein Stoßgebet.

»Haben Sie etwas gesagt, Skipper?« fragte Bonnett.

»Alles klar, Les. Weisen Sie mich ein.«

»Okay. Ungefähr fünfzehn Zentimeter nach oben und zwei oder drei nach links. Lassen Sie sich Zeit dabei.«

Sparrow konzentrierte sich auf den Handgriff. Der lange

Greiferarm hob sich langsam, blieb eine Sekunde lang unbeweglich und schwenkte dann nach links.

»So ist es richtig, Skipper. Fahren Sie ihn einen Meter weiter aus und lassen Sie ihn dort stehen, während Sie das letzte Gelenk strecken.«

Der Greiferarm bewegte sich, als sei er mit ihm verwachsen. Sparrow drehte den linken Griff, verriegelte den vordersten Abschnitt und streckte dann den nächsten Teil des Greiferarms.

»Stimmt das?«

»Ausgezeichnet. Können Sie den ganzen Arm um drei Zentimeter heben? Sie sind ein bißchen zu nahe an dem Scharnier.«

»Ich kann den Greifer und den nächsten Abschnitt des Armes nicht gleichzeitig beobachten, Les. Ich konzentriere mich lieber auf das letzte Glied.«

»Okay. Versuchen wir es einfach mit zwei oder drei kleinen Rucken.«

Sparrow betätigte kurz den rechten Handgriff.

»Das war schon ein Zentimeter, Skipper. Noch einmal die gleiche Bewegung.«

Sparrow betätigte den Griff nochmals.

»Ein bißchen zu hoch, Skipper, aber Sie haben trotzdem noch genügend Bewegungsfreiheit.«

»Soll ich etwas tiefer gehen?«

»Nein. Lassen Sie den Arm dort stehen. Führen Sie jetzt den Greifer an dem Scharnier vorbei. Ungefähr einen Meter geradeaus.«

Sparrow drehte den Kopf, um den Greifer in einem der Spiegel sehen zu können. Das Ding schien geradewegs auf das beschädigte Scharnier zu stoßen. *Ungenügende Sicht,* überlegte er. *Warum sind die Spiegel nicht besser angeordnet?* Er zog den rechten Handgriff leicht nach oben. Der Greiferarm schoß nach vorn und blieb wieder stehen.

»Augenblick, Skipper.«

Sparrow hörte Stimmengemurmel.

Dann meldete Bonnett sich wieder: »Sie müssen drei Glieder des Greiferarms über der Bruchstelle schieben, bevor Sie den Greifer absenken können. Am besten strecken Sie den nächsten Abschnitt gleich jetzt.«

Sparrow schob das nächste Glied nach oben und streckte es. »Ist es so richtig?«

»Genau. Jetzt nach vorn schieben.«

Sparrow befolgte die Anweisung und arbeitete bereits sicherer als zuvor. Das nächste Glied kam herauf, wurde gestreckt und nach vorn geschickt.

»Dreißig Zentimeter weiter, Skipper.«

Er bewegte den Greiferarm.

»Jetzt kommt der schwierigste Teil. Senken Sie das Ende am dritten Gelenk ab. Bewegen Sie es langsam und hören Sie sofort auf, wenn ich es sage.«

Sparrow senkte die Endglieder. Er spürte die Bewegung so deutlich, als sei der Greifer nur eine Verlängerung seines Armes. Als er die richtige Position erreicht hatte, hielt er an, bevor Bonnett ihm die Anweisung dazu erteilen konnte. Der Greifer befand sich jetzt unterhalb des Gehäuses außer Sicht. Sparrow wußte, daß es einige Zeit dauern würde, bis er die Spiegel so verschieben konnte, daß der Greifer wieder sichtbar wurde.

»Jetzt sind Sie ungefähr fünfundzwanzig Zentimeter über dem anderen Arm. Um ihn zu erreichen, müssen Sie das Glied absenken, das im Augenblick noch über dem Scharnier steht.«

»Ich möchte auf keinen Fall gegen die Bruchstelle stoßen«, sagte Sparrow. »Der Hebelarm ist so groß, daß der ganze vordere Teil bei der geringsten Berührung abbrechen kann.«

»Ich habe die Entfernung auf dem Bildschirm ausgemessen«, antwortete Bonnett. »Sie haben ungefähr drei Zentimeter Platz.«

Sparrow spürte die Müdigkeit in seinen Armen und Handgelenken. »Nur noch ein bißchen länger, Herr«, flüsterte er. »Wir schaffen es.«

»Fertig?« fragte Bonnett.

»Ja. Weisen Sie mich ein.«

»Okay. Greifer etwa zehn Zentimeter zurückbewegen.«

Sparrow bewegte ihn.

»Jetzt fünfzehn Zentimeter tiefer.«

Sparrow senkte den Greifer und fragte dann: »Wie klappt die Längsausrichtung?«

»Zwei Zentimeter nach rechts.«

Er veränderte den Senkwinkel und ließ den Greifer langsam weiter nach unten. »Wieviel Abstand nach oben?«

»Mindestens fünf Zentimeter.«

Er spürte, daß der Greifer den anderen Arm berührte, senkte ihn noch etwas tiefer und schloß langsam die Klauen.

»Skipper, selbst wenn Sie Ihre Hand dort draußen gehabt hätten, wäre keine bessere Maßarbeit möglich gewesen.«

Sparrow ließ den Greifer in dieser Stellung einrasten und unterstützte den Arm durch einen zweiten, den er von unten herauf führte. Dann griff er nach rechts und sicherte den schweren Arm durch einen zusätzlichen Greifer ab. Das ganze Gehäuse zitterte.

»Mein Gott«, sagte Bonnett, »das Ding wäre glatt umgekippt, wenn Sie den Arm nicht abgestützt hätten, Skipper.«

Sparrow hob die Spitze des beweglichen Schweißbrenners über die Bruchstelle, verriegelte die Einstellung und streckte den Arm, bis die beiden Teile des Scharniers wieder zusammenstießen. Dann setzte er den Schweißbrenner in Betrieb.

»Was haben Sie vor, Skipper?«

»Ich will die Bruchstelle zusammenschweißen. Das ist die einzige Möglichkeit. Die übrigen Glieder sind so beweglich, daß wir trotzdem noch über achtzig Prozent der Reaktoroberfläche erreichen können. Der Rest liegt im Bereich der fernbedienten Greifer.«

»Und das Gehäuse?«

»Ich schlage die Schraubenbolzen einfach in die Auffangwanne durch.« Sparrow senkte den Schweißbrenner und ließ die Flamme über die Bruchstelle spielen. Als das Metall glühte, stellte er den Schweißbrenner ab und drückte die beiden Teile zusammen. Jetzt war eine kleine Vertiefung entstanden. Er führte den Schweißdraht heran, stellte den Schweißbrenner wieder an und füllte die keilförmige Vertiefung aus.

»Das dürfte halten«, stellte Bonnett fest. »Ich habe mir das Gehäuse angesehen. Es scheint nicht verzogen, sondern nur verschoben zu sein. Am besten setzen Sie einen Hydraulikheber am achteren Ende an.«

»Richtig. Wie groß ist die Neigung?«

»Ungefähr ein Grad. Stecken Sie die neuen Schraubenbolzen gleich jetzt an der Innenseite in die Bohrungen. Dann halten sie das Gehäuse, während Sie den Arm senken.«

»Ich habe eine bessere Idee«, sagte Sparrow. »Beobachten Sie weiter und sagen Sie mir, wenn etwas schiefgehen könnte.«

»Was haben Sie vor?«

»Ich will die Bolzen an der Innenseite einstecken und dann die Antriebsstange langsam drehen. Der Druck gegen die Greifer müßte genügen, um das Gehäuse an den alten Platz zu schieben.«

»Das ist aber ziemlich riskant.«

»Aber bestimmt nicht gefährlicher als ein Hydraulikheber, der an der Außenseite des Reaktors abgestützt werden muß, um das Gehäuse in die richtige Lage zu bringen. Auf diese Weise brauchen wir den Reaktor gar nicht zu berühren.«

Sparrow sprach weiter, während er arbeitete: »Die erste Regel für alle Reparaturen innerhalb des Reaktorraumes müßte eigentlich heißen: Reaktor nur dann berühren, wenn es keine andere Möglichkeit gibt.«

»Noch neun Minuten, Skipper«, sagte Bonnett. »Das heißt, daß Sie sich in fünf Minuten auf den Rückweg machen müssen.«

»Schon deshalb ist meine Methode besser«, stellte Sparrow fest.

»Kann Joe nicht den Rest erledigen?«

»Nur im Notfall. Ich möchte nicht gern zwei Leute auf der Abkühlliste stehen haben.«

Er drückte kurz auf den Antriebsknopf. Das Gehäuse begann zu schwanken, aber die Greifer hielten. Zwei Bolzen sanken in die richtige Stellung. Sparrow zog sie mit einem Drehmomentschlüssel an. Dann wiederholte er den Vorgang. Auch die restlichen Schraubenbolzen rutschten nach unten.

Sparrow arbeitete jetzt so rasch wie möglich. Er löste die Greifer, schwenkte den reparierten Kontrollarm zur Seite und verriegelte ihn.

»Nur noch zwei Minuten, Skipper! Sie müssen sofort zurück!«

Sparrow löste den letzten Greifer, der das Gehäuse abgestützt hatte, und ließ ihn in Ruhestellung sinken. Dann kroch er rückwärts durch den Tunnel, schlug die Sicherheitstür hinter sich zu und verriegelte sie. Sein Helmscheinwerfer strahlte ein gelbes Licht aus, das sich auffällig von den blauen Scheinwerfern im Reaktorraum unterschied. Sparrow kroch weiter rückwärts, hörte Garcia die Tunneltür öffnen und spürte die behandschuhten Fäuste des anderen an seinen Beinen, als Garcia ihm aus dem Tunnel half.

Bonnetts Stimme drang aus den Kopfhörern der beiden

Männer: »Sie haben Ihre Zeit um etwa eine Minute überschritten. Gehen Sie ins Lazarett und lassen Sie sich die Spritzen geben.«

Sparrow grinste erleichtert. *Nur gut, daß Les Befehle geben kann,* dachte er. *Dann ist er weniger aufgeregt.*

»Beeilung, Skipper!« mahnte Bonnett. »Je länger Sie dort unten herumlungern, desto länger müssen Sie abkühlen.«

Sparrow schüttelte irritiert den Kopf. Nach Artikel neunzig der Seekriegsartikel ging das Kommando über die *Hornet* auf Bonnett über, wenn sein Vorgesetzter eine übergroße Strahlendosis aufgenommen hatte. Aber nur eine Minute!

Garcia hielt einen Geigerzähler in der Hand, führte ihn über Sparrows Anzug und drehte ihn an der Schulter herum. Dann stellte er den Zähler in den Schrank zurück und machte eine kurze Handbewegung. »Sofort unter die Dusche, Skipper.« Er löste Sparrows Luftschlauch aus der Verriegelung innerhalb des Tunnels, schloß die Tür und schob die Riegel vor.

Sparrow stolperte unter die Dusche und drehte den Hahn auf.

»Warum braucht er so lange, Joe?« wollte Bonnett wissen.

»Er steht jetzt unter der Dusche, Les. Noch eine halbe Minute.«

»Machen Sie es kurz, Joe. Johnny kommt mit der Spritze nach unten und verarztet ihn gleich an Ort und Stelle. Dadurch sparen wir wieder ein paar Minuten.«

Ramsey erschien auf dem Eisensteg über dem Maschinenraum. Er trug einen Erste-Hilfe-Kasten für Strahlungsschäden unter dem Arm. Nachdem er das untere Deck erreicht hatte, war er Garcia behilflich, der sich seinen Schutzanzug abstreifte.

Sparrow kam ohne Anzug aus der Duschkammer und runzelte die Stirn, als er den Kasten in Ramseys Hand sah.

»Beugen Sie sich nach vorn, Skipper«, forderte Ramsey ihn auf.

Sparrow gehorchte und zuckte zusammen, als Ramsey die Nadel einstach.

Ramsey zog die Nadel wieder heraus und wischte mit einem alkoholgetränkten Wattebausch über die Stelle. »Fertig, Skipper. Hoffentlich komme ich nie in die gleiche Verlegenheit.«

Sparrow grinste erleichtert.

Ramsey legte die Spritze in den Kasten zurück und ließ den Deckel zuschnappen.

»Los, gehen wir«, sagte Sparrow.

Garcia hängte seinen Schutzanzug in den Spind und kletterte hinter ihnen her die Leiter hinauf.

Was zeigt das Telemeter diesmal an? fragte Ramsey sich. *Mein Gott, ich habe schon gedacht, er würde nie wieder aus dem Tunnel herauskommen.*

Sie gingen hintereinander auf die Kontrollzentrale zu. Plötzlich verstummte das laute Summen der Elektromotoren. Sparrow begann zu rennen und verschwand in der Kontrollzentrale. Ramsey spurtete hinter ihm her und blieb ihm dicht auf den Fersen.

Bonnett stand vor dem Ortungsgerät und hielt den Hebel des Tiefenruders mit einer Hand umklammert. Er starrte das Oszilloskop an. »Signal«, sagte er kurz, ohne sich umzudrehen. »Fast maximale Reichweite. Jetzt haben wir es verloren.«

»Wahrscheinlich wissen sie ungefähr, welchen Kurs wir steuern«, warf Sparrow ein. »Deshalb suchen sie das ganze Gebiet ab. Wie tief ist es hier?«

»Wir stehen über dem subarktischen Schelf«, antwortete Bonnett. »Bis zum Boden sind es ungefähr dreihundertfünfzig Faden.«

»Zu seicht, um irgendwo ruhig zu liegen«, stellte Sparrow fest. »Sie könnten uns . . .«

»Da ist es wieder!« unterbrach Bonnett ihn. Er wies auf das Oszilloskop und veränderte die Einstellung geringfügig. »Nordost. Dem Geräusch nach ein ganzes Rudel. Verdammt! Schon wieder weg. Wahrscheinlich eine Menge Fische zwischen uns und ihnen.«

»Nehmen Sie Kurs auf das norwegische Becken«, wies Sparrow ihn an. »Wir brauchen tieferes Wasser.« Er warf einen Blick auf die Sonar-Karte. »Kurs neun Grad.«

Bonnett schaltete den Antrieb wieder ein und ging auf den befohlenen Kurs.

Sparrow nahm einen Rechenschieber aus der Tasche, sah noch einmal auf die Navigationskarte und stellte einige Zahlen ein. »ETA zwei Stunden und sechs Minuten.« Er drehte sich um. »Johnny, bleiben Sie hier am Gerät. Die Entfernung ist vorläufig noch groß genug, aber wir dürfen trotzdem nicht leichtsinnig werden.«

Ramsey nickte wortlos.

Garcia war unterdessen hereingekommen. »Die wirkliche Gefahr besteht darin, daß eines der Boote ruhig liegt, bis wir nahe genug herangekommen sind«, sagte er.

»Der Ozean ist groß«, antwortete Sparrow.

»Und die Welt ist klein«, sagte Garcia.

Sparrow warf einen Blick auf den Erste-Hilfe-Kasten, den Ramsey hinter sich abgestellt hatte. Dann sah er auf seine Armbanduhr. »Hat jemand den Wecker angestellt, damit ich weiß, wann die nächste Spritze fällig ist?«

»Ja«, antwortete Ramsey.

»Ruhen Sie sich ein bißchen aus, Skipper«, warf Bonnett ein. »Ich kümmere mich um Sie, sobald wir einen guten Liegeplatz gefunden haben.«

»Das kann ich übernehmen«, sagte Garcia.

Bonnett nickte. »Okay, Joe.«

»Der Wecker liegt in dem Kasten«, sagte Ramsey.

Garcia nahm den Kasten auf und forderte Sparrow mit einer Handbewegung auf, nach achtern zu gehen.

Sie machen sich meinetwegen Sorgen, dachte Sparrow. *Aber eine Minute zuviel ist noch nicht tragisch.*

Ramsey bemerkte, wie sehr Bonnett und Garcia um Sparrow besorgt waren, und hatte das gleiche Gefühl. *Schließlich ist er unser Skipper,* überlegte er.

Sparrow und Garcia verschwanden nach achtern.

Die *Hornet* kroch weiter.

»Allmählich wird es tiefer«, stellte Ramsey fest. »Der Boden fällt langsam ab.«

»In dieser Gegend liegt er zwischen vierhundert und sechshundert Faden tief«, sagte Bonnett. »Wenn wir sechshundert erreicht haben, ist der Rand des Beckens nicht mehr weit.«

»Hier sind es erst vierhundertfünfzig.«

»Das ist eine schlechte Strecke«, meinte Bonnett. »Wenn wir Pech haben, suchen sie in Netzformationen nach uns.«

Garcia kam in die Kontrollzentrale zurück. »Les.«

»Wie geht es ihm?«

»Wissen Sie sicher, daß er nur eine Minute länger abbekommen hat?«

»Natürlich weiß ich das sicher. Was ist mit ihm los?«

»Ich habe das Blutbild ausgezählt. Sehr wenig weiße Blutkörperchen. Sieht so aus, als sei er eine halbe Stunde zu lange in dem Tunnel gewesen.«

»Hat er Verbrennungen?«

»Bis jetzt ist noch nichts zu sehen.«

»Vielleicht hat er sich von der Sache mit dem Geheimdienstleutnant schlechter als erwartet erholt«, meinte Ramsey.

»Das habe ich auch schon gedacht«, sagte Garcia. »Ich habe ihm ein Schlafmittel und vorbeugend eine Überdosis De-Sulph und De-Carb gegeben.«

»Richtig, das hilft ihm vielleicht wieder auf die Beine.« Bonnett drehte sich zu Garcia um. »Bleiben Sie bei ihm, bis ich Sie rufe.«

»Wird gemacht.« Garcia ging wieder.

Bonnett hat das Kommando übernommen, dachte Ramsey. *Damit haben wir nie gerechnet. Ist er der Aufgabe gewachsen?* Dann trat eine andere Überlegung in den Vordergrund: *Großer Gott! Wenn er der Schläfer ist?* Er beobachtete den Ersten Offizier aus dem Augenwinkel heraus.

Die *Hornet* hatte Fahrt aufgenommen.

»Tiefe fünfhundertfünfzig Faden«, meldete Ramsey.

Bonnett betätigte die Tiefenruder und steuerte das Boot auf fünfhundert Faden hinab. Er brachte die *Hornet* erst wieder auf ebenen Kiel, als der Außendruckmesser neunzig Atmosphären anzeigte.

»Noch zwanzig Minuten«, sagte Ramsey.

»Eher ein paar mehr«, meinte Bonnett. »Was ist mit Joe los? Warum benachrichtigt er uns nicht, wie es dem Skipper geht?«

»Das haben Sie nicht verlangt«, stellte Ramsey fest.

»Ja aber . . .«

»Wahrscheinlich gibt es nichts zu melden. Dazu ist es noch zu früh.«

»Stellen Sie die Verbindung zu ihm her.«

Ramsey zuckte mit den Schultern und drückte auf den Sprechknopf seines Mikrophons. »Joe?«

»Hier.«

»Wie geht es dem Skipper?«

»Schläft noch immer. Ich möchte nur wissen, wieviel er wirklich abbekommen hat.«

»Haben Sie das Anzug-Dosimeter überprüft?«

»Selbstverständlich. Sobald er wieder im Maschinenraum war. Aber es hat nur eine kleine Überdosis angezeigt, die Les bereits vorausgesehen hatte. Ich bin kein Fachmann auf diesem Gebiet, aber ich möchte trotzdem fast wetten, daß er verseuchte Luft bekommen hat.«

»Wie?«

»Kann ich mir auch nicht vorstellen. Er hat den Anzug wie üblich auf Druckfestigkeit überprüft. Und als er herauskam, war der Innendruck noch immer konstant. Folglich kann es kein Leck gewesen sein.«

»Haben Sie das Filtersystem im Tunnel überprüft?«

»Gerade deswegen mache ich mir jetzt Sorgen, Johnny. Ich habe angenommen, daß . . .«

Bonnett unterbrach ihn: »Können Sie den Skipper jetzt alleinlassen?«

»Ja. Er schläft ruhig.«

»Überprüfen Sie sofort das Filtersystem.«

»Schon unterwegs.«

Bonnett wandte sich an Ramsey. »Daraus können Sie eine wichtige Lehre ziehen: Nehmen Sie nie etwas an. Sie müssen es bestimmt wissen!«

Garcia betrat die Kontrollzentrale, durchquerte sie schweigend und verschwand in Richtung Maschinenraum.

»Wenn das Filtersystem leckt . . .«, begann Bonnett.

»Signal!« Ramsey legte den Antrieb still. Die *Hornet* trieb weiter. »Aus östlicher Richtung.« Er drehte den Abstimmknopf. »Ein ganzes Rudel. Hinter uns sind auch welche!« Wieder eine rasche Drehung. »Weitere Signale bei dreihundertvierzig Grad.«

»Eingekreist!« sagte Bonnett. »Haben sie uns geortet?«

»Kann ich nicht sagen. Bisher keine Kollisionskurse.«

»Wie tief ist es hier?«

»Sechshundertachtzig Faden. Wir haben den Rand des Beckens erreicht.«

Bonnett schaltete die Elektromotoren wieder ein und ging auf kleinste Fahrtstufe. »Melden Sie sofort jede Kursänderung.«

»Aye.«

Garcias Stimme drang aus dem Deckenlautsprecher. »Les?«

»Was ist los?«

»Das Filtersystem ist in Ordnung, aber der innere Luftschlauch hat ein winziges Leck.«

»Wieviel?«

»Sechzig Milliröntgen. Das entspricht achtunddreißig Minuten Überdosis.«

»Wo ist das Leck?«

»Irgendwo im Tunnel oder sogar im Reaktorraum. Vielleicht hat der abgebrochene Greiferarm irgendwo den Schlauch angekratzt. Das ist von hier aus nicht zu beurteilen.«

»Verriegeln Sie die Tür und kommen Sie zu uns in die Kontrollzentrale. Wir haben mehrere feindliche Boote geortet.«

»Sofort. Mir ist schon aufgefallen, daß der Antrieb ausgesetzt hat.«

Bonnett wandte sich an Ramsey. »Tiefe?«

»Etwas über zweitausendeinhundert Meter. Nimmt rasch zu. Les! Das Rudel hinter uns ist auf anderen Kurs gegangen.« Ramsey drehte an den Knöpfen. »Der Winkel hat sich verringert, aber die Boote sind noch immer nicht auf Kollisionskurs.«

»Vielleicht ist das nur ein Trick. Wir dürfen es nicht riskieren.« Bonnett schob den Fahrtregler nach vorn. Die *Hornet* nahm zusätzliche Fahrt auf.

»Sie sind hinter uns her! Sie haben den Kurs geändert und ihre Fahrt heraufgesetzt.«

Bonnett schob den Hebel bis zum Anschlag nach vorn. Die Elektromotoren summten lauter.

Garcia betrat die Kontrollzentrale, wischte sich Hände an der Hose ab und warf einen Blick auf das Oszilloskop. »Sind wir endgültig geliefert, Freunde?« erkundigte er sich.

Bonnett ignorierte ihn. »Tiefe?«

»Etwas über fünfzehnhundert Faden. Ungefähr zweitausendsiebenhundertfünfzig Meter.« Ramsey drehte den Abstimmknopf des Suchgeräts. »Das zweite Rudel im Osten ist ebenfalls auf anderen Kurs gegangen. Es läuft direkt auf uns zu.«

»Freue mich, Ihre Bekanntschaft gemacht zu haben, Gentlemen«, sagte Garcia.

»Wir können nicht nach Osten oder Süden ausweichen«, stellte Bonnett fest. »Und der Boden liegt sechshundert Meter unter unserer maximalen Tauchtiefe.«

»Ich nehme ein Signal aus dreitausendfünfhundert Meter auf«, sagte Ramsey plötzlich. »Ein Höhenrücken unter Wasser. Kurs zweihundertfünfzehn Grad.«

»Von mir aus könnte es dort gleich fünfunddreißigtausend

Meter tief sein«, meinte Garcia. »Das wären ungefähr dreitausendfünfhundert Atmosphären – reichlich dreitausenddreihundert zuviel.«

»Innerhalb der nächsten zwanzig Minuten können wir mit den ersten Torpedos rechnen«, sagte Ramsey. Er sah zu Bonnett hinüber. »Wie verändert sich der Druckkoeffizient, wenn wir den Innendruck über zehn Atmosphären ansteigen lassen?«

»Daran haben Sie keinen Spaß mehr, weil Sie dann schon längst tot sind«, antwortete Garcia.

»Vielleicht«, meinte Ramsey. Er nahm seine Vampir-Sonde aus dem Behälter am Gürtel, legte sie um das Handgelenk und schob die Nadel in die Vene. »Wie lange würde es dauern, wenn wir der Atemluft alles außer Sauerstoff entziehen wollten?«

»Reiner Sauerstoff?« fragte Garcia verblüfft.

»Was haben Sie vor?« erkundigte Bonnett sich.

»Ich will die Anhydrasezugabe auf Handbedienung umstellen und sie danach regeln.« Er wies auf die Sonde an seinem Handgelenk.

»Was halten die Ärzte davon?« wollte Garcia wissen.

»Nicht viel«, antwortete Ramsey. »Aber es gibt auch welche, die dafür sind.« Er warf einen Blick auf das Oszilloskop. »Wahrscheinlich ist das unsere einzige Chance.«

»Joe, lösen Sie mich ab«, sagte Bonnett. Er trat einen Schritt zurück.

»Was haben Sie vor, Les?«

»Ich will den Regler aus dem Anhydraseverteiler stillegen.«

Garcia hob ruckartig den Kopf. »Sie wollen doch nicht etwa tun, was der komische Vogel vorgeschlagen hat?«

Bonnett nahm bereits die Abdeckplatte über dem Regler ab. »Genau das habe ich vor, Joe.«

»Das ist reiner Selbstmord!«

Bonnett sah auf das Oszilloskop vor Ramsey. »Wir sind praktisch bereits tot. Was haben wir also noch zu verlieren?« Er stellte die Abdeckplatte neben sich ab und starrte die Verdrahtung an, die jetzt sichtbar war.

»Die beiden roten Leitungen ganz oben«, erklärte Garcia ihm.

»Ich weiß«, sagte Bonnett. Er griff nach einer Isolierzange und kniff die Drähte ab. »Ob der Skipper noch schläft?«

»Darüber können wir uns später Sorgen machen.«

Bonnett nickte. »Wie steht es mit dem Helium, Johnny?« fragte er.

»Nullkommavier Prozent.«

Bonnett legte seine Vampir-Sonde an. »Tauchen, Joe. Kurs zweihundertfünfzehn Grad. Wie weit ist es noch bis zu dem Hügelrücken, Johnny?«

»Sechs Minuten.«

Bonnett hob überrascht den Kopf. »Sie haben die Marschzeit im Kopf ausgerechnet?«

Ramsey nickte.

»Allmählich machen wir doch noch einen richtigen U-Bootfahrer aus ihm«, meinte Garcia. Er sah zu Bonnett hinüber. »Können wir nicht einfach auftauchen, Les?«

»Dazu sind sie schon zu nah«, antwortete Bonnett. »Außerdem möchte ich den schweren Seegang nicht noch einmal riskieren. Vielleicht ist beim nächstenmal das Reaktorbett an der Reihe.«

Garcia fuhr sich mit der Zunge über die Lippen.

»Hören Sie uns nicht tauchen?« fragte Ramsey.

»Sie kennen unsere maximale Tauchtiefe«, antwortete Bonnett.

»Das war schließlich Ihre Idee«, warf Garcia ein. »Bekommen Sie kalte Füße?«

Ramsey schüttelte den Kopf.

»Ihre Metallortungsgeräte sind ziemlich schlecht«, sagte Bonnett. »Ich hoffe, daß sie glauben, wir hätten solche Angst vor ihren Aalen, daß wir bis ins Bodenlose tauchen.«

»Dann hören sie aber keine Wassereinbrüche«, sagte Garcia.

»Hoffentlich nicht«, meinte Ramsey.

Garcia wurde blaß.

Ramsey sah auf den Außendruckmesser. »Außendruck zweihundertvier, Skipper«, sagte er zu Bonnett.

»Wir haben nur einen Skipper«, antwortete Bonnett. »Er liegt achtern im Lazarett.«

»Nein!«

Die drehten sich um. Sparrow stand in der Tür und hielt sich mit einer Hand am Rahmen fest. Auf seinem blassen Gesicht standen Schweißperlen. »Wie sieht die Lage aus, Les?«

Bonnett wies ihn ein.

Sparrow warf Ramsey einen fragenden Blick zu. »Das war also Ihre Idee?«

Ramsey nickte. *Wie lange hat er schon dort gestanden?* fragte er sich.

»Ihre Befehle, Skipper?« wollte Bonnett wissen.

»Weitermachen«, antwortete Sparrow. »Sie haben das Kommando.«

Bonnett wandte sich um und studierte die Manometer. »Kaum noch Helium«, stellte er fest. »Wollen wir uns in den Schlamm einbuddeln, Joe?«

Garcia vergrößerte den Gleitwinkel.

»Die Ärzte behaupten, daß der menschliche Körper theoretisch dreißig Atmosphären Überdruck aushalten kann, wenn er nur Sauerstoff und Kohlenstoffanhydrase zugeführt bekommt«, sagte Ramsey.

»Behaupten das alle?« fragte Bonnett.

»Nein, nur einige.«

»Ich kann mir den Bericht schon vorstellen«, warf Garcia ein. »Die Reaktionen vier menschlicher Körper auf dreißig Atmosphären Überdruck im Rumpf eines getauchten U-Bootes mit ausführlicher Beschreibung der Autopsie.«

Ramsey zuckte zusammen und warf einen Blick auf das Manometer, das den Innendruck der *Hornet* anzeigte: zweiundzwanzig Kilogramm pro Quadratzentimeter. Er sah auf die Vampir-Sonde an seinem Handgelenk und stellte fest: »Die Kohlenstoffdioxyd-Diffussion beträgt jetzt nullkommazwosechssechs. Unter den jetzt herrschenden Bedingungen können wir weitere nullkommafünfvier vertragen.«

»Das heißt also, daß wir bis zu sechsundzwanzig Atmosphären Innendruck gehen können«, stellte Bonnett fest. Er öffnete ein Ventil und ließ die Anhydrasepumpe rascher laufen.

»Zwei Minuten bis zum Boden«, sagte Ramsey. »Dort unten liegt eine Höhenrippe parallel zu unserem Kurs. Länge etwa zwanzig Kilometer.«

»Druck gleichbleibend«, sagte Bonnett. »Wann sind die anderen Boote heran?«

»In zehn Minuten.«

Hinter ihnen sagte Sparrow: »Jetzt können wir feststellen, wie gut unsere Boote konstruiert sind.«

»Mich interessiert mehr, wie gut ich gebaut bin«, meinte Garcia.

»Der liebe Gott hat nicht schlecht gearbeitet, wenn ich Sie so vor mir sehe«, antwortete Bonnett.

»Herr, wir bitten um Deinen Beistand«, murmelte Sparrow, »obwohl wir kein Anrecht darauf haben. Amen.«

»Gleitwinkel flacher«, befahl Bonnett.

Garcia führte den Befehl aus.

»Bugkamera und zwei Scheinwerfer einschalten.«

Auf dem großen Bildschirm über ihnen wurde ein Lichtstrahl sichtbar, der sich durch das flaschengrüne Wasser bohrte.

Ramsey sah auf den Innendruckmesser: genau dreißig Atmosphären.

»Langsam tiefer«, befahl Bonnett.

Das Deck neigte sich.

Der Außendruck überstieg 240 Kilogramm ... 241 ... 244 ...

Ramsey starrte den Zeiger wie gebannt an: 250 ... 251 ... 252 ...

»Diffusion normal«, stellte Bonnett fest. »Spürt jemand etwas?«

»Nur Herzklopfen«, antwortete Garcia.

»Langsam weiter«, sagte Bonnett.

»Vorsichtig, damit keiner einen Sauerstoffrausch bekommt«, warnte Sparrow.

Das Manometer erreichte 252,5 ... 253 ...

»Flacher«, befahl Bonnett.

Garcia nickte.

»Wie weit bis zum Boden?«

Ramsey sah auf seine Instrumente.

»Fünfzehn Meter.«

»Abwärts!« wies Bonnett Garcia an.

Wieder neigte sich das Deck nach unten.

Die vier Männer beobachteten gespannt den Bildschirm.

»Da!« sagte Garcia plötzlich.

Auch die anderen sahen im gleichen Augenblick den rostbraunen Höhenrücken vor dem Bug der *Hornet* auftauchen. Als Garcia den Antrieb abstellte, schwebte das Boot sanft nach unten und setzte mit einem fast unmerklichen Ruck auf.

»Zweitausendfünfhundertundvierzig Meter«, flüsterte Ramsey.

»Ein neuer Weltrekord«, stellte Garcia fest.

»Herr, wir danken Dir für Deine Güte«, sagte Sparrow laut.

»Diffussion nullkommazwoeinsvier«, sagte Bonnett. »Wir scheiden das Zeug noch immer schneller aus, als wir es aufnehmen.«

»Großer Gott im Himmel!« sagte Ramsey.

»Wo soll er sonst sein?« fragte Garcia.

»Genau über uns verstärkt sich jetzt eine kalte Strömung«, erklärte Ramsey ihm.

»Gott breitet seinen Mantel über uns aus«, meinte Sparrow.

»Feindliche Boote südlich von uns«, meldete Ramsey. »Entfernung achttausend Meter.«

»Anzeichen dafür, daß sie uns geortet haben?« fragte Bonnett.

»Nein.«

»Sie glauben nicht, daß wir hier stecken, deshalb suchen sie anderswo nach uns«, meinte Garcia. Er grinste. »Das ist nur verständlich. Schließlich glaube ich selbst nicht, daß ich hier bin.«

»Ich verliere sie wegen der kalten Strömung«, sagte Ramsey.

»Unser Skipper und Gott sind eben gut befreundet«, murmelte Garcia. »Gute Kumpels. Tun sich oft einen kleinen Gefallen.« Er schwankte leicht.

Ramsey griff nach Garcias Handgelenk und sah auf die Sonde. »Diffusion normal. Was . . .«

»Auf Sauerstoff reagiert jeder anders«, sagte Bonnett.

»Was habt ihr denn plötzlich?« Garcia schüttelte den Kopf. Er starrte sie nacheinander an.

»Immer mit der Ruhe, Joe«, sagte Sparrow.

»Ruhe?« Er sah zu Sparrow auf. »Ich kenne Sie, Skipper. Sie sind ein neuer König David. Ich habe Sie gehört.« Er schüttelte wieder den Kopf.

»Schon gut, Joe. Kommen Sie, ich bringe Sie in Ihre Kabine.« Sparrow griff nach Garcias Arm und zog ihn hinter sich her.

»Loslassen!« sagte Garcia scharf. Er taumelte, schüttelte Sparrows Hand ab und fixierte Ramsey. »Und Sie kenne ich auch, Mister Long John Ramsey. Sie bilden sich ein, etwas über mich zu wissen. Gar nichts wissen Sie! Gar nichts!«

»Das genügt, Mister Garcia.« Sparrows Stimme klang energisch.

»Tut mir leid, Skipper«, murmelte Garcia. »Gehen wir, ich bin todmüde.«

Sparrow starrte Ramsey an, drehte sich um und führte Garcia hinaus.

Als die Tür sich hinter ihnen geschlossen hatte, fragte Bonnett: »Long John? Woher haben Sie den verrückten Spitznamen?«

Ramsey hob langsam den Kopf. *Dieser verdammte Spitzname! Das konnte nur bedeuten, daß Garcia seine Vergangenheit kannte — seine wirkliche Vergangenheit.*

Bonnett sagte: »Ich habe Sie gefragt, woher . . .«

»Ja, ich habe Sie verstanden. Den habe ich von einem Versorgungsoffizier. Er hat behauptet, ich sei ein schlimmerer Pirat als der echte Long John Silver. Das ist alles.«

»Pirat? Warum?«

»Weil ich alles Mögliche organisiert habe — bei Nacht und Nebel.«

Bonnett grinste. »Joe hat sich wahrscheinlich geärgert, daß ein anderer auf seinem Spezialgebiet besser sein soll.«

Garcia erzählt dem Skipper bestimmt alles, überlegte Ramsey. *Ganz bestimmt.*

»Ist es wirklich so heiß hier?« fragte Bonnett.

Ramsey sah, daß Bonnett dicke Schweißperlen auf dem geröteten Gesicht stehen hatte. Er warf einen Blick auf seine Sonde. Bluttemperatur normal. Auch das Thermometer zeigte keine außergewöhnliche Temperatur an. »Einundzwanzig Grad, Les«, sagte er.

»Meine Haut juckt«, meinte Bonnett.

»Meine auch«, antwortete Ramsey.

Bonnett warf einen Blick auf den freigelegten Regler und sah dann auf das Meßinstrument daneben. »Mehr als doppelt so hohe Anhydrasegeneration. Zwanzig Kubik pro Kubikmeter.«

»Der Vorstoß ins Unbekannte«, stellte Ramsey fest.

»Das brauchte aber nicht zu sein«, antwortete Bonnett. »Schließlich ist die Kohlenstoffanhydrase seit fast vierzig Jahren bekannt.«

Ramsey sah auf den Oszillographen.

»Haben Sie etwas gehört?«

Ramsey schüttelte den Kopf. »Diese K.A. ist ein verrücktes Zeug, Les. Schimpansen können damit über dreißig Atmosphären aushalten — auch längere Zeit. Manche sterben daran, andere bleiben quietschfidel. Die Ärzte haben ihre eigene Theorie.«

»Welche?«

»Der Theorie nach beeinflußt die K.A. ein Organ im Zentralnervensystem, das den Metabolismus so steuert, daß wir bei erhöhter Sauerstoffzufuhr nicht buchstäblich verbrennen. Manchmal versagt dieses Organ aber und kommt sozusagen aus dem Takt — und dann tritt eine Art Rückkopplung auf, die tödlich wirkt.«

»Warum?«

»Das weiß kein Mensch. Vielleicht ist das nur eine Ermüdungserscheinung.«

»Wie groß sind die Aussichten, daß uns das auch passiert?«

Ramsey schüttelte den Kopf. »Das ist eine dumme Frage, Les.«

Bonnett biß die Zähne zusammen.

»Sie können nicht erwarten, daß ich Ihnen Hoffnung mache«, fuhr Ramsey fort. »Ich weiß selbst nur, daß wir noch am Leben sind, obwohl wir ... Signal!« Er las die Anzeige des Ortungsgerätes ab. »Fünfhundert Meter südwestlich von uns.«

»Haben wir noch immer Gottes Mäntelchen über uns?«

Ramsey stellte verblüfft fest, daß Bonnetts Stimme so zynisch wie nie zuvor klang. Er warf einen Blick auf das Außenthermometer. »Jetzt nicht mehr. Meiner Meinung nach wirkt der Höhenrücken wie ein Wellenbrecher und hält die arktische Strömung auf. Wahrscheinlich entstehen kräftige Wirbel in unserer Gegend.« Er sah wieder auf seine Instrumente. »Die feindlichen Boote bleiben auf Kurs. Entfernung wächst ständig.«

»Haben Sie etwa daran gezweifelt?« wollte Bonnett wissen.

»Was soll das heißen?«

»Sie kennen unseren Skipper noch immer nicht gut genug«, sagte Bonnett. »Joe hat gar nicht so unrecht gehabt. Manchmal glaube ich auch, daß er ...«

Die *Hornet* holte plötzlich schwer über.

Ramsey hielt sich mühsam fest. »Was zum ...«

»Der Prahm«, erklärte Bonnett ihm. »Die Strömung reißt ihn mit.«

»Das habe ich mir auch schon gedacht«, antwortete Ramsey. »Aber ...«

Wieder ein Ruck. Das Deck neigte sich drei Grad nach Steuerbord.

»Hoffentlich zieht das verdammte Ding uns nicht nach unten«, meinte Bonnett. »Die nächsten hundertfünfzig Meter halten wir nicht mehr aus.«

»Woher wollen Sie das wissen?« fragte Ramsey. Er sah auf seine Instrumente.

»Der Berg unter meinen Füßen ist ganz weich und nachgiebig.«

Ramsey sah auf. »Was haben Sie gesagt?«

»Mir ist schwindlig«, murmelte Bonnett. Er lehnte sich an das Geländer vor dem Tauchkontrollpult. »Falle den Berg hinunter. Alles verschwommen.« Er richtete sich mühsam auf. »Kann nicht mehr richtig denken. Übernehmen Sie das Kommando, Mister Ramsey. Ich bin ... Ich ...« Er rutschte zu Boden, hielt sich aber mit einer Hand an dem Geländer fest.

Ramsey hatte plötzlich eine Idee. Er warf noch einen Blick auf seine Instrumente und ging dann langsam auf Bonnett zu. Er beugte sich über den Ersten Offizier und starrte die Vampir-Sonde an. Kohlenstoffdioxyd-Diffusion nullkommazwozwoacht – also nullkommaeinssechs zuviel. Er ließ Bonnetts Handgelenk los und veränderte die Einstellung des Anhydrasegenerators um einen winzigen Betrag.

»Was ist mit Les los?« Sparrow stand in der Tür und betrachtete erstaunt die Szene. Er kam herein, als Ramsey sich umdrehte.

»Langsam, Skipper«, sagte Ramsey. »Immer mit der Ruhe.«

»Was haben Sie ...« Sparrow blieb stehen.

Ramsey beugte sich nochmals über Bonnett, überprüfte seine Vampir-Sonde und verglich die Anzeige mit der seines Gerätes. Noch keine Veränderung. Zu früh. Er richtete sich auf und sagte: »Ich habe eben die Ramsey-Theorie entdeckt, die endlich erklärt, weshalb einige Schimpansen gestorben sind, während die anderen weiterleben.«

Sparrow beugte sich über Bonnett. »Von welchen Schimpansen sprechen Sie?«

»Von denen, die dreißig Atmosphären bei maximaler Anhydrasezugabe aushalten mußten. Wenn Sie meinen Rat annehmen wollen, dürfen Sie sich weder körperlich anstrengen noch aufregen noch nervös werden noch ...«

»Ich habe von den Schimpansen gehört«, warf Sparrow ein. »Glauben Sie, daß ...«, er zögerte.

»Irgendeine Drüsenstörung«, sagte Ramsey. »Ist es nicht wahrscheinlich, daß sie durch gefühlsbetonte Stimmungen hervorgerufen wird, wenn dazu noch körperliche Strapazen kommen?«

Sparrow nickte.

Ramsey stellte fest, daß die Anzeige der Vampir-Sonden zurückging. Er begann Bonnetts linken Arm zu massieren. »Jetzt ist alles in Ordnung, Les. Entspannen Sie sich. Ganz ruhig. Die Krise ist vorbei. Ruhig ... ganz ruhig ... nicht aufregen ...«

Bonnett bewegte langsam den Kopf.

»Wir müssen alle Aufregungen vermeiden«, sagte Ramsey. »Der Aufenthalt hier unten ist fast ein Drahtseilakt, bei dem wir jederzeit abstürzen können.«

Sparrow stand auf und ging an das Ortungsgerät. »Ich habe Joe ein Schlafmittel gegeben. Er hat lauter Unsinn geredet und schließlich sogar geweint. Vielleicht gebe ich ...« Er schwieg.

Bonnett öffnete die Augen.

»Ganz ruhig bleiben«, sagte Ramsey. »Hören Sie mich, Les?«

Der Erste Offizier nickte.

»Alles in Ordnung, wenn Sie sich völlig entspannen.«

»Dazu können Sie einen Menschen aber nicht zwingen«, warf Sparrow ein.

Ramsey massierte Bonnetts Nacken. »So, jetzt geht es Ihnen schon wieder viel besser.«

Bonnett fuhr sich mit der Zunge über die Lippen. »Es geht wieder. Bleiben Sie lieber auf Ihrem Posten, Johnny.«

»Atmen Sie langsam und regelmäßig«, sagte Ramsey. Er stand auf.

Bonnett schluckte trocken. »Es war alles plötzlich wie Treibsand«, murmelte er. »Aber jetzt geht es mir wieder gut.«

Ramsey wandte sich an Sparrow. »Keine Angst, das stimmt wirklich.«

Sparrow sah auf Bonnett hinab. »Bleiben Sie ruhig sitzen, Les, bis Sie wieder aufstehen möchten.« Er drehte sich zu Ramsey um. »Ich habe mir die Sache auf den Bildschirmen angesehen. Die Strömung hat den Prahm so versetzt, daß er jetzt in einem Winkel von fünfundvierzig Grad zu unserem Heck steht. Wenn wir die obere Trosse nachlassen, richtet sich das Boot wieder auf, aber dann kann sich auch der Prahm wieder bewegen.«

»Am besten lassen wir alles wie jetzt«, meinte Ramsey.

»Wie weit sind wir von der Stelle entfernt, wo der Steilabbruch beginnt?« fragte Sparrow. »Das ist auf den Bildschirmen nicht mehr zu erkennen.«

»Vielleicht fünfundzwanzig Meter. Das gilt für den Prahm. Wir sind etwas weiter davon entfernt.«

Sparrow sah auf den Oszillographen. »Intermittierendes Signal im äußersten Bereich.«

»Die kalte Wasserschicht bewegt sich wie ein Fächer über uns«, sagte Ramsey.

Sparrow trat von den Instrumenten zurück, sah sich um und konzentrierte seine Aufmerksamkeit wieder auf Ramsey. »Was bedeutet die Sache mit ›Long John‹?« erkundigte er sich. »Aus Joe war kein vernünftiges Wort herauszubringen.«

Ramsey wiederholte die Erklärung, die er bereits Bonnett gegeben hatte.

»Hat die *Hornet* von dieser speziellen Begabung profitiert?«

»Diesmal noch nicht, Skipper.«

Sparrow zuckte mit den Schultern. »Na, dann vielleicht bei der nächsten Unternehmung.«

Bonnett mischte sich vom Deck aus ein. »Darauf freue ich mich schon. Die nächste Unternehmung wird bestimmt wieder herrlich, wenn wir vorher nicht wie der arme Heppner überschnappen.«

»Bestimmt nicht«, versicherte Sparrow ihm.

Bonnett richtete sich langsam auf. »Wie schön, daß der liebe Gott uns das persönlich verspricht.«

Sparrow warf ihm einen fragenden Blick zu. »Ich übernehme jetzt wieder das Kommando, Les«, stellte er fest. »Unter diesen Umständen ist das für uns alle besser. Die kleine Überdosis ist nicht mehr gefährlich.«

»Selbstverständlich, Skipper.« Bonnetts Stimme klang deutlich erleichtert.

»Ich gehe jetzt nach vorn und sehe nach Joe«, fuhr Sparrow fort. »Johnny achtet weiter auf Signale von feindlichen Booten. Alles klar, Les?«

»Alles klar, Skipper.«

Sparrow drehte sich um und verließ die Kommandozentrale.

»Das ist kein Mensch mehr, sondern ein Automat«, stellte Ramsey fest.

»Aber er steht unter größerem Druck als das Boot«, antwortete Bonnett. Er holte tief Luft. »Hoffentlich kümmern Sie sich bald wieder um Ihr Pult.«

Ramsey runzelte die Stirn und wandte sich seinen Instrumenten zu.

Einige Minuten lang herrschte Schweigen.

»Danke, Johnny«, sagte Bonnett plötzlich. »Vielleicht haben Sie mir das Leben gerettet.«

Ramsey zuckte mit den Schultern und schwieg.

»Ich habe gehört, was Sie dem Skipper erzählt haben. Es klingt verdammt richtig. Wenn ich es mir recht überlege, haben Sie wahrscheinlich allen von uns das Leben gerettet.«

»Ganz allein wäre es hier unten ziemlich langweilig«, antwortete Ramsey.

»Ich könnte mir vorstellen, daß Ihnen drei gutgebaute Blondinen lieber wären«, sagte Bonnett. »Ich hätte jedenfalls bestimmt nichts dagegen.«

»Wieder ein Signal im äußersten Bereich«, meldete Ramsey. »Sechs Boote in Suchformation. Wenn sie den jetzigen Kurs beibehalten, kommen sie im Südosten außer Reichweite.«

»Sie suchen natürlich nicht dort, wo eigentlich kein Boot sein kann«, stellte Bonnett fest. »Durchaus vernünftig von den Kerlen. Ich kann selbst noch nicht ganz glauben, daß ich hier unten bin.« Er warf einen Blick auf den Außendruckmesser und senkte rasch wieder den Kopf.

»Eigentlich ist einer von uns jetzt überflüssig«, meinte Ramsey.

»Aber der Skipper hat befohlen, daß immer zwei Mann Wache haben.«

»Blöder Befehl«, antwortete Ramsey kurz.

»Langsam, junger Freund«, mahnte Bonnett. »Gegen den Skipper und den lieben Gott können Sie sich nicht auflehnen.« Er zuckte mit den Schultern. »Vor allem dann nicht, wenn beide zu dem gleichen Team gehören ...«

»Glauben Sie tatsächlich an diesen Unsinn?« erkundigte Ramsey sich.

Bonnett warf ihm einen bösen Blick zu. »Ich mache ab und zu einen Witz, junger Mann. Das ist ganz normal. Aber was

Sie eben gesagt haben ...« Er schüttelte den Kopf. »Ich habe jetzt insgesamt vierzig Unternehmungen mit Sparrow hinter mir. Reden Sie mir nicht von Unsinn. Ich weiß, was ich mit eigenen Augen gesehen habe.«

Und du weißt, was du glauben möchtest, dachte Ramsey.

Irgendwo fiel ein Wassertropfen auf das Deck. Die *Hornet* verwandelte sich plötzlich wieder in einen stählernen Sarg. *Wir schaffen es nie,* überlegte er sich. *Hunderte von feindlichen U-Booten suchen nach uns. Wir hätten nie auslaufen dürfen. Das ganze Unternehmen ist ein Himmelfahrtskommando.*

Das Boot zitterte leicht, als der Prahm wieder von der Strömung versetzt wurde. Diesmal neigte das Deck sich in die Waagrechte zurück.

»Wenn wir den Schlamm hier unten richtig aufwirbeln, bis er einen Fleck an der Oberfläche bildet, werden wir bestimmt geortet«, sagte Bonnett. »So nah vor der eigenen Küste sind jede Menge Flugzeuge unterwegs.«

»Wie sollen sie in dem Nebel etwas sehen?« fragte Ramsey. Er fühlte sich plötzlich wieder besser.

»Ist oben Nebel? Woher wollen Sie das wissen?«

»Der Skipper hat eine Vereinbarung mit Gott getroffen.«

»Das sollte also ein Witz sein«, sagte Bonnett. Er starrte Ramsey an. »Oder irre ich mich?«

Ramsey zuckte mit den Schultern. »Wir alle müssen mit unserem Boot leben – wir sind ein Teil davon«, antwortete er. »Und dieses Boot glaubt an Gott«, fügte er hinzu.

7

Der Zeiger des Gesamtzeitmessers kreiste um das Zifferblatt. ... noch einmal ... noch einmal ... noch einmal ... Eine Wache löste die andere ab, während die *Hornet* weiter am Meeresboden lag.

Elf Tage, zweiunddreißig Minuten und dreißig Sekunden seit dem Auslaufen.

Sparrow stand neben Ramsey in der Kommandozentrale und teilte sich mit ihm die zweite Hälfte der Wache. In der Zwischenzeit hatten sie sich alle mehr oder weniger mit dem Gefühl abgefunden, daß ein ungeheurer Druck auf ihnen laste.

»Seit wann haben wir keine Signale mehr aufgenommen?« fragte Sparrow.

»Seit über sechs Stunden.«

»Was macht der Prahm?«

Ramsey überprüfte die Zugbelastung der Schlepptrossen und setzte dann nacheinander die Heckkameras in Betrieb. »Etwa dreißig Grad Krängung nach Steuerbord. Schlepptrossen klar.«

Sparrow nickte und schaltete die Motoren ein. Das Boot schien erwartungsvoll zu summen. Ramsey spürte, daß das Deck unter seinen Füßen leise zitterte.

»Auf in den Kampf, Torero«, sagte Sparrow. Er schob den Antriebshebel nach vorn und zog ihn sofort wieder zurück. »Das wirbelt den Schlamm ein bißchen auf. Werfen Sie vier Torpedos ab, Johnny. Wir brauchen mehr Auftrieb.«

»Was wird aus dem Prahm? In dieser Tiefe können wir seine Tanks noch nicht anblasen, weil der Druckluftvorrat nicht ausreicht.«

»Wir müssen ihn hinter uns herziehen. Lassen Sie die Trossen locker, bis wir einen guten Anlauf genommen haben.«

Ramsey betätigte die Schalter an dem Feuerleitpult und warf vier Torpedos ab, die an der Außenseite der *Hornet* angebracht waren.

Das Boot stieg ruckartig nach oben. Sparrow schaltete nochmals den Antrieb ein. Die *Hornet* bewegte sich schräg nach oben und zog dabei die langen Schlepptrossen hinter sich her.

»Jetzt!« befahl Sparrow.

Ramsey betätigte die Magnetbremse der Kabeltrommeln. Das Boot wurde sofort langsamer, obwohl die Motoren mit voller Kraft arbeiteten. Die *Hornet* kroch nur noch.

»Trossen dehnen sich«, stellte Ramsey fest. »Der Brummer sitzt fest.«

Sparrow schüttelte den Kopf. »Wieviel Trosse haben wir noch?«

»Ungefähr zweihundertfünfzig Meter.«

»Lassen Sie noch etwas nach.«

Die *Hornet* kroch wieder nach oben. Sparrow steuerte nach Backbord, ging auf Gegenkurs und wiederholte das Manöver mehrmals.

»Betriebstiefe«, meldete Ramsey. »Außendruck zweihundertneun.«

»Trossen belegen und Tank eins anblasen«, befahl Sparrow.

Ramsey betätigte die Magnetbremsen und griff mit der rechten Hand nach dem Druckluftventil. Er öffnete eine Umdrehung weit, legte den Sicherheitsschalter um und ließ die Druckluft in den ersten Tank einströmen.

»Mehr Druck«, verlangte Sparrow.

Ramsey öffnete das Ventil zwei Umdrehungen weiter.

Sparrow ging auf volle Kraft voraus. Der Bug der *Hornet* hob sich um fast zehn Grad, als das Boot langsam nach oben stieg.

»Prahm frei«, sagte Ramsey.

»Wie arbeitet das Druckausgleichssystem?«

Ramsey warf einen Blick auf die Anzeigegeräte. »Innendruck entspricht Tauchtiefe.«

»Blasen Sie die Bug- und Hecktanks an«, befahl Sparrow.

»Aber der Prahm ist doch . . .«

»Führen Sie den Befehl aus. Der Wasserdruck hält die Luft zurück, bis wir höher sind. Wir brauchen den Antrieb, sobald wir ihn bekommen können.«

Ramsey nickte und betätigte die Schalter.

Sie stiegen langsam weiter. Ramsey starrte die Druckmesser des Prahms an. »Bugtank bläst an.«

Die Veränderung war bereits deutlich vernehmbar. Das Deck sank in die Normallage zurück, währen die *Hornet* mehr Fahrt aufnahm.

»Bugtank in Ordnung«, meldete Ramsey. »Jetzt auch der Hecktank.« Er wischte sich mit dem Handrücken den Schweiß von der Stirn.

»Das hätte Les sich auch überlegen müssen«, sagte Sparrow. »Jetzt wissen wir, daß wir wieder auftauchen können, solange wir noch etwas abwerfen können, um Auftrieb zu bekommen.«

»Woher wollen Sie wissen, daß Les nicht . . .«

»Ich kenne meine Kameraden«, antwortete Sparrow lächelnd. »Ziehen Sie eine Lehre daraus, Johnny, dann werden Sie ein guter U-Bootfahrer. Steuern Sie Ihr Boot nie in eine schwierige Situation hinein, ohne sich genau überlegt zu haben, wie Sie auf der anderen Seite wieder herauskommen.«

Ramsey runzelte die Stirn und fragte dann: »Und wie wollen Sie auf der anderen Seite herauskommen, wenn es ernst wird – mit dem Öl? Haben Sie dafür auch schon einen Plan?«

»Nicht nur einen Plan«, erwiderte Sparrow. »Ich habe bereits Pläne für jeden Notfall und jede Krise gemacht, die ich mir vorstellen kann. Und vielleicht sogar für einige, an die ich gar nicht denken dürfte.«

»Zum Beispiel?«

Sparrow sah ihn nachdenklich an. »Zum Beispiel für den Fall, daß meine Besatzung nacheinander überschnappt.«

Ramsey riß die Augen auf. Er stellte die nächste Frage, bevor er sich ihre Wirkung überlegt hatte. »Und wie steht es mit Ihnen?«

Sparrows Augen glitzerten. »Das ist einer der Fälle, an die ich vielleicht gar nicht denken dürfte«, antwortete er und wandte sich wieder seinen Instrumenten zu.

Er ist wirklich nur eine Maschine, überlegte Ramsey. *Großer Gott im Himmel, woraus besteht der Kerl eigentlich — aus Eisen?*

Bonnett kam mit einer Injektionsspritze herein, deren Nadel mit einem sterilen Wattebausch bedeckt war. »Zeit für Ihre nächste Spritze, Skipper.«

»In den linken Arm?« fragte Sparrow.

»Nun . . .«

»Muß das immer so unwürdig sein?« erkundigte Sparrow sich.

Ramsey grinste.

»Amüsiert euch nur auf meine Kosten!« knurrte der Skipper.

»Ihr linker Arm kann keine Löcher mehr vertragen«, stellte Bonnett fest. Er sah auf den Tiefenanzeiger. »Achtzehnhundert Meter! Was haben wir hier oben im seichten Wasser zu suchen?«

Sparrow grinste. »Lenken Sie mich nur von meinen Sorgen ab.« Er trat von dem Hauptkontrollpult zurück. »Jetzt sind Sie an der Reihe, Johnny.«

Ramsey trat an seine Stelle. Er hörte, daß Sparrow hinter ihm leise stöhnte. »Vorsichtig, Les!«

»So vorsichtig wie möglich, Skipper. Schon vorbei. Joe kümmert sich während seiner Wache noch einmal um Sie. Anscheinend erholen Sie sich gut.«

»Kein Wunder, schließlich habe ich drei Krankenschwestern.«

Sparrow kam wieder zu Ramsey. »Kurs vierundsechzig Grad fünfundvierzig Minuten.«

Ramsey nickte und sah zu der Sonar-Karte auf. »Also um das Nordkap«, stellte er fest. Er rechnete blitzschnell. »Ungefähr sechsundzwanzigeinhalb Stunden«, fügte er dann hinzu.

Sparrow hob erstaunt den Kopf.

»Er kann gut rechnen«, sagte Bonnett.

»Er interessiert sich aber auch sehr dafür, wann wir wo ankommen«, antwortete Sparrow.

»Die Geheimhaltungsvorschriften sind reiner Unsinn«, meinte Ramsey.

»Ich möchte Sie daran erinnern, daß wir einen Toten an Bord gefunden haben, daß wir sabotiert worden sind, daß . . .« Sparrow schwieg und starrte Ramsey an.

Diesmal schüttelte Bonnett erstaunt den Kopf.

Jetzt sitze ich schön in der Tinte, dachte Ramsey. *Hoffentlich klappt mein Plan wirklich, sonst . . . komme ich nicht mehr auf der anderen Seite heraus.*

Sparrow warf einen Blick auf die Uhr. »Jetzt hat Les Wache.« Er nickte Bonnett zu. »Schalten Sie auf Automatik um.«

Ramsey ging an die Tür, drehte sich noch einmal um und sah, daß der Captain ihm nachstarrte. Dann wandte Sparrow sich wieder an Bonnett. »Übernehmen Sie das Ortungspult, sobald Sie auf Automatik umgeschaltet haben.«

»Aye, Skipper.«

Ramsey ging hinaus, schloß die Tür nicht völlig und blieb dahinter stehen.

»Wie geht es Joe?« fragte Bonnett.

»Wieder besser«, antwortete Sparrow. »Er geht seine normale Wache.«

»Was ist mit diesem Long John Ramsey? Ist er vielleicht doch ein Schwindler, Skipper?«

»Ohne Zweifel«, stimmte Sparrow zu. »Die große Frage ist nur: Zu welcher Art Schwindler gehört er?«

»Könnte er . . .«

»Er könnte ganz entschieden. Irgend jemand hat die Sender an Bord geschmuggelt und den Geheimdienstoffizier erledigt.«

»Aber Ramsey war damals noch nicht an Bord.«

»Das macht mir auch Sorgen. Aber vielleicht hat Leutnant Foss sich in der Zeit geirrt. Das würde einiges erklären.«

»Ich behalte ihn im Auge, Skipper.«

»Tun Sie das, Les. Ich warne auch Joe.«

Ramsey schlich auf Zehenspitzen fort. *Jetzt habe ich es geschafft*, überlegte er. *Hoffentlich war das die richtige Methode.*

Er zuckte mit den Schultern, blieb einen Augenblick lang vor Garcias Kabinentür stehen und starrte das graue Metall an. *Wenn ich mich nur nicht geirrt habe*, dachte er.

Er betrat seine Kabine, drückte die Tür leise hinter sich zu und verriegelte sie. Dann holte er das Telemeter unter der Koje hervor und rollte den Papierstreifen auf.

Sparrow zeigte eine deutliche Reaktion während der Zeit in dem Tunnel, aber jetzt hatte seine eiserne Selbstbeherrschung wieder eingesetzt. Die Wellenlinien auf dem Streifen wiesen nur noch minimale Veränderungen auf. Größere Ausschläge fehlten völlig.

Ich muß herausbekommen, wie sich diese Selbstbeherrschung durchdringen läßt, überlegte Ramsey. *Er muß versagen — nur ein einzigesmal. Zum richtigen Zeitpunkt und bei der richtigen Aufgabe.*

Eine Stimme in seinem Innern protestierte: *Das ist aber keine sehr schöne Methode, um jemand zu heilen.*

Ramsey unterdrückte den Gedanken. *Es muß sein. Die Methode ist allgemein anerkannt. Sie funktioniert einwandfrei. Meistens.*

Er erinnerte sich an Sparrows Rat: *Steuern Sie nie in eine schwierige Situation hinein, ohne sich genau überlegt zu haben, wie Sie auf der anderen Seite wieder herauskommen.*

Ramsey setzte sich auf seine Koje, schloß den schwarzen Kasten wieder ab und schob ihn in die unterste Schublade seines Schreibtisches.

Was passiert, wenn mein Plan erfolglos bleibt? Habe ich mir bereits eine Alternativlösung zurechtgelegt?

Ramsey versank in einen unruhigen Schlaf, aus dem er zu Beginn seiner nächsten Wache schweißbedeckt erwachte. Er hatte einen Traum — nein, einen Alptraum gehabt, an den er sich nicht erinnern konnte.

Der Gesamtzeitmesser stand auf zwölf Tage, sieben Stunden und fünf Minuten seit dem Auslaufen. Die zweite Wachhälfte für Garcia, die erste für Bonnett. Der rote Punkt auf der Sonar-Karte stand nicht weit von dem Nordkap ab. Die *Hornet* kroch in hundert Faden Tiefe durch das seichte Wasser. Die beiden Männer arbeiteten in der hellbeleuchteten Kontrollzentrale.

Bonnett warf einen Blick auf den Außendruckmesser: achtzehnkommavier Atmosphären. »Was hat der Skipper eigentlich vor, daß er so dicht an der Küste bleibt?« fragte er.

»Das ist mir im Augenblick ganz gleichgültig«, antwortete Garcia. Er betätigte die Bugtiefenruder und beobachtete das Echolot. »Wir haben nur noch sieben Meter Wasser unter dem Kiel.«

Sparrow betrat die Kommandozentrale. »Wieder etwas geortet?« fragte er. Seine Stimme klang vor Müdigkeit heiser. Er räusperte sich.

»Fehlanzeige«, meldete Bonnett.

»Das hier sind schon ihre Gewässer«, sagte Sparrow. »Entlang der Nordküste haben sie keine Horchstationen mehr; nur vor Norwegen.«

»Trotzdem sind wir verdammt nahe dran«, stellte Bonnett fest. Er sah wieder auf den Tiefenmesser. »Und hier ist es verdammt seicht.«

»Sie glauben also nicht, daß wir hier sicher sind?« fragte Sparrow.

»Bestimmt nicht.«

»Gut. Das heißt, daß die anderen der gleichen Auffassung sind. Schließlich wissen sie, daß die *Hornet* ein *Tiefseeboot* ist. Sie suchen noch immer in dem norwegischen Becken nach uns. Dort liegt der Boden ziemlich genau in unserer maximalen Tauchtiefe, die sie natürlich kennen.«

»Und?«

»Und deshalb bleiben wir hier in den Untiefen.« Er sah zu Garcia hinüber und dann auf die Sonar-Karte. »Kurs siebzig Grad, Joe.«

Garcia führte den Befehl aus und warf erst dann einen Blick auf die Sonar-Karte. »Nowaja Semlja«, murmelte er.

»Allmählich müssen wir uns nach einer kalten Wasserschicht umsehen«, sagte Sparrow. »Les, suchen Sie nach einen Isobarenfläche, die ungefähr parallel zu unserem Kurs verläuft.«

Bonnett studierte eine Temperaturkarte und nickte schließlich Garcia zu. »Fünf Minuten lang Kurs neunundsechzig Grad, Joe«, sagte er dann.

Garcia ging auf den angegebenen Kurs. Die drei Männer

beobachteten die Anzeige des Außenthermometers. Plötzlich sank die Temperatur um drei Grad. »Kurs wieder siebzig Grad«, befahl Sparrow.

Die *Hornet* kreuzte unter der kalten Wasserströmung weiter.

»Kurs gleichbleibend«, sagte Sparrow. »Ortungsgeräte auf maximale Reichweite. Von jetzt ab laufen wir geradewegs auf das Ziel zu.«

»Also doch Nowaja Semlja, nicht wahr?« erkundigte Garcia sich.

Sparrow zögerte kurz. »Das ist ohnehin klar, wie? Ja.«

»Dort befindet sich aber ein Raketenprüfgelände«, wandte Bonnett ein. »Ich kann mir vorstellen, daß die Abwehreinrichtungen entsprechend sind.«

»Wir haben die Bohrung unter ihrer Nase niedergebracht«, sagte Sparrow. »Wenn sie davon nichts gemerkt haben, müssen wir auch ein bißchen Öl abzapfen können, ohne daß sie aufwachen.«

»Beuten sie die Lagerstätte ebenfalls aus?«

Sparrow grinste und schüttelte den Kopf. »Das ist das Schöne an der Sache. Sie wissen nicht einmal, daß dort unten Öl zu finden ist.«

Bonnett grinste ebenfalls. »Wonach richten wir uns eigentlich, wenn wir am Ziel sind?« fragte er.

Sparrow zögerte wieder und sah auf den roten Punkt auf der Sonar-Karte. *Wenn sie uns hier orten, ist unser Ziel ohnehin klar,* dachte er. *Jetzt befinden wir uns wirklich in Gottes Hand.*

»Wir suchen nach einem schmalen Einschnitt in dem Schelf vor der Küste«, sagte er. »Er ist unmöglich zu übersehen — bis zu elfhundert Meter tief und nur einhundertdreißig Meter breit.«

»Einschnitt ist die richtige Bezeichnung«, meinte Garcia. »Müssen wir dort tauchen?«

»Nein, der Einschnitt gibt nur die Richtung an. Wir folgen ihm.« Sparrow sah wieder auf die Karte. »Voraussichtlich noch sechsunddreißig Stunden.« Er ging auf die Tür zu. »Verständigen Sie mich, wenn etwas los ist.«

Dann war er verschwunden.

»Wenn etwas los ist«, wiederholte Bonnett. »Dabei sitzen wir hier wunderschön auf dem Präsentierteller. Wenn etwas los ist, haben wir bereits einen Aal im Bauch. Dann wacht er bestimmt auf!«

»Meiner Meinung nach hat er sogar recht«, warf Garcia ein. »Die anderen suchen uns bestimmt nicht ausgerechnet hier.«

Bonnett zuckte mit den Schultern und wandte sich dem Ortungspult zu.

Die *Hornet* kroch weiter über die Untiefen. Der Zeiger des Gesamtzeitmessers kreiste zweimal um das Zifferblatt.

»Löse Mister Garcia auf Wache ab«, sagte Ramsey, als er die Kommandozentrale betrat. Er sah die beiden Männer zusammenzucken und spürte deutlich, daß ihre Nervenanspannung stieg.

Garcia versuchte zu grinsen. »Sehr witzig«, murmelte er.

Ramsey blieb neben ihm stehen. »Welcher Kurs liegt an?«

»Siebzig Grad.« Garcia trat zurück.

»Wir krebsen also noch immer in dem seichten Wasser herum«, stellte Ramsey fest. »Wenn wir hier mit heiler Haut herauskommen, stifte ich eine Kerze.«

»Reden Sie keinen Unsinn«, wies Bonnett ihn zurecht.

»Haben Sie schon gehört, was die Iwans gemacht haben?« fragte Ramsey. »Sie haben einen Antrieb in Nowaja Semlja eingebaut. Wenn wir in die Nähe kommen, fahren Sie die Insel weg, damit wir erst in Sibirien wieder Land in Sicht bekommen.«

»Gerissene Kerle«, sagte Garcia.

»Wie ich den Skipper kenne, steuert er geradewegs auf ein U-Bootnetz zu«, fuhr Ramsey fort. »Dann verbringen wir den Rest des Krieges in einem Gefangenenlager und hören uns politische Vorträge an, während die *Hornet* Schraube für Schraube auseinandergenommen . . .«

»Halten Sie endlich die Schnauze«, fuhr Garcia ihn an. »Wir schaffen es auf jeden Fall. Und wenn wir endlich wieder an der Pier stehen, werde ich mir ein Vergnügen daraus machen, Sie eigenhändig . . .«

»Das genügt!« unterbrach Bonnett ihn. »Ihr könnt euch später den Schädel einschlagen, aber nicht ausgerechnet jetzt!«

»Das würden Sie nicht sagen, wenn Sie mehr über diesen Schlaukopf wüßten«, sagte Garcia. »Der überlegene Intellekt: weiß alles, sieht alles, erzählt nichts!«

»In die Falle, Joe«, antwortete Bonnett. »Das ist ein Befehl.«

Garcia warf Ramsey noch einen wütenden Blick zu und verließ die Kommandozentrale.

»Was versuchen Sie zu beweisen, Johnny?«

»Wieso?«

»Warum reizen Sie Joe auf diese Weise?«

»Er ist leicht reizbar.«

Bonnett starrte ihn an. »Jedes Boot ist nur so gut wie der Zusammenhalt der Besatzung«, sagte er langsam. »Ich möchte keine derartigen Scherze mehr von Ihnen erleben.«

»Sie reden wie die alten Damen vom Geheimdienst«, antwortete Ramsey mit einer wegwerfenden Handbewegung.

Bonnett lief rot an. »Lassen Sie das, Mister Ramsey. Darauf reagiere ich nicht.«

Du reagierst bereits, dachte Ramsey. Er sagte: »Wenn wir Nowaja Semlja erreichen, sind wir bestimmt alle in bester Laune. Jeder sieht dem anderen mißtrauisch über die Schulter.«

»Woher kennen Sie unser Ziel?« fragte Bonnett scharf. »Sie waren in Ihrer Kabine, als der Skipper uns darüber informiert hat.«

»Ich wahrsage aus Kaffeesatz.« Ramsey wies auf den Schreibstreifen des Tiefenmessers. »Suchen wir vielleicht danach?«

Bonnett starrte den Streifen an. Der dünne Strich endete am unteren Rand und setzte wenige Millimeter weiter auf gleicher Höhe an.

»*Das* muß der Skipper sehen«, sagte er. »Wecken Sie ihn.«

Ramsey drückte auf den ersten Summerknopf. »Soll ich Kurs halten?«

»Nein, gehen Sie auf Gegenkurs, bis wir die gleiche Stelle erreicht ... Signal!« Er schaltete den Antrieb aus und sah auf das Oszilloskop. »Neunundzwanzig Kilometer. Auf Abfangkurs.«

Ramsey legte das Steuer um. »Haben sie uns gehört?«

»Kann ich nicht beurteilen«, antwortete Bonnett. Sie trieben lautlos weiter, während er die Zacken auf dem Leuchtschirm beobachtete.

Sparrow kam herein. »Signal?«

»Kurs zweihundertsiebzig Grad«, sagte Bonnett.

»Wie tief ist es hier?«

»Bestenfalls einhundertzwanzig Meter.«

»Sie haben etwas vergessen«, warf Ramsey ein. Er wies auf den Streifen des Tiefenmessers, der den Einschnitt aufgezeichnet hatte.

»Dort unten sollen wir uns verstecken?« Bonnetts Stimme klang schrill vor Erregung. »Dann hätten wir jede Bewegungsfreiheit verloren. Dort unten können sie uns jederzeit erledigen.«

Die *Hornet* krängte nach Backbord, als sie Fahrt verlor.

»Fahrt aufnehmen«, befahl Sparrow.

Ramsey legte den Schalter um. Er beobachtete die Anzeige des Echolots. Als sie plötzlich den bisherigen Wert weit überschritt, steuerte er nach Backbord, ohne auf Sparrows Anweisung zu warten. Die *Hornet* stand über dem tiefen Einschnitt.

»Hinein«, befahl Sparrow.

»Was tun wir, wenn die Schlucht sich immer weiter verengt?« fragte Bonnett aufgeregt. »Dann können wir nicht zurück, ohne die Schlepptrosse zu verheddern. Wir . . .«

»Kümmern Sie sich um Ihr Pult«, sagte Sparrow.

Die Zacken auf dem Leuchtschirm wurden flacher, verschwanden ganz.

»Volle Kraft voraus«, befahl Sparrow. »Noch tiefer, Johnny!«

Ramsey spürte, daß seine Magennerven sich verkrampften. »Richtig, Skipper«, murmelte er. »Die Steilwände dämpfen unser Schraubengeräusch.«

»Wenn wir auf ein Hindernis stoßen, sind wir geliefert«, sagte Bonnett.

Sparrow warf einen Blick auf den Außendruckmesser: achtundachtzig Atmosphären. »Abstand zwischen den Wänden ausloten«, wies er Bonnett an. »Fünf Impulse pro Sekunde.«

»Was tue ich Ihrer Meinung nach seit zwei Minuten?« murmelte Bonnett.

Sparrow grinste. Er legte Ramsey eine Hand auf die Schulter. »Langsamer, Johnny.«

»Fahrt?«

»Nein, Sinkgeschwindigkeit. Gehen Sie auf ebenen Kiel.«

Ramsey betätigte die Tiefenruder. Das Deck kehrte in die Waagrechte zurück.

»Ein Grad Steuerbord«, sagte Bonnett.

Ramsey drehte das Steuer.

»Wir machen zweiundzwanzig Knoten«, sagte Sparrow. »Wenn wir nur ...«

»Zwei Grad Steuerbord«, sagte Bonnett.

»Mehr Fahrt«, befahl Sparrow.

Ramsey veränderte die Einstellung des Magnometers für den Induktionsantrieb.

»Dämpferplatten heben«, wies Sparrow ihn an.

»Aber ...«

Sparrows Finger krallten sich in Ramseys Schulter. »Ausführung!«

Ramsey griff nach dem roten Hebel über dem Steuerrad und riß ihn nach unten. Die *Hornet* machte einen förmlichen Satz nach vorn.

»Achtundzwanzig Knoten«, stellte Sparrow fest. »Der alte Kahn ist gar nicht übel.«

»Zwei Grad Backbord«, sagte Bonnett.

Ramsey gehorchte.

»Die U-Kreuzer der Iwans laufen fünfundvierzig Knoten«, sagte Bonnett. »Wollen Sie etwa vor ihnen davonlaufen, Skipper?«

»Wie schnell sind sie unserer letzten bekannten Position näher gekommen?« fragte Sparrow.

»Schätzungsweise mit zwanzig Knoten Fahrt«, antwortete Bonnett. »Das heißt also fünfundvierzig bis fünfzig Minuten, wenn sie uns nicht schon vorher geortet haben. Dann erhöhen sie natürlich ihre Fahrt, sobald unser Signal verschwunden ist. Unter diesen Umständen vielleicht nur dreißig Minuten.«

Sparrow sah auf die Tür. »Rechnen wir gleich mit dreißig Minuten.« Er wartete schweigend.

»Zwei Grad Backbord«, sagte Bonnett.

Ramsey ging auf den neuen Kurs.

»Die Wände rücken immer näher zusammen«, stellte Bonnett fest. »Jetzt sind es nur noch neunzig Meter.« Er starrte das Echolot an. »Nicht mehr als fünfundsiebzig. Hier kommt ... Zwei Grad Backbord!«

Ramsey legte das Steuer um.

»Solange wir den Prahm nicht verlieren, weil wir irgendwo hängenbleiben, ist alles in bester Ordnung«, meinte Sparrow

»Drei Grad Steuerbord.«

Ramsey gehorchte.

»Sechzig Meter«, sagte Bonnett. »Minus ... minus ... fünfundfünfzig ... sechzig ... fünfundfünfzig ... Zwei Grad Steuerbord.«

Die *Hornet* folgte dem Ruder.

»Dämpferplatten senken«, befahl Sparrow. Ramsey schob den roten Hebel nach oben. Das Boot verlor sofort Fahrt.

»Halbe Kraft voraus«, sagte Sparrow. »Wie hoch liegt der Rand der Schlucht über uns?«

»Das kann ich nur schätzen«, antwortete Bonnett. »Für genaue Messungen ist der Winkel zu steil.«

»Schön, dann schätzen Sie eben.«

»Fünfhundertfünfzig Meter.«

»Hören Sie etwas achteraus?«

»Fehlanzeige.«

»Antrieb aus«, befahl Sparrow.

Ramsey legte den Antrieb still.

»Hören Sie jetzt etwas?«

Bonnett beugte sich über seine Instrumente. »Fehlanzeige«, wiederholte er.

»Volle Fahrt voraus«, sagte Sparrow. »Bugtiefenruder zwei Grad.«

»Bugtiefenruder zwei Grad«, bestätigte Ramsey. Er hob das Tiefenruder an und schaltete die Elektromotoren ein. Die *Hornet* glitt steil nach oben.

»Ein Grad Backbord«, sagte Bonnett.

Ramsey legte das Steuer um.

Sparrow warf einen Blick auf den Außendruckmesser: neunundfünfzig Atmosphären. Sie hatten weniger als sechshundert Meter Wasser über sich. Aber die *Hornet* stieg noch immer.

»Halbe Fahrt voraus«, befahl Sparrow.

Ramsey zog den Antriebshebel in die Mittelstellung zurück.

»Jetzt kann ich die Entfernung bis zum Rand messen«, sagte Bonnett. »Ungefähr neunzig Faden.«

»Also einhundertsechzig Meter«, wiederholte Sparrow. »Stimmt der Wert auch?«

Bonnett überprüfte die Anzeige seines Gerätes. »Höchstwahrscheinlich. In einer Minute kann ich ihn genauer angeben.«

Sparrow sah wieder auf den Außendruckmesser: zweiundvierzig Atmosphären.

»Sagen wir lieber achtzig Faden«, warf Bonnett ein. »Die Winkelabweichung war zu groß.«

»Einhundertvierzig Meter«, sagte Sparrow. »Nur noch weniger als dreihundert. Kleine Fahrt voraus, Johnny.«

Ramsey zog den Antriebshebel weiter zurück.

»Hören Sie etwas, Les?«

»Fehlanzeige.«

Der Außendruckmesser zeigte weniger als dreißig Atmosphären an; die *Hornet* war kaum noch dreihundert Meter tief.

»Der Rand der Schlucht liegt in hundertfünfunddreißig Meter Tiefe«, sagte Bonnett.

»Noch nichts in den Kopfhörern?«

»Alles ruhig.«

»Äußerste Kraft voraus, bis wir Höchstfahrt erreicht haben«, befahl Sparrow. »Dann legen Sie den Antrieb still und treiben bis an den Rand der Schlucht. Dort setzen Sie so vorsichtig wie möglich auf.«

Ramsey starrte ihn an.

»Jetzt!« sagte Sparrow.

Ramsey schob den Hebel bis zum Anschlag nach vorn. Die *Hornet* nahm rasch Fahrt auf. Der Fahrtmesser zeigte dreiundzwanzig Knoten.

»Aus!« befahl Sparrow.

Ramsey legte den Antrieb still und schaltete auf Leerlauf, damit die Schraube sich weiterdrehen konnte. Er betätigte vorsichtig die Tiefenruder, um das Boot auf ebenem Kiel zu halten, ohne daß es allzu viel Fahrt verlor.

»Geschafft«, sagte Bonnett.

Ramsey beobachtete den Fahrtmesser und wartete, bis er sicher wußte, daß der Prahm ebenfalls über dem Rand der Schlucht stand. Dann senkte er die Bugtiefenruder ab.

Die *Hornet* sank weich in den Schlamm.

»Jetzt höre ich sie wieder, Skipper«, meldete Bonnett. »Ungefähr fünfzehn Kilometer hinter uns und auf . . .«

»Was ist los?«

»Sie sind plötzlich weg.«

»Dann suchen sie den Einschnitt nach uns ab«, warf Ramsey ein.

»Steigen«, befahl Sparrow. »Äußerste Kraft voraus!«

Ramsey schaltete den Antrieb ein, hob das Boot vom Boden ab und drückte den Hebel nach vorn.

Sparrow sah auf die Uhr. Fünf Minuten. »Antrieb abstellen, Johnny.«

»Noch immer nichts«, sagte Bonnett.

»Wieder fünf Minuten«, wies Sparrow Ramsey an.

Ramsey führte den Befehl aus. Fünf Minuten. Treibenlassen und horchen. Fünf Minuten. Treibenlassen und horchen. Fünf Minuten. Treibenlassen und horchen.

»Aufsetzen, Johnny.«

Die *Hornet* senkte sich wieder in den Schlamm.

»Dreizehn Kilometer von dem Einschnitt entfernt«, stellte Bonnett fest. Er warf einen Blick auf den Außendruckmesser: einundzwanzig Atmosphären. »Hier ist es kaum zweihundert Meter tief.«

»Was kümmert uns das?« fragte Ramsey. »Die anderen glauben, daß wir uns in der Schlucht versteckt haben. Jetzt suchen sie bestimmt jeden Quadratzentimeter Boden ab.«

»Wir sind trotzdem geliefert«, stellte Sparrow fest.

Ramsey starrte ihn verwundert an. »Was soll das heißen, Skipper?«

»Sie haben uns zu dicht am Ziel geortet. Und genau auf dem Kurs, der zu der Bohrung führt.«

»Woher sollen sie wissen, daß wir sie nicht nur täuschen wollten?«

»Nein. Sie wissen, daß wir uns verstecken. Sie wissen auch, daß . . .« Er schwieg bedrückt.

»Glauben Sie wirklich, daß wir mit leeren Händen nach Hause kriechen?« fragte Bonnett wütend.

»Den Triumph würde ich ihnen nicht gönnen«, warf Garcia von der Tür her ein.

Die anderen drehten sich um.

Garcia betrat die Kommandozentrale. »Wir *müssen* sie irgendwie hereinlegen, Skipper.«

»Wie lange sind Sie schon hier?« wollte Sparrow wissen.

Garcia runzelte die Stirn. »Ungefähr zehn Minuten. Ich habe den Fahrtwechsel gehört und dachte . . .« Er zuckte mit den Schultern. »Skipper, nachdem wir bis hierher gekommen sind, können wir doch nicht einfach . . .«

»Immer mit der Ruhe«, sagte Sparrow. »Wir schaffen es trotzdem.«

»Wie?«

»Wir bleiben hier sitzen.«

»Wie lange?« fragte Ramsey.

»Vielleicht zwanzig Stunden; vielleicht auch länger. Bis sie keine Lust mehr haben, weiter nach uns zu suchen, oder bis sie sich einbilden, uns irgendwie verpaßt zu haben.«

»Aber ein paar Boote bleiben doch bestimmt zurück, um uns abzufangen, wenn wir doch noch zurückkommen«, protestierte Bonnett.

»Hoffentlich tun sie genau das«, antwortete Sparrow. »Les, Sie bleiben weiter an Ihren Suchgeräten. Joe, Sie und Johnny kommen mit.« Sparrow ging durch die Kommandozentrale auf den Kartentisch zu. Er holte zwei Bogen Papier aus der Schublade und begann zu zeichnen. Beide Bogen wurden mit Kurven bedeckt.

Ramsey beobachtete ihn erstaunt. Garcia beugte sich über die Zeichnungen.

Dann richtete Sparrow sich auf. »Was soll das darstellen, Johnny?«

»Es könnte eine Schallkurve sein, aber . . .«

»Das ist der modulierte Impuls unserer Aale«, stellte Garcia fest.

Sparrow nickte. »Seht beide gut her.« Er legte die Blätter aufeinander, hielt sie gegen das Licht und verschob sie geringfügig. Dann begann er eine neue Kurve aus der freien Hand zu zeichnen. »Das ist nicht genau«, sagte er dabei, »aber für unseren Zweck genügt es jedenfalls.«

»Die Schallkurve der *Hornet* mit Dämpferplatten«, sagte Ramsey.

»Zwei unserer Aale nebeneinander«, erklärte Sparrow ihm. »Natürlich unter der Voraussetzung, daß die Schrauben unterschiedlich eingestellt sind.«

»Vielleicht lassen die Iwans sich dadurch täuschen, bis sie nahe genug herankommen, um die Massedifferenz festzustellen«, meinte Ramsey.

Sparrow nickte. »Und was passiert, wenn unsere beiden Aale zusammen mit einem Störtorpedo losgeschickt werden, der zu arbeiten beginnt, bevor der Masseunterschied festgestellt werden kann?«

Ramsey trat einen Schritt zurück und starrte Sparrow an.

»Hier ist es verdammt seicht«, wandte er ein. »Die Iwans

würden einfach einen Haufen Suchtorpedos in das Störgebiet schicken und . . .«

»Und eine hübsche Explosion hören«, fügte Sparrow hinzu.

»Das ist alles recht schön und gut, aber wie sollen wir die Aale dort draußen zusammenkuppeln, wenn wir in zweihundert Meter Tiefe liegen und den Antrieb nicht benützen dürfen?« fragte Garcia.

»Wir haben einen perfekten Stabilisator«, stellte Sparrow fest. »Der Prahm. Wir blasen unsere Tanks an, bis wir genügend Auftrieb haben; dann lassen wir die Schlepptrossen nach, bis wir neunzig Meter erreicht haben, wo wir draußen arbeiten können. Der Prahm dient dann als Anker.«

»Das könnte tatsächlich funktionieren«, murmelte Garcia. Er sah zu Sparrow auf. »Skipper, Sie sind ein Genie.«

»Können Sie gemeinsam die Aale so einstellen, daß sie unser Schraubengeräusch imitieren?« erkundigte Sparrow sich.

Ramsey grinste. »Lassen Sie uns nur erst einmal draußen sein.«

»Noch etwas«, sagte Sparrow. »Sie müssen den Fahrtregler folgendermaßen einstellen . . .« Er beugte sich wieder über den Kartentisch.

Ramsey schüttelte den Kopf. »Augenblick, Skipper.«

Sparrow hob den Kopf.

Der Elektrikoffizier nahm ihm den Bleistift aus der Hand. »Der Teufel soll die reine Geschwindigkeit holen. Das ist alles viel zu kompliziert. Wir brauchen nur unterschiedliche Geräusche — zuerst das *Geräusch* eines U-Bootes mit kleiner Fahrt, dann bei halber Fahrt und schließlich mit größter Fahrt, damit die anderen glauben, wir wollten uns davonmachen.« Er skizzierte eine Kurve und überlagerte sie mit zwei weiteren. »Am besten verändern wir den Resonanzfaktor und . . .«

»Aber dadurch verändert sich die Geschwindigkeit kaum«, wandte Garcia ein.

»Das genügt völlig«, sagte Sparrow. »Solche Feinheiten fallen bestimmt nicht auf. Johnnys Plan ist besser, weil er weniger Fehlerquellen enthält.« Er wies auf die Skizzen. »Glauben Sie, daß Sie das hier schaffen?«

Garcia nickte zustimmend. »Bringen Sie uns nach oben, Skipper.«

Sparrow ging wieder zu Bonnett hinüber. »Haben Sie das gehört, Les?«

»Ja, wenigstens die wichtigsten Punkte.« Er sah auf den Sonar-Empfänger. »Noch immer kein Ton zu hören, Skipper.«

»Hoffentlich suchen sie die Schlucht bis Nowaja Semlja ab«, sagte Sparrow. »Ein halbes Prozent Auftrieb im Bugtank, Les.«

Bonnett trat nach links, öffnete ein Ventil eine Kleinigkeit weit, beobachtete ein Meßinstrument und schloß das Ventil wieder.

»Joe, lassen Sie die Trossen langsam aus«, befahl Sparrow.

Garcia löste die Magnetbremse an der großen Trommel. Die *Hornet* hob langsam vom Boden ab und stieg gleichmäßig nach oben.

Sie beobachteten den Außendruckmesser: fünfzehn Atmosphären ... dreizehn ... elf ... neun ...

»Langsamer«, sagte Sparrow.

Garcia zog die Magnetbremse allmählich an. Achtkommafünf ... achtkommazweifünf ... acht ...

»Halt!« befahl Sparrow.

Der Zeiger blieb siebenkommasiebenfünf stehen.

»Das dürfte ungefähr fünfundsiebzig Meter entsprechen«, meinte Sparrow. »Joe und Johnny, jetzt seid ihr an der Reihe.«

Garcia warf noch einen Blick auf das Schleppult. »Passen Sie gut auf die Trossen auf«, sagte er. »Wenn sich plötzlich die Strömung ändert ...«

»Wird gemacht, Joe«, sagte Sparrow. »Sie wissen doch, daß ich eher die Tanks anblasen als Sie beide mit in die Tiefe nehmen würde.«

Garcia lächelte. »Tut mir leid, Skipper. Aber Sie wissen ja, was ich von ...«

»Sie haben einen guten E-Offizier bei sich«, sagte Sparrow. Er nickte Ramsey zu und sah Garcia bedeutungsvoll an.

Warum warnt er Garcia nicht gleich vor mir und sagte ihm, daß er auf mich achten soll? dachte Ramsey.

»Schon verstanden, Skipper«, antwortete Garcia.

»Worauf warten Sie noch, Joe?« fragte Ramsey. »Sind Sie etwas wasserscheu?«

Garcias wurde blaß vor Wut.

»Das genügt«, sagte Sparrow scharf. »Machen Sie sich lieber an die Arbeit.«

Ramsey zuckte mit den Schultern. »Hinein in die Badewanne«, sagte er und verschwand durch die Tür zum Maschinenraum. Er kletterte vor Garcia die Leiter zum Notausstieg hinauf.

Die Taucheranzüge und die Sauerstoffgeräte lagen in dem Spind neben der Luke. Ramsey holte einen Anzug und ein Sauerstoffgerät heraus, trat beiseite, damit Garcia an den Spind konnte, und legte die Ausrüstung an. Dann kletterte er durch das Luk in die Kammer und lehnte sich dort an die Wand.

Garcia folgte ihm, überprüfte das Mundstück des Sauerstoffgerätes, nahm es noch einmal heraus und starrte Ramsey wütend an. »Irgendwann kriegen Sie noch einmal einen kräftigen Schlag in den Nacken.«

»Einen Schlag in den Nacken?«

»Richtig, Eierkopf.«

Ramsey starrte den Bootsingenieur an. »Was soll das ...«

»Ihr Psychologen seid doch alle gleich«, unterbrach Garcia ihn. »Ihr bildet euch ein, das Monopol auf Intelligenz zu haben.«

»Ich weiß nicht, was ...«

»Reden Sie keinen Unsinn«, sagte Garcia.

»Aber ich dachte, Sie ...«

»Ja?« Garcia grinste spöttisch.

»Nun, ich ...«

»Sie dachten, ich hielte Sie für einen Spion, für einen netten alten Schläfer«, sagte Garcia. Er schüttelte den Kopf. »Nichts dergleichen. Ich bin davon überzeugt, daß Sie keiner sind.«

»Wie kommen Sie auf die Idee, daß ich Psychologe sein könnte?«

»Wir vergeuden hier nur unsere Zeit«, wehrte Garcia ab. Er schob das Mundstück zurecht, zog das Luk nach oben und verriegelte es.

Ramsey schob sich das Mundstück zwischen die Zähne und versuchte die Luft. Sie schmeckte unangenehm bitter nach Chemikalien.

Garcia öffnete das Wasserventil.

Das Meerwasser schoß in einem breiten Strahl in die Kammer und stieg rasch.

Ramsey bewegte die Flossen und schwamm durch die geöffnete Luke nach draußen. Nur der Schein ihrer Handlampen durchdrang die Dunkelheit, denn die siebzig Meter dicke Wasserschicht verschluckte jeden Lichtstrahl, der vielleicht trotz der arktischen Nacht hätte nach unten dringen können. Obwohl der Taucheranzug gut isoliert war, spürte Ramsey deutlich, daß die Kälte rasch vordrang.

Garcia hielt sich mit einer Hand an dem Lukendeckel fest, während er die Sicherheitsleine an seinem Gürtel einhakte. Das Licht seines Handscheinwerfers fiel dabei auf die Torpedos, die nur wenig aus ihren Rohren herausragten.

Ramsey hängte seinen Karabinerhaken an die gleiche Leine.

Garcia wies auf eine zweite Leine, die über dem Lukendeckel hing. Ramsey zog daran und hievte einen Werkzeugkasten nach oben.

Eine Strömung zog Ramsey mit sich von dem Luk fort. Er hielt sich an der Sicherheitsleine fest, schwamm zurück und griff nach dem Werkzeugkasten.

Garcia stieß sich ab und schwamm auf die Torpedorohre zu. Ramsey blieb dicht hinter ihm. Der Bootsingenieur schwebte vor einem der unteren Rohre und achtete sorgfältig darauf, nicht etwa den Zünder an der Nase zu berühren. Die gelben Streifen hinter dem Zünder zeigten an, daß dieser Torpedo für geringe Entfernungen gedacht war.

Die Rohre lagen dicht übereinander an der Außenhaut der *Hornet*.

Garcia wies auf den Torpedo und sah zu Ramsey hinüber.

Ramsey schüttelte den Kopf und wies auf den nächsttieferen Torpedo: rote Streifen – ein Suchkopfaal für größere Entfernungen.

Garcia nickte.

Sie ließen sich zu dem Torpedo hinunter und entschärften ihn vorsichtig. Ramsey zeigte auf die Nummer: vierzehn. Garcia nickte wieder.

Ramsey öffnete die Seitenverkleidung, während Garcia leuchtete. Er hatte sich bereits überlegt, welche Veränderungen erforderlich waren: Suchkopf stillegen, auf gerade Laufbahn umstellen, Antriebskupplung neu einrasten, Drehzahlregler programmieren – vierhundert Umdrehungen ... sechshundert ... achthundert ... Ramsey war so in seine Arbeit vertieft, daß er gar nicht mehr an Garcia dachte.

Dann hatte er es geschafft. Sie suchten einen zweiten Aal der gleichen Art und nahmen die gleichen Veränderungen vor – nur die Umdrehungszahl wurde dem Resonanzfaktor angepaßt. Dann holten sie den ersten Torpedo nach unten und stellten die Verbindung zwischen beiden her.

Ramsey machte sich auf die Suche nach einem Störtorpedo. Als er den Aal mit der rot-gelben Nase gefunden hatte, setzte er ihm den Suchkopf aus dem ersten Torpedo ein. Dann verband er diesen Aal mit den beiden anderen und benützte dazu ein leichtes Kabel.

Als er die Arbeit fast beendet hatte, stellte er fest, daß er immer weniger Licht hatte. Er zog die letzte Klemme fest und sah sich um.

Garcia schwebte hoch über ihm; jetzt schwamm er auf den Notausstieg zu. Er schwamm sehr schnell. Ramsey blieb in der Dunkelheit zurück.

Will er mich hier draußen allein lassen? Will er das Luk schließen, bevor ich in der Kammer bin?

Panische Angst überkam ihn. Er schwamm so rasch wie möglich hinter dem verschwindenden Lichtschein her.

Garcia kann in der Schleuse bleiben, bis er fast keine Luft mehr hat, weil ich hier draußen in der gleichen Lage bin. Und dann kann er sich nach innen retten. Bis die anderen herauskommen, bin ich längst ertrunken. Er braucht ihnen nur vorzulügen, ich sei plötzlich verschwunden.

Garcia versank mit dem Handscheinwerfer in der Kammer. Jetzt herrschte völlige Dunkelheit um Ramsey.

Ich schaffe es nicht!

Die Sicherheitsleine hielt ihn plötzlich zurück. Ramsey zerrte verzweifelt daran. Das verdammte Ding hing irgendwo fest! Er hakte den Karabiner aus und schwamm weiter auf das Luk zu, das als Lichtpunkt sichtbar war.

Jetzt hatte er es endlich erreicht. Ramsey griff nach dem Geländer und spürte eine Hand, die ihn nach innen zog. Garcia! Ramsey atmete erleichtert auf. Jetzt sah er, daß Garcia die Leine eingerollt hatte. Sie stand steif zwischen Rolle und Luk, hing also irgendwo draußen fest. Garcia wies auf das Luk.

Ich soll noch einmal hinaus und die Leine losmachen, dachte Ramsey. Er schüttelte den Kopf.

Garcia wies nochmals auf das Luk.

Ramsey schüttelte wieder den Kopf.

Garcia zögerte, nahm den Handscheinwerfer auf und schwamm hinaus. Sekunden später hing die Sicherheitsleine schlaff durch. Garcia kam zurück, rollte sie auf und schloß das Luk.

Ramsey öffnete das Druckluftventil. Das Wasser wurde aus der Schleusenkammer gedrückt.

Als der Wasserspiegel ihre Schultern erreichte, nahmen sie die Mundstücke der Sauerstoffgeräte heraus. Garcia grinste amüsiert.

Er weiß, daß er mich erschreckt hat, dachte Ramsey. *Er hat es absichtlich getan.*

Dann war das Wasser nach außen gedrückt worden. Garcia öffnete das innere Luk und kletterte voraus auf das Deck des Maschinenraumes. Dort zogen sie schweigend die Anzüge aus und gingen dann in die Kommandozentrale zurück.

Sparrow kam ihnen an der Tür entgegen. »Alles klar?«

»Alles klar, Skipper«, antwortete Garcia. »Vierzehn hängt mit Zweiundzwanzig zusammen. Beide detonieren mit einem Zünder. Sie laufen nach Norden und bleiben ungefähr zwanzig Meter über dem Boden.«

Sparrow warf Ramsey einen fragenden Blick zu. Der E-Offizier nickte zustimmend. Daraufhin wandte sich der Skipper wieder an Garcia: »Irgendwelche Schwierigkeiten?«

»Johnny ist der Elektronikspezialist. Er hat die ganze Arbeit erledigt.«

Sparrow sah Ramsey an.

»Es war ziemlich leicht, Skipper.«

»Johnnys Sicherheitsleine hat sich auf dem Rückweg irgendwo verhakt«, sagte Garcia, »aber ansonsten war es ein gemütlicher Badeausflug.«

»Hier war auch alles ruhig«, antwortete Sparrow. Er wies mit dem Daumen auf Bonnett, der sich ein Feldbett in die Kommandozentrale geholt hatte, auf dem er jetzt schlief. »Les holt etwas Schlaf nach. Am besten tut ihr es auch. Wir bleiben noch einige Zeit hier.«

»Wird gemacht, Skipper«, sagte Garcia. »Baden macht immer ziemlich müde. Kommen Sie, wir verschwinden, Johnny.« Er ging hinaus. Ramsey folgte ihm zögernd.

Garcia blieb vor seiner Kabine stehen, drehte sich um und grinste Ramsey an. »Träumen Sie schon . . . Eierkopf!«

Ramsey ging in seine Kabine, verriegelte die Tür hinter sich und lehnte sich dagegen. Er hatte Herzklopfen.

Der Teufel soll den Kerl holen!

Als er wieder ruhiger geworden war, holte er das Telemeter hervor und betrachtete den neuen Streifen.

Sparrows eiserne Selbstherrschung hatte noch immer nicht nachgelassen.

Ramsey legte einen weiteren Streifen ein, schloß den Kasten ab und streckte sich auf der Koje aus. Er schlief unruhig und wurde schon bald wieder von dem Summer geweckt. Als er die Kommandozentrale erreichte, standen die anderen bereits auf ihren Posten.

»Sie übernehmen das Ortungspult«, befahl Sparrow. Er wartete, bis Ramsey seinen Platz eingenommen hatte, und drückte dann auf den Knopf, der den zweiundzwanzigsten Torpedo auslöste.

Ramsey nahm den Impuls sofort auf. Sparrow kam heran und blieb hinter ihm stehen. Sie starrten beide auf das Oszilloskop.

»Gut gearbeitet«, stellte Sparrow fest. »Sieht genau wie unser Signal aus.«

Ramsey drehte den Peilempfänger, bis die Antenne einen vollen Kreis beschrieben hatte. »Nichts zu hören«, sagte er dann. »Anscheinend liegen die Kerle doch nicht auf der Lauer.«

»Das wäre wirklich schade«, warf Garcia ein. »Wir geben uns solche Mühe, aber die anderen schlafen. Ich möchte nur wissen, was . . .«

»Signal!« sagte Ramsey. »Nordöstlich von uns. Mit hoher Fahrt.«

»Abfangkurs«, sagte Sparrow.

»Und jetzt werden unsere Aale schneller«, meldete Ramsey.

»Genau im richtigen Augenblick«, meinte Bonnett bewundernd.

»Noch ein Signal, diesmal aus westlicher Richtung«, sagte Ramsey. »Der Wachtposten hat seine Freunde alarmiert.«

»Jetzt wird höchste Fahrt simuliert«, stellte Sparrow fest. »Erstklassige Arbeit, Johnny!«

Sie warteten und beobachteten, daß die Signale einander überlagerten. Dann schlugen die Instrumente plötzlich wild aus, als der Störtorpedo den Betrieb aufnahm.

Die vier Männer warteten noch immer.

Dann dröhnte ein gedämpfter Doppelschlag aus weiter Entfernung gegen den Rumpf der *Hornet*. Gleichzeitig verstummte das Signal des Störtorpedos.

»Orten Sie jedes einzelne Boot«, wies Sparrow Ramsey an. »Wenn sie alle auf anderen Kurs gehen, haben wir es geschafft.«

Ramsey beobachtete die Signale. »Das Rudel sucht das Detonationsgebiet ab. Vier geben die Suche auf.« Er wartete. »Wieder zwei. Alle mit Kurs Südwest. Jetzt sind alle auf den neuen Kurs eingeschwenkt.«

Ramsey verfolgte die Boote bis an die Grenze der Reichweite seiner Geräte und drehte sich dann mit einem triumphierenden Lächeln zu Sparrow um. »Genau wie geplant, Skipper.«

»Hmmm, ja.« Sparrow wandte sich ab. »Wir bleiben weitere vier Stunden hier, bevor wir Kurs auf den Zielpunkt nehmen.«

Die *Hornet* kroch mit kleiner Fahrt den Einschnitt entlang, stieg in einhundertachtzig Meter Tiefe langsam nach oben und suchte die Steilwände ab. Sparrow und Garcia hatten in der Kommandozentrale Wache.

»Da ist wieder der Rand«, sagte Sparrow. Er wies auf den Bildschirm über ihnen. Die Bugscheinwerfer beleuchteten eine bizarre Felsenformation.

»Soll ich die anderen rufen?« fragte Garcia.

»Ja.«

Garcia drückte auf den Rufknopf. Ramsey meldete sich aus der E-Bude.

»Was haben Sie dort zu suchen?« wollte Sparrow wissen.

»Ich konnte nicht schlafen, deshalb ...«

»Mein Befehl, daß jede Arbeit in Zweierteams erledigt werden soll, interessiert Sie wohl nicht?«

»Skipper, mir ist eingefallen, wie ...«

»Augenblick.« Sparrow zeigte auf den Bildschirm, auf dem jetzt eine flache Mulde sichtbar geworden war, die Ähnlichkeit mit einem riesigen Seestern hatte. »Genau dort, Joe.« Er legte den Antrieb still, ließ das Boot auf die Mulde zutreiben und setzte es vorsichtig auf Grund.

»Vierzehn Atmosphären, Skipper.«

Sparrow nickte, schaltete die Seitenkameras ein und untersuchte den Boden. »Jede Menge Ballastschlamm.«

Bonnett kam herein. »Skipper, haben wir ...«

»Wir sind am Ziel«, bestätigte Sparrow. »Les, Sie gehen

nach achtern und sehen nach, was Johnny in der E-Bude macht.«

»Ist er nicht ...«

»Nein, er ist seit einiger Zeit in der E-Bude ... allein!«

Bonnett drehte sich auf dem Absatz um und verschwand in dem Niedergang.

»Ich will nicht daran schuld sein, daß die Lage der Bohrung verraten wird«, sagte Sparrow.

»Was soll das heißen?« fragte Garcia. »Sie glauben doch nicht etwa, daß ich ...«

Sparrow starrte ihn an. »Mister Garcia, wir kennen uns, seit Sie Obermaschinist und ich ein frischgebackener Leutnant war; aber jetzt traue ich Ihnen nur, wenn ich Sie unter Beobachtung habe. Hier an Bord ist ein Geheimdienstmann ermordet worden. Wir haben einen Fall von Sabotage entdeckt. Und der Gegner hat es irgendwie verstanden, seine Sender an Bord zu schmuggeln. Irgend jemand muß daran schuld sein. Ist Ihnen das klar?«

»Jawohl, Sir.« Garcia wandte sich wieder seinen Instrumenten zu.

Ramsey saß in der E-Bude und hielt eine Röhre hoch, an der er gearbeitet hatte. *So funktioniert also ihr Sender,* dachte er. *Und das bedeutet, daß der nächste jederzeit in Betrieb genommen werden kann — vielleicht schon in dieser Minute.*

Seine Hand zitterte, als er sie ausstreckte, um die Röhre in den Sockel des Prüfgeräts zu stecken. Die Hand wurde plötzlich beiseite gestoßen, dann krachte eine Faust an sein Kinn.

»Sie verdammter Spion!« knurrte Bonnett. Er holte nochmals aus.

Ramsey versuchte auszuweichen, hatte aber keinen Platz. »Warten Sie doch, Les! Ich ...«

»Damit sparen wir uns eine lange Verhandlung«, stieß Bonnett hervor und ballte wieder die Fäuste.

Mein Gott! Er will mich umbringen! dachte Ramsey erschrocken. Er wehrte sich verzweifelt und taumelte zurück, als Bonnett ihm das Knie in die Magengrube rammte.

Bonnett duckte sich und versetzte Ramsey einen weiteren Kinnhaken.

»Um Gottes willen!« brüllte Ramsey. »Ich bin kein Spion!«

»Sie schmutziger, verlogener, heimtückischer ...« Bonnett

trat zurück, schlug Ramsey die Handkante gegen den Hals und holte wieder aus.

Ramsey spürte, daß er das Bewußtsein verlor. Bonnett bearbeitete ihn jetzt mit beiden Fäusten und achtete nicht mehr darauf, wohin er traf. Ramsey sank auf das Deck.

Stimmen.

Sie kamen von irgendwoher und klangen so dumpf wie in einem Tunnel. Er spürte heftige Schmerzen.

»Er kommt langsam wieder zu sich«, sagte eine Stimme. Garcia.

»Hier. Er soll das trinken.« Sparrow.

»Warum vergeuden wir das gute Zeug?« Bonnett.

»Ich bin noch nicht davon überzeugt, daß Sie recht haben.« Sparrow.

»Skipper, ich sage Ihnen doch, daß ich gesehen habe, wie er eine dieser Senderöhren in den Sockel gesteckt ...«

»Woher wissen Sie, daß es eine Senderöhre war? Einer von euch ist darauf getreten und hat sie zertrampelt.«

»Es hat aber verdammt verdächtig ausgesehen, sage ich Ihnen, Skipper!«

»Das beweist noch lange nichts.« Garcia.

Eine Hand unter seinem Nacken. Etwas Bitteres in seinem Mund. Der Hals brannte davon.

Würgen, husten.

Ramsey übergab sich.

Wieder mußte er das Zeug trinken. Diesmal behielt er es unten. Sein ganzer Körper schmerzte.

»Können Sie sprechen, Johnny?« Sparrow.

Ramsey öffnete die Augen. Sparrow stand über ihn gebeugt und hielt ihn an den Schultern aufrecht.

Bonnett und Garcia standen im Hintergrund.

Ramsey starrte seine Umgebung an: Erholungsraum, Feldbett, Tisch und Erste-Hilfe-Kasten.

Wieder zu Bonnett und Garcia zurück.

Bonnett starrte ihn wütend an, vielleicht etwas unsicher.

Garcia runzelte besorgt die Stirn.

Ramsey faßte sich mit einer Hand ans Kinn, zuckte zusammen. »Kann ... wieder ... bißchen sprechen«, murmelte er.

Sparrow schob ihm ein Kissen in den Rücken. »Was haben Sie allein in der E-Bude zu suchen gehabt?« wollte er wissen.

Die Röhre! Die Senderöhre!

Ramsey stieß die Wörter mühsam hervor. »Habe vielleicht herausbekommen, wie die Senderöhren arbeiten. Wie das Signal ausgelöst wird.«

Sparrow und Garcia zeigten plötzlich Interesse. Bonnett schien noch unsicherer zu werden.

»Von jemand an Bord?« fragte Sparrow.

»Nein. Hören Sie, Skipper. Sie dürfen das TV-Periskop nicht ausfahren.«

»Warum nicht?«

»Es fängt ein Signal auf.«

»Das ist unvermeidbar. Was . . .«

»Sie haben mich selbst auf die Idee gebracht.« Ramsey fuhr sich mit der Zunge über die geschwollenen Lippen und zwang sich dazu, deutlich zu sprechen. »Das müssen Sie doch verstehen«, sagte er. »Es handelt sich um eine Resonanz. Der Gegner sendet ein Signal, das fast genau der Anodenfrequenz unserer L-4-Röhren entspricht. Im Lauf der Zeit arbeiten sie nicht mehr richtig und werden mikro-phonisch. Die Röhren, die wir gefunden haben, waren nur Verstärker. Das Signal kommt in Wirklichkeit aus den L-4-Röhren.«

»Aber wir haben doch die Verstärkerröhren ausgebaut . . .«

»Wenn genügend L-4-Röhren senden, entsteht ein Rückkopplungsecho«, stellte Garcia fest. »Dann ist jeder Verstärker überflüssig, weil das Geheul überall zu hören ist.«

»Warum ausgerechnet das TV-Periskop?« erkundigte Sparrow sich. Dann schüttelte er den Kopf und sagte: »Natürlich — das Signal muß klar und kräftig ankommen und die Periskopleitung bietet die einzige Möglichkeit dazu.« Er starrte Ramsey an. »Nehmen wir einmal an, Sie hätten tatsächlich die Wahrheit gesagt. Wie können wir dann . . .«

»Wir müssen nur einen Ersatz für die L-4-Röhren finden«, warf Garcia ein. »Das sind die schwachen Stellen, die ausgemerzt werden müssen.«

»Genau das wollte ich überprüfen, als Les über mich hergefallen ist«, sagte Ramsey.

Bonnett runzelte die Stirn. »Das könnte ein Trick sein, Skipper.«

»Lassen Sie den Unsinn, Les«, sagte Garcia.

»Der Teufel soll alles holen!« brüllte Bonnett los. »Gestern haben Sie mir beide noch erzählt, wie verdächtig . . .«

»Darüber können wir uns später unterhalten«, unterbrach

Sparrow ihn. Er wandte sich an Garcia. »Was halten Sie davon, Joe?«

»Klingt ziemlich vernünftig, Skipper.« Garcia hielt die Hand hoch und zählte die einzelnen Punkte an den Fingern ab. »Vor allem ist die Methode denkbar einfach – der Gegner braucht nur die Anodenfrequenz einer geeigneten Röhre zu kennen und dann seine ganzen Anstrengungen darauf konzentrieren, diese eine Röhre seinen Zwecken entsprechend zu verändern. Wenn das eigentliche Signal anderswo ausgestrahlt und hier an Bord nur wiederholt wird, ist die Ortung kinderleicht – der Gegner kann jederzeit genau feststellen, wo wir stecken. Und was wäre schwieriger zu entdecken? Das Signal würde dauernd ausgestrahlt und entspräche damit einer gleichbleibenden atmosphärischen Störung; wenn wir das TV-Periskop ausfahren, würden die Bandfilter dieses Signal als ungefährlich unterdrücken, so daß wir ausgerechnet auf der Wellenlänge nichts hören würden, die uns verrät!«

Selbst Bonnett nickte zustimmend, als Garcia seine Erklärung beendet hatte.

Garcia sah Ramsey an. »Haben Sie sich das ebenso überlegt?«

»Ja.«

»Vielleicht könnte ich mir eine Methode ausdenken, mit deren Hilfe sich die L-4-Röhren umgehen lassen«, fuhr Garcia fort. »Aber schließlich sind Sie unser Elektronikfachmann. Wie läßt sich das machen?«

»Die Zeichnung liegt auf meinem Arbeitsplatz«, antwortete Ramsey.

»Überprüfen Sie das, Les«, befahl Sparrow. »Wenn es stimmt, ist das ein weiterer Beweis dafür, daß er nicht lügt.«

Bonnett ging hinaus.

Ramsey schloß die Augen, wollte das Kissen wegschieben und sich auf dem Feldbett ausstrecken.

»Lieber nicht«, sagte Sparrow. Er hielt Ramsey aufrecht. »Joe, stützen Sie ihn einen Augenblick, während ich mir seine Nase ansehe.«

Garcia hielt Ramsey an den Schultern fest.

Sparrow berührte vorsichtig seine Nase.

»Au!« Ramsey zuckte zurück.

»Scheint nicht gebrochen zu sein«, stellte Sparrow fest. Er zog Ramseys rechtes Augenlid nach oben und richtete den

Strahl einer Taschenlampe auf die Pupille. »Wahrscheinlich eine leichte Gehirnerschütterung.«

»Wie lange war ich bewußtlos?« wollte Ramsey wissen.

»Ungefähr eine Stunde«, antwortete Sparrow. »Sie haben ...«

Bonnett kam zurück und hielt ein Blatt Papier in der Hand. Er gab es Garcia, der eine Hand von Ramseys Schulter nahm, um es in Empfang nehmen zu können.

»Was halten Sie davon, Joe?« erkundigte Sparrow sich.

Garcia starrte die Skizze an, nickte kurz und gab sie an Sparrow weiter. »Gute Arbeit. Und einfach dazu. Das System funktioniert bestimmt, obwohl eine Röhre mit anderer Anodenfrequenz benützt wird.«

»Was heißt das?« fragte Bonnett.

»Das heißt, daß Sie sich geirrt haben«, antwortete Garcia. »Sie haben einen Bock geschossen, um es volkstümlich auszudrücken, alter Freund.«

Bonnett starrte ihn wütend an. »Tatsächlich?« murmelte er heiser.

»Trösten Sie sich, wir haben uns alle geirrt«, fuhr Garcia fort. »Sie sind nur das Opfer unserer Nachlässigkeit geworden.«

Ramsey sah auf, als Bonnett an das Feldbett trat. »Offenbar muß ich mich bei Ihnen entschuldigen«, sagte der Erste Offizier. Er warf Sparrow einen Blick zu. Der Skipper studierte noch immer Ramseys Zeichnung. »Aber ich behalte mir trotzdem das Recht vor, eine eigene Meinung zu haben.«

Sparrow richtete sich auf und wandte sich an Garcia. »Halten Sie ihn noch ein paar Stunden lang wach, Joe.« Er drehte sich um. »Kommen Sie mit, Les. Wir müssen die Pumpen in Gang bringen und das Saugrohr ausfahren. Jede Minute ist kostbar.«

»Soll ich mich in der Zwischenzeit um die Röhren kümmern?« fragte Garcia.

»Bleiben Sie bei ihm«, befahl Sparrow. Er blieb in der Tür stehen, starrte Ramsey noch einmal nachdenklich an und ging dann hinaus. Bonnett folgte ihm wortlos.

»Glauben Sie, daß der Gegner die L-4-Röhren verändern kann, ohne das Signal durch die Periskopleitung zu schicken?« fragte Garcia.

»Es dauert natürlich erheblich länger, ist aber möglich«, antwortete Ramsey. »Allerdings müßte er das Signal um einiges verstärken, um ein hörbares Rücksignal empfangen zu können, wenn unser Periskop nicht ausgefahren ist.«

»Gar nicht dumm«, murmelte Garcia. »Wie sind Sie überhaupt auf die Idee gekommen?«

»Der Skipper hat mich darauf gebracht, als wir unser Schraubengeräusch imitieren sollten.«

»Seitdem haben Sie also über die Resonanz nachgedacht?«

»Über Signale, die zueinander harmonisch sind«, verbesserte Ramsey ihn.

»Das ist kein großer Unterschied.« Garcia sah Ramsey prüfend an. »Menschenskind, Les hat Ihnen aber eine kräftige Abreibung verpaßt.«

»Kann man wohl sagen.«

»Sie sind aber selbst daran schuld.«

Ramsey hob ruckartig den Kopf und zuckte gleichzeitig vor Schmerzen zusammen. »Warum sagen Sie das? Wie kommen Sie darauf?«

»Aus irgendeinem Grund haben Sie es darauf angelegt, den Skipper mißtrauisch zu machen. Aber Sie haben leider vergessen, daß Mißtrauen ansteckend wirken kann.«

»Unsinn«, wehrte Ramsey ab.

»Ich möchte nur wissen, was Sie beweisen wollen«, fuhr Garcia ungerührt fort. »Vielleicht haben Sie den Auftrag, Material über den Skipper zu sammeln, damit er von seinem Bordkommando abgelöst werden kann?«

»Quatsch! Ihre Phantasie geht mit Ihnen durch.«

»In dieser Beziehung sind wir uns ähnlich, Johnny. An Bord eines U-Bootes vergeht die Zeit verdammt langsam. Man hat nichts oder nur wenig zu tun und bildet sich allmählich alles mögliche ein.« Er runzelte die Stirn. »Und der Skipper ist auch nicht ganz frei davon.«

»Gut beobachtet«, stellte Ramsey fest.

Garcia schien gar nicht zugehört zu haben. Jedenfalls reagierte er nicht auf Ramseys Bemerkung. »Eine rege Phantasie wirkt sich nachteilig aus, wenn man zuviel Verantwortung zu tragen hat.«

Sie spürten, daß die *Hornet* sich ruckartig bewegte und wieder still lag.

»Wir führen das Saugrohr in die Bohrung ein und schließen die Pumpe an«, sagte Garcia. »Wenn der Brummer in einigen Tagen voll ist, nehmen wir wieder Kurs in Richtung Heimat.«

»Wenn es nur so einfach wäre«, wandte Ramsey ein.

Garcia drehte sich um, ging durch den Erholungsraum auf das Bücherregal zu, nahm einen Band heraus, blätterte darin herum und brachte ihn Ramsey. »Das müssen Sie einmal gelesen haben, Johnny. Es ist Sparrows Lieblingsstelle.«

Er gab Ramsey eine Bibel, wies auf den Anfang eines Kapitels und sagte: »Jesaja siebenundzwanzig Vers eins und zwei.«

Ramsey las zuerst schweigend für sich, dann wiederholte er die Stelle laut:

»Zu der Zeit wird der Herr heimsuchen mit seinem harten, großen und starken Schwert beide, den Leviathan, der eine flüchtige Schlange, und den Leviathan, der eine gewundene Schlange ist, und wird den Drachen im Meer erwürgen.«

Garcia fügte aus dem Gedächtnis hinzu:

»Zu der Zeit wird man singen von dem Weinberge des besten Weins.«

Ramsey starrte die Zeilen an und schüttelte verständnislos den Kopf. »Was bedeutet das für ihn?« fragte er.

»Und wird den Drachen im Meer erwürgen«, wiederholte Garcia. Er nahm die Bibel aus Ramseys Händen. »Für Sparrow sind wir der Drache im Meer.«

»Lassen Sie sie hier«, sagte Ramsey. Er holte sich die Bibel zurück. »Vielleicht lese ich noch ein bißchen darin.«

»Seien Sie vorsichtig, sonst bekommen Sie noch Religion«, warnte Garcia. »Das Zeug ist ansteckend.«

»Nicht für mich«, antwortete Ramsey. »Aber meine Professoren haben immer gesagt, daß man die Grundlagen studieren muß, wenn man etwas verstehen will. Das ist die Grundlage für unseren Captain.«

»Und für viele andere Menschen«, fügte Garcia leise hinzu. »Ein Psychologe, der dieses Buch nicht genau kennt, weil er es nicht gründlich studiert hat, ist ein Arzt ohne Instrumente. Und ein blinder Arzt noch dazu.«

Ramsey sah zu Garcia auf. »Wann lassen Sie endlich diesen Unsinn?«

»Wenn Sie endlich aufwachen«, antwortete Garcia ernsthaft.

Ramsey verbarg ein Stirnrunzeln hinter der Bibel, schlug sie wieder an der Stelle auf, die Garcia angegeben hatte und verlor sich bald in den Büchern der Propheten von Jesaja über Jeremia zu Hesekiel.

In den kalten arktischen Gewässern außerhalb der *Hornet* arbeiteten Pumpen, während die langen Saugleitungen den Bodenschlamm aufnahmen, der als Ballast dienen sollte. Der Plastikprahm schwoll rasch an und blähte sich unförmig auf — wie ein Lebewesen, das an einer Schlagader der Erde saugte.

Die Zeiger des Gesamtzeitmessers kreisten weiter um das Zifferblatt: einundfünfzig Stunden über der Bohrung.

8

Der Brummer war endlich gefüllt. Er erstreckte sich fast eineinhalb Kilometer weit über den Meeresboden. Die Ballasttanks sorgten dafür, daß er nicht nach oben stieg, sondern unter Wasser geschleppt werden konnte.

Ramsey und Garcia kamen gemeinsam in die Kommandozentrale. Sparrow und Bonnett warteten bereits dort auf sie.

Garcia nickte, als Ramsey eine halblaute Bemerkung machte. »Sie haben recht, Johnny. Wir dürfen auf keinen Fall . . .«

»In welcher Beziehung hat er recht?« erkundigte Sparrow sich.

»Johnny hat eben gesagt, daß das Druckausgleichsystem des Brummers sofort Ballast abwerfen würde, wenn wir auf dem Rückweg noch einmal die maximale Tauchtiefe überschreiten müßten.«

»Stimmt«, bestätigte Sparrow. »Und wenn wir nicht kompensieren, bekommt der Brummer Risse.«

»Und dann ziehen wir eine Ölfahne an der Oberfläche hinter uns her«, warf Bonnett ein. »Wäre das nicht wunderschön?«

»Vielleicht gibt es auch eine andere Möglichkeit«, sagte Sparrow. »Aber hoffentlich müssen wir es gar nicht erst versuchen.« Er drehte sich zu dem Kontrollpult um. »Abheben, Les. Kleinste Fahrt voraus und sofort in den Einschnitt hinein. Wir benützen ihn so lange wie möglich als Deckung.«

»Aye, Skipper.« Bonnetts Hände bewegten sich über die Hebel und Knöpfe.

»Ist es nicht wahrscheinlich, daß die anderen genau dort auf uns warten?« fragte Ramsey.

»Wir sind tot, erinnern Sie sich?« sagte Garcia.

»Joe, übernehmen Sie das Ausweichortungspult und halten Sie uns in der Mitte der Schlucht«, befahl Sparrow. »Johnny, Sie bleiben an dem Hauptpult und achten auf Feindsignale.« Er verschränkte die Arme über der Brust. »Der Herr hat uns geholfen, Gentlemen. Wir liegen auf Heimatkurs.«

»Eine Vergnügungsfahrt«, sagte Garcia.

»Aber nur für Verrückte«, warf Bonnett ein.

Der Vordersteven der *Hornet* hob sich und blieb einige Sekunden lang in dieser Stellung. Dann setzte sich der Brummer langsam in Bewegung und folgte dem Boot, das in die Schlucht hinabsank.

»Ein Grad steuerbord«, sagte Garcia. »Dann wieder Kurs halten.«

»Ein Grad steuerbord«, wiederholte Bonnett.

»Wir können nur froh sein, daß der Brummer in Abschnitte unterteilt ist, die nicht länger als die *Hornet* sind«, meinte Ramsey. »Wenn wir eine der Seitenwände ankratzen . . .«

»Zwei Grad backbord«, sagte Garcia.

»Zwei Grad backbord«, bestätigte Bonnett.

Sparrow sah zu Ramsey hinüber. »Was haben Sie gesagt?«

»Es war nicht weiter wichtig, Skipper.«

»Heben Sie sich die unwichtigen Bemerkungen lieber für das Erholungslager auf«, riet Sparrow. Er sah wieder auf das Kontrollpult vor Bonnett. »Von jetzt an bekommt jeder alle vier Stunden eine Wachhaltespritze, bis wir den Polarkreis hinter uns haben. Wer eine Larson-Reaktion bei sich feststellt, meldet sich sofort bei mir.«

»Ich habe gehört, daß sich die Lebenserwartung eines Menschen um diese schlaflosen Stunden verringert«, sagte Bonnett. »Ob daran etwas Wahres ist?«

»Und ich habe gehört, daß der Mond aus grünem Käse besteht«, bemerkte Garcia.

»Wäre es nicht besser, wenn wir uns auf unsere Arbeit konzentrieren würden, Gentlemen?« fragte Sparrow.

Ramsey grinste. Er spürte, daß sie alle wieder neuen Lebensmut besaßen, seitdem sie auf Heimatkurs gegangen waren. Er rieb sich die wunde Stelle am Kinn, wo Bonnetts Faust ihn getroffen hatte und dachte: *Die erste Krise ist zwar unerwartet gekommen, aber wir haben sie immerhin überstanden. Und ich lebe noch.*

Der Captain räusperte sich. »Sobald wir das norwegische Becken durchquert haben, ist die größte Gefahr vorbei. Der Gegner steht inzwischen vermutlich in der Passage vor Island und erwartet nicht, daß jemand von achtern kommt. Unsere größte Sorge sind einzelne Boote, die zur Ablösung an die Front kommandiert worden sind. Dabei besteht immer die Gefahr, daß eines zufällig auf uns stößt.«

»Ich habe beschlossen, an Altersschwäche zu sterben«, sagte Garcia.

»Sie werden hier aber vorzeitig alt«, stellte Bonnett fest.

»Ein Grad backbord«, sagte Garcia.

»Ein Grad backbord«, bestätigte Bonnett.

Die *Hornet* kroch weiter durch die Unterwasserschlucht in westlicher Richtung. Am Rande des norwegischen Beckens ging der Einschnitt allmählich in das Schelf über, so daß das Boot mit Kurs zweihundertsechsundsiebzig Grad durch die Untiefen kriechen mußte. Langsam wurde das Meer wieder tiefer. Sie hatten dreihundertsechzig Meter über sich, als sie mit Kurs zweihundertein Grad parallel zur norwegischen Küste liefen.

Einundachtzig Stunden und achtundfünfzig Minuten seit Beginn der Rückfahrt war die *Hornet* noch immer zwei Grad vom Polarkreis entfernt, als Ramsey »Signal!« sagte und den Antrieb mit einem Ruck stillegte.

»Kurs, Entfernung und Richtung?« fragte Sparrow.

»Südost, nach Westen und Südwesten. Ich nehme die Signale mit maximaler Reichweite schwach auf — etwa fünfundfünfzig Kilometer.«

»Fahrt aufnehmen«, befahl Sparrow. »Ihr Ortungssystem reicht nicht so weit.«

»Bei gleichbleibendem Kurs sind sie in einer Minute außer Reichweite«, meldete Ramsey.

»Trotzdem gehen wir lieber auf Nummer Sicher«, sagte Sparrow. »Zehn Minuten lang nach Osten, dann wieder auf alten Kurs zurück.«

Garcia bestätigte den Befehl. Die *Hornet* änderte ihren Kurs.

»Kein Signal mehr«, sagte Ramsey.

»Auf alten Kurs zurück«, wies Sparrow Garcia an.

Wieder liefen sie parallel zu der norwegischen Küste nach Süden und später nach Südwest, um nicht in die Reichweite der Horchstationen in Südnorwegen zu geraten. Später weiter südlich und wieder nach Westen in weitem Abstand an den Faröern vorüber. Im Augenblick lief die *Hornet* auf die Tiefen südöstlich von Island zu. Ramsey und Sparrow hatten Wache in der Kommandozentrale.

»Sie haben wirklich den richtigen Riecher gehabt, Skipper«, sagte Ramsey.

»Bereden Sie es nicht«, antwortete Sparrow. »Sonst haben wir Pech.«

»Warum sind eigentlich alle Seeleute abergläubisch?« fragte Ramsey.

»Weil wir die Grenzen unserer Fähigkeiten kennen«, meinte Sparrow. »Und weil wir wissen, daß wir auf unser Glück angewiesen sind, um Erfolg zu haben.«

»Eigentlich ein Wunder, daß zu unserer Ausrüstung keine Hasenpfoten gehören.«

»Ich kann es ja vorschlagen, wenn wir . . .«

»Signal! Ein ganzes Rudel!« rief Ramsey. »In unmittelbarer Nähe, Skipper! Sie haben auf der Lauer gelegen!«

Sparrow drückte auf den Alarmknopf und sah Ramsey fragend an.

»Sie haben uns genau vor der Nase«, sagte Ramsey. »Entfernung vierundzwanzig Kilometer.«

»Sieht schlecht aus«, murmelte Sparrow. Er steuerte nach Nordosten und schob den Antriebshebel bis zum Anschlag nach vorn.

Bonnett und Garcia kamen hereingestürzt .

»Ein Rudel ist hinter uns her«, sagte Ramsey.

»Los, an die Arbeit«, forderte Sparrow sie auf.

Bonnett und Garcia nahmen ihre Gefechsstationen ein; Bonnett am Steuer, Garcia an dem Torpedopult. Sparrow blieb neben Ramsey stehen.

»Der Boden ist hier zweitausendsiebenhundert Meter tief«, sagte Ramsey.

»Wir müssen es riskieren«, stellte Sparrow fest. »Langsam nach unten, Les. Sie achten auf die Atmosphäre, Johnny.«

Ramsey öffnete das Reglerventil des Anhydrasegenerators eine Umdrehung weit.

Das Deck neigte sich nach unten.

»Joe, geben Sie die Tiefe an«, befahl Sparrow.

»Zweitausendfünfzig Meter und zweihundert Kilogramm . . .

zweitausendeinhundert und zweihundertzehn ... zweitausendzweihundertfünfzig und zweihundertfünfundzwanzig ... zweitausendvierhundert und zweihundertvierzig ... zweitausendfünfhundertfünfzig und zweihundertfünfundfünfzig ...«

»Treiben lassen«, sagte Sparrow.

Bonnett schaltete den Antrieb aus.

Garcia las weiter ab: »Zweitausendsechshundert und zweihunderteinundsechzig ... Eine Abweichung, Skipper!«

»Weiter!«

»Zweitausendsechshundertfünfzig und zweihundertsiebenundsechzig ... Das sind zwei Kilogramm zuviel!«

»Weiter!«

»Zweitausendsechshundertfünfundsiebzig und zweihunderteinundsiebzig ... Drei Kilogramm mehr als normal!«

»Gleitwinkel flacher, Les. Bugkamera einschalten.«

»Noch zwölf Meter bis zum Boden«, meldete Ramsey. »Rudel kommt rasch näher. Entfernung etwa achtzehn Kilometer.«

Auf dem Bildschirm über ihren Köpfen erschien der schlammige Boden im Lichtschein der Kameraleuchten.

»Prahm zuerst absenken«, befahl Sparrow.

Bonnett zog die Bugtiefenruder nach oben, bis er spürte, daß der Prahm die *Hornet* bremste. Dann setzte das Boot in zweitausendsiebenhundert Meter auf. Der Außendruckmesser zeigte zweihundertdreiundsiebzig Atmosphären an — drei mehr als normal.

»Rudel in vierzehn Kilometer Entfernung und offener Suchformation«, meldete Ramsey. »Ich zähle sechzehn Boote.«

»In Suchformation«, wiederholte Sparrow. »Das heißt, daß wir sie doch ...«

»Zwei tauchen auf«, sagte Ramsey. »Offenbar glauben sie, daß wir uns nach oben treiben lassen.«

»Außendruck stark erhöht«, sagte Sparrow. »Das war eine kalte Wasserschicht, die auch unser Schraubengeräusch gedämpft hat. Wenn sie uns nicht zufällig orten, sind wir hier in Sicherheit.«

»Wenn wir nicht in der Zwischenzeit eine Implosion erleben«, meinte Bonnett.

»Hätten wir Schinken, hätten wir Rührei mit Schinken, wenn wir Eier hätten«, sagte Ramsey.

Garcia grinste.

»Wir müssen vor allem Ruhe bewahren«, stellte Sparrow fest. »Sonst erleben wir wieder die gleichen Komplikationen wie letztes ...«

»Komplikationen«, wiederholte Garcia. »Wir schwatzen immer nur, schwatzen, schwatzen und schwatzen. Damit der psycho ... psy ... Damit er herausbekommen kann, wieso wir tick-tack, tick-tack, tick-tack machen. Habe ich recht, Johnny? Oder etwa nicht, Freundchen?«

Ramsey zog die Augenbrauen hoch und sah zu Sparrow hinüber. Sparrow zuckte mit den Schultern und sagte: »Kommen Sie mit, Joe. Sie brauchen eine Spritze.«

»Ich brauche eine ganze Flasche«, murmelte Garcia. »Brauche einen Irrenarzt wie Johnny hier. Stimmt das nicht, Johnny?«

»Ich habe Ihnen einen Befehl gegeben, Joe«, sagte Sparrow scharf.

Garcia hatte plötzlich Tränen in den Augen. »Ich brauche ein Gewissen«, schluchzte er. »Ich möchte beichten, aber niemand ...«

»Mitkommen!« Sparrow griff nach Garcias Arm und zog ihn hinter sich her.

»Ruhig, Skipper«, mahnte Ramsey.

Sparrow holte tief Luft. »Richtig.«

»Ich komme ja schon ganz brav mit«, sagte Garcia. »Meinetwegen braucht sich keiner aufzuregen. Ich will keinem Menschen Sorgen machen. Habe schon genügend gemacht. Viel zuviel. Kann ich mir nie verzeihen. Niemals.«

Er ließ sich hinausführen und murmelte dabei noch immer: »Niemals ... niemals ... niemals ...«

»Sprach der Rabe«, sagte Ramsey. Er fuhr sich geistesabwesend über die wunde Stelle am Kinn, die noch immer bei jeder Berührung schmerzte.

»Durchaus möglich«, meinte Bonnett. »Hätte ich mir gleich denken können.«

»Was?«

»Die Abteilung Psychologie hat Sie an Bord geschmuggelt.«

»Mein Gott, noch ein Brutus!« Ramsey hob abwehrend die Hände.

»Natürlich stimmt das«, sagte Bonnett hartnäckig. »Heppner ist übergeschnappt, deshalb sind Sie an Bord geschickt worden, um den Grund dafür festzustellen.«

»Was?«

»Selbstverständlich. Sie wollen nur sehen, wer nächstens überschnappt.«

»Ich, wenn ich noch mehr Unsinn anhören muß. Ich habe . . .«

»Sonst sind Sie nämlich ein Spion«, sagte Bonnett. »Und daran glaube ich selbst nicht mehr recht.«

»Hören Sie, ich . . . «

»Ich versuche mich zu entschuldigen«, fuhr Bonnett fort. »Das fällt mir bestimmt nicht leicht. Im Grunde genommen sind mir Psychologen unsympathisch. Ihr seid doch alle gleich. Überlegen . . . wissen alles . . . wissen alles besser. Erklärungen für sämtliche Probleme: Religion ist die Manifestation tiefsitzender Ängste, die . . .«

»Lassen Sie endlich den Unsinn«, wehrte Ramsey ab.

»Ich wollte Ihnen nur erklären, daß ich mich besser fühle, seitdem ich Sie verprügelt habe. Vielleicht haben Sie eine gute Erklärung dafür. Eine Minute lang war mir der Feind hilflos ausgeliefert. Er war ein Insekt, das ich zerdrücken konnte.«

»Und?«

»So habe ich den Feind noch nie in den Händen gehabt.« Bonnett hielt die Fäuste hoch und betrachtete sie. »Hier zwischen den Fingern. Ich habe etwas gelernt.«

»Was?«

»Vielleicht klingt es dumm.«

»Sagen Sie es trotzdem.«

»Nein, lieber nicht.«

»Sie müssen sich aber rücksichtslos über diesen Gedanken klar werden«, sagte Ramsey. Und er dachte: *Ich kann mich drehen und wenden, wie ich will; ich muß doch immer wieder den Psychiater spielen!*

Bonnett rieb sich die Hände am Hemd ab und sah zu dem Kontrollpult hinüber. »Wenn man den Feind trifft und ihn erkennt und ihn berührt, stellt man fest, daß er einem gleicht — daß er vielleicht zu einem gehört.« Er schüttelte den Kopf. »Ich kann mich nicht richtig ausdrücken.«

»Versuchen Sie es trotzdem.«

»Ich kann nicht.« Bonnett senkte den Kopf und sah auf das Deck.

»Läßt sich die Überlegung anders ausdrücken? Versuchen Sie es mit einem Vergleich.«

Bonnett sprach so leise, daß Ramsey sich Mühe geben mußte, um ihn zu verstehen. »Es ist so, als ob man der kleinste und schwächste Junge auf einem Kinderspielplatz ist. Und wenn einem ein Größerer eine Ohrfeige gibt, ist das völlig in Ordnung, weil er einen wenigstens bemerkt hat. Das bedeutet, daß man lebt, daß man nicht übersehen wird.« Er hob den Kopf. »Oder wenn man eine Frau kennenlernt und sie einen ansieht und einem mit den Augen sagt, daß man ein Mann ist. Ja, das wollte ich eigentlich sagen. Wenn man wirklich lebt, wissen es auch die anderen Menschen.«

»Was hat das mit dem Feind in Ihren Händen zu tun?«

»Er lebt«, sagte Bonnett. »Er lebt und lebt wie ich. Jeder von uns beiden ist der Feind des anderen und gleichzeitig sein eigener.« Bonnetts Stimme klang fester. »Das meine ich: Ich habe den Feind in mir. Und wenn ich diesen Feind nicht besiege, verliere ich stets.«

Ramsey starrte Bonnett überrascht an.

»Solche Überlegungen hätten Sie wahrscheinlich nicht von mir erwartet«, sagte Bonnett.

Ramsey schüttelte den Kopf.

»Warum eigentlich nicht? Ich empfinde wie jeder andere. Deshalb verstecke ich mich die meiste Zeit. Und vor wem verstecke ich mich?« Er deutete mit dem Daumen auf seine Brust. »Vor mir selbst.«

»Weshalb sprechen Sie jetzt davon?«

»Ich habe jemand gefunden, mit dem ich sprechen kann, weil der Betreffende ...«

»Augenblick.« Ramsey hatte während des Gesprächs das Ortungspult nie länger als einige Sekunden aus den Augen gelassen. Jezt bemerkte er einen Zeigerausschlag. »Metallsuchbomben. Noch eine. Wenn sie in unsere Gegend kommen, müssen sie uns unweigerlich finden.«

»Aber hier unten suchen sie nicht nach uns.«

»Verlassen Sie sich lieber nicht darauf. Schon wieder eine ...«

»Was ist los?« Sparrow betrat die Kommandozentrale.

»Metallsuchbomben«, antwortete Ramsey. »Die Iwans suchen nach einer größeren Metallmasse namens *Hornet*.«

Sparrow kam näher und blieb hinter Ramsey stehen. »Da kommt schon einer«, stellte er fest.

»Schnell«, sagte Ramsey. Er legte die Hand auf den Schalter für die Abwehrtorpedos.

»Lassen Sie das«, befahl Sparrow. »Kein Mensch vergeudet ein Torpedo für ein nicht identifiziertes Ziel.«

»Weniger als eineinhalb Kilometer entfernt«, sagte Ramsey. »Achtzehnhundert Meter tief. Schon wieder eine Bombe.«

Sie spürten die Erschütterung.

»Wenn eine der äußeren Armaturen implodiert, reißt die Druckwelle uns wie ...«

»Wir wissen alle, was im Handbuch steht, Les«, sagte Sparrow. Er wandte sich ab und senkte den Kopf. »Herr, obwohl wir kein Recht dazu haben, erflehen wir doch Deinen Beistand. Dein Wille geschehe ...«

»Entfernung wächst«, flüsterte Ramsey. »Feind auf Gegenkurs«, meldete er dann.

Sparrow hob wieder den Kopf. »Herr, wir danken Dir.« Er sah zu Bonnett hinüber. »Ich habe Joe eine Schlafspritze gegeben. Bleiben Sie bei ihm.«

Bonnett verließ die Kommandozentrale.

Sparrow wandte sich an Ramsey. »Sie haben Les wieder auf die Beine geholfen.«

Ramsey zuckte mit den Schultern.

»Ich bin vor der Tür stehengeblieben, bis er sich alles von der Seele geredet hatte«, fuhr Sparrow fort. »Sie sind intelligenter, als ich dachte, Johnny.«

»Um Gottes willen!«

»Richtig, um Gottes willen«, sagte Sparrow. »Wann geben Sie endlich auf?«

Ramsey schloß müde die Augen, öffnete sie wieder. *Ich bin der Beichtvater, ob mir das paßt oder nicht,* dachte er. »Garcia ist übergeschnappt«, sagte er.

»Ich kenne Joe seit einigen Jahren«, antwortete Sparrow. »In dieser Zeit habe ich ihn einige Male betrunken erlebt. Der Tiefenrausch ist nicht anders. Joe gehört nicht zu den Menschen, die falsches Zeugnis wider andere ablegen ...«

»Er redet aber ...«

»Er hat einfach Sorgen«, fuhr Sparrow fort. »Er braucht jemand wie Sie – einen Beichtvater. Ist Ihnen schon einmal aufgefallen, daß Psychologen und Priester viel gemeinsam haben, weil sie ...«

»Ich habe schon davon gehört«, sagte Ramsey und erkannte im gleichen Augenblick, daß er seine Identität preisgegeben hatte.

Sparrow lächelte. »Denken Sie immer an den Ausweg auf der anderen Seite, Johnny. Halten Sie sich den Rücken frei.

Joe haßt Sie jetzt, weil er nicht zugeben will, daß er Sie braucht.«

Wer ist hier eigentlich der Arzt und wer der Patient? fragte Ramsey sich. *Schön, dann ist die Maske also endlich gefallen. Warum fühle ich mich erleichtert? Das ist verdächtig. Ich dürfte keine Erleichterung spüren.*

Sparrow wies mit dem Daumen auf das Ortungspult. »Das Rudel hat Kurs nach Nordosten genommen. Noch immer in Suchformation. Die Strömung bewegt sich an der Oberfläche in nordöstlicher Richtung. Das bedeutet, daß der Gegner glaubt, uns dort oben fangen zu können. Lassen Sie ihm eine Stunde Zeit, um außer Reichweite zu kommen.«

Ramsey stülpte sich die Kopfhörer über. »Alle dicht beieinander, Skipper«, meldete er. »Kein Boot zurückgeblieben.«

»Bestimmt nicht?«

Ramsey nickte und wies auf den Schreibstreifen des Sonar-Empfängers.

»Sie waren zu aufgeregt, und das beeinträchtigt die Urteilskraft«, sagte Sparrow. »Merken Sie sich das gut, Johnny. Bleiben Sie auf jeden Fall ruhig, dann kann Ihnen ...«

»Skipper!« Bonnett stand in der Tür.

Sparrow und Ramsey drehten sich um.

»Joes Blutdruck steigt und sinkt immer wieder. Der Unterschied wird von Mal zu Mal größer. Vielleicht hat er einen Schock erlitten und ...«

Sparrow drehte sich nach dem Ortungspult um. »Sie sind außer Reichweite. Auftauchen, Johnny. Bis auf achtzehnhundert Meter. Schnell!« Er eilte zur Tür. »Mitkommen, Les.«

»Was wird aus dem Prahm?« rief Ramsey hinter ihm her.

Sparrow blieb stehen und sah zurück. »Am besten befolge ich meine guten Ratschläge selbst. Les, gehen Sie wieder zu Joe und kümmern Sie sich um ihn. Johnny, lösen Sie die Magnetbremse an den Schlepptrossen.« Sparrow stand wieder vor dem Hauptkontrollpult. »Wir lassen die *Hornet* auftauchen, bis die Trossen straff gespannt sind.«

»Und dann versuchen wir, den Prahm nach oben zu reißen«, fügte Ramsey hinzu.

»Wenn er erst einmal in Bewegung ist, sorgt das Druckausgleichssystem dafür, daß er weiter nach oben steigt«, meinte Sparrow.

»Wenn«, sagte Ramsey.

»Werfen Sie zwei Aale ab«, wies Sparrow ihn an.

Ramsey drückte zwei der roten Knöpfe nieder.

Die *Hornet* schwankte, blieb aber auf dem Meeresboden liegen.

»Noch zwei«, befahl Sparrow.

Ramsey betätigte wieder zwei Knöpfe.

Das Boot bewegte sich leicht. Der Vordersteven stieg nach oben, dann folgte auch das Heck. Ramsey schaltete den Antrieb ein und zog die Bugtiefenruder nach oben.

Die *Hornet* stieg weiter. Sie hörten das leise Rumpeln der riesigen Kabeltrommel außerhalb des Druckkörpers.

Nach fünfhundert Metern sagte Sparrow: »Versuchen Sie es mit der Bremse.«

Ramsey bremste die Achse der Trommel ab. Die *Hornet* verlor sofort Fahrt.

»Noch hundertfünfzig Meter Schlepptrosse«, meldete Ramsey.

Sparrow ging auf äußerste Fahrt voraus. »Weiterbremsen und verriegeln«, befahl er.

Ramsey führte die Anweisung aus.

Die *Hornet* kam fast zum Stillstand und stieg dann unendlich langsam weiter. Ramsey warf einen Blick auf das Schleppkontrollpult. »Der Brummer ist wieder frei, Skipper. Ich frage mich nur, wieviel Schlamm wir aus dem Kompensatorsystem verlieren.« Er beugte sich über das Pult und regelte den Druckausgleich. »Wenn wir Ballast verlieren, müssen wir . . .«

»Skipper«, sagte Bonnett von der Tür her.

Sparrow drehte sich nicht nach ihm um, sondern beobachtete weiter die Instrumente. »Wie geht es ihm, Les?«

»Etwas besser. Er hat sich wieder beruhigt.« Bonnett sah auf den Außendruckmesser. »Nur noch neunundzwanzigkommafünf Atmosphären. Dann ist also alles in Ordnung.«

»Noch nicht«, sagte Sparrow. »Lösen Sie mich ab, Les.« Als Bonnett an seine Stelle getreten war, ging Sparrow zu Ramsey hinüber.

»Welcher Kurs?« fragte Bonnett.

»Einhundertundsiebenundneunzig Grad.«

»Einhundertundsiebenundneunzig Grad«, bestätigte der Erste Offizier.

»Wir brauchen noch etwas Glück«, sagte Ramsey.

»Der heilige Christophorus macht unseretwegen bestimmt schon Überstunden«, meinte Bonnett.

»Anscheinend bleibt das hydrostatische Gleichgewicht des Prahms erhalten«, sagte Bonnett.

»Bleiben Sie auf Ihrem Posten«, wies Sparrow ihn an. »Das ist jetzt noch nicht zu beurteilen.«

»Behälter siebenundzwanzig fluktuiert etwas«, meldete Ramsey.

»Wieviel?«

»Ungefähr fünf Prozent.«

»Achten Sie weiter darauf.« Sparrow stand hinter Bonnett und sah zu der riesigen Sonar-Karte auf. »Das Rudel ist mit nördlichem Kurs verschwunden.«

»Schlecht geraten«, meinte Bonnett.

»Wissen Sie bestimmt, daß Joe uns im Augenblick nicht braucht?« fragte Sparrow.

»Alles war wieder völlig normal, sonst wäre ich nicht zurückgekommen.«

»Hmmm.« Sparrow nickte. »Halten Sie die anderen Kommandanten nicht für dumm, Les. Sie mußten mit ungenügenden Informationen auskommen. Die Oberflächenströmung fließt dorthin.« Er zeigte auf den unteren Teil der Karte. »Im Süden ist das Wasser radioaktiv – von den Britischen Inseln verseucht. Andererseits ist bekannt, daß wir im Osten in die Reichweite der Horchstationen geraten würden. *Ergo:* Wir folgen der Oberflächenströmung.«

Bonnett wies auf die rot umrandeten radioaktiven Gewässer westlich von England. »Dort gibt es kalte Tiefseeströmungen in Richtung Süden, Skipper.«

»Seit wann können Sie Gedanken lesen?« fragte der Captain.

»Die Strömungen sind bestimmt nicht so heiß wie die Oberfläche«, sagte Bonnett.

»Das hängt davon ab, wie gut wir ihnen folgen können«, meinte Sparrow.

»Eine hübsche Einbahnstraße«, sagte Ramsey. »Natürlich können wir uns nach der Temperatur richten, aber was wird geschehen, wenn wir dort auftauchen müssen? Durch das ganze heiße Wasser?«

»Lassen Sie mich rechnen«, sagte Sparrow. Er holte ein Notizbuch aus der Tasche, kritzelte etwas hinein, runzelte die

Stirn und schrieb noch etwas. Dann klappte er das Buch zu. »Kurs einhundertsiebenundneunzig Grad«, wiederholte er. »Dort haben wir die besten Aussichten.«

»Was wird aus Joe?« wollte Bonnett wissen.

»Ich gehe nach achtern und kümmere mich um ihn. Sie bleiben mit Johnny hier. Verständigen Sie mich, wenn wir draußen mehr als tausend Milliröntgen messen.«

»Wird gemacht, Skipper.«

Die *Hornet* lief nach Südosten, näherte sich immer mehr der verstrahlten schottischen Küste und gelangte allmählich in seichteres Wasser. Die verhältnismäßig kalte Strömung nahm ständig ab, bis sie nur noch knapp die doppelte Höhe der *Hornet* erreichte: etwa fünfunddreißig Meter.

Sparrow kam aus dem Erholungsraum zurück, der auch als Lazarett diente. »Joe ist wieder in Ordnung«, teilte er den anderen mit. »Keine sichtbaren Nachwirkungen.« Er blieb an dem Schleppkontrollpult stehen. »Noch immer Fluktuationen in Behälter siebenundzwanzig?«

»Fehlanzeige. Ich habe die Druckkonstante noch nicht überprüfen können, weil wir nie lange genug in einer Tiefe bleiben.« Ramsey warf einen Blick auf das Ortungspult und starrte den grünlichen Leuchtschirm des Oszillographen an. »Kein einziges Signal in letzter Zeit.« Er wandte sich an Sparrow. »Können wir nicht wenigstens einen einzigen Impuls durch den Brummer schicken? Ich möchte endlich wissen, wie sich die Dichten zueinander verhalten.«

Sparrow runzelte die Stirn. »Okay«, sagte er dann. »Aber nur einen.«

Ramsey stellte die Instrumente ein und drückte einmal auf den Impulsgeber. Die Zeiger schlugen aus, dann blinkte ein rotes Licht auf.

»Was ist los?« fragte Sparrow.

Ramsey verglich die Werte für innen und außen. »Öl im Ballast«, stellte er dann fest. »Die Trennwand leckt.«

»Und wir ziehen eine Ölfahne an der Oberfläche hinter uns her!« sagte Sparrow. »Wenn die Iwans dort oben Suchflugzeuge haben, müssen sie die Spur sehen. Dann können wir ihnen ebensogut unseren Kurs per Funk durchgeben!«

Ramsey sah auf den Gesamtzeitmesser. »Oben wird es erst in vier Stunden hell«, sagte er. »Was sagt der Nachrichtendienst über Suchflugzeuge in diesem Gebiet?«

»Keine Ahnung. Wahrscheinlich . . .«

»Was ist los?« Garcia stand plötzlich in der Tür.

»Sie dürfen noch nicht wieder aufstehen, Joe«, sagte Sparrow. »Los, sehen Sie zu, daß Sie ins Lazarett zurückkommen.«

»Mir geht es ausgezeichnet.« Garcia betrat die Kommandozentrale. »Was ist denn los?«

»Ein Öltank leckt«, sagte Bonnett.

Garcia warf einen Blick auf die Sonar-Karte. »Heiliger Strohsack! Was haben wir hier zu suchen?«

»Auftauchen, Les«, befahl Sparrow. »Johnny, Sie messen die Radioaktivität und melden jeden Anstieg um tausend Milliröntgen.« Er wandte sich an Garcia und sah ihn nachdenklich an. »Joe, können Sie alles für die Reparatur vorbereiten?«

Garcia zuckte mit den Schultern. »Warum nicht? Ich habe mich gut ausgeruht. Was habe ich diesmal angestellt?«

»Sie waren völlig blau«, warf Bonnett ein. Er drehte sich um und betätigte die Tiefenruder.

»Zwei Grad! Auf keinen Fall mehr!« wies Sparrow ihn an.

»Zwei Grad«, bestätigte Bonnett.

Garcia verschwand durch die Tür und kletterte in den Maschinenraum hinab.

»Zweitausendzweihundert Milliröntgen«, meldete Ramsey. »Druck neunundvierzig Atmosphären.«

»Ölverlust?« fragte Sparrow.

»Zweihundertzehn Liter pro Minute. Gleichbleibend.«

»Ich löse Sie ab, Johnny«, sagte Sparrow. »Helfen Sie Joe.«

»Aye, Skipper.« Ramsey verließ seinen Posten und kletterte in den Maschinenraum hinunter. Die riesigen Elektromotoren summten laut. Garcia stand unter dem Notausstieg und rollte die Sicherheitsleine aus, die in die äußere Trommel eingelegt werden sollte.

Ramsey stieg zu ihm hinauf. »Anscheinend gehe ich wieder einmal schwimmen, Joe.«

Garcia sah kurz auf und konzentrierte sich dann wieder auf seine Arbeit. »Diesmal bin ich an der Reihe.«

Ramsey bückte sich und hielt die Trommel ruhig. »Warum?«

»Ich bin der beste Schwimmer an Bord. Folglich ist es nur logisch, daß ich . . .«

»Irgendwie hatte ich bisher den Eindruck, Sie seien wasserscheu.«

Garcia grinste und runzelte dann die Stirn. »Ich bin daran schuld, daß ein Wasserballspieler gestorben ist. Ich habe ihm das Genick gebrochen. Das war angeblich nur ein Spiel. Hier ist es blutiger Ernst.«

»Aber Sie haben doch eben erst einen Tiefenrausch hinter sich.«

»Ich habe mich lange genug ausgeruht.« Garcia richtete sich auf. »Geben Sie mir den Kasten mit dem Flickzeug aus dem Regal? Danke.«

Ramsey drehte sich um und nahm den Kasten herunter. Er hörte Garcia hinter sich in sein Brustmikrophon sprechen.

»Behälter siebenundzwanzig, Skipper?«

»Ja. Warum?« Sparrows Stimme drang blechern aus dem Lautsprecher.

»Wie soll ich das Leck abdichten, wenn ich ...«

»Das übernehme ich, Joe. Sie ...«

»Ich habe mich ausgeruht, Skipper, und bin wieder völlig in Ordnung. Erinnern Sie sich noch an mich? An den Schwimmchampion?«

Schweigen: Dann: »Fühlen Sie sich wirklich wohl genug?«

»Erstklassig, Skipper.«

»Ramsey.«

Ramsey drückte auf den Sprechknopf seines Mikrophons. »Hier, Skipper.«

»Wie sieht Joe aus?«

Ramsey sah zu Garcia hinüber. »Wie immer.«

»Okay, Joe. Aber wenn Sie sich nicht mehr gut fühlen, kommen Sie sofort zurück. Das ist ein Befehl.«

»Wird gemacht, Skipper. Wieviel Öl verlieren wir eigentlich?«

»Seitdem wir nach oben gestiegen sind, läuft weniger aus. Ungefähr einhundertzwanzig Liter pro Minute. Ramsey soll Sie in einen Schutzanzug stecken, damit Sie nichts von dem Öl abbekommen.«

»Erinnern Sie sich noch an den Wiederholungslehrgang, als Sie ein Loch in den Schutzanzug gerissen haben?« fragte Garcia. »Sie waren von Kopf bis ...«

»Schon gut, Joe. Heben wir uns die Erinnerungen lieber für später auf.«

»Wie heiß ist es dort draußen, Skipper?«

»Sie können es ungefähr eine Stunde lang aushalten, Joe.

Das bedeutet, daß Sie nach spätestens vierzig Minuten zurückschwimmen müssen.«

»Ziemlich knapp, Skipper. Kann ich zehn Minuten länger bleiben?«

»Das glaube ich nicht. Achten Sie auf den eingebauten Zähler. Wir sind jetzt in fünfzig Meter stabilisiert. Außendruck vierkommaneun Atmosphären. Milliröntgen ... neuntausendfünfzig. Jetzt hängt alles von Ihnen ab, Joe. Seien Sie vorsichtig.«

»Soll ich ihn nicht begleiten, Skipper?« fragte Ramsey.

»Ich möchte vermeiden, daß zwei von uns auf der Abkühlliste stehen«, antwortete Sparrow. »Legen Sie einen Schutzanzug an und halten Sie sich für den Notfall bereit.«

»Wird gemacht.« Ramsey holte einen Anzug aus dem Spind, half Garcia hinein und überprüfte die Verschlüsse.

Garcia sprach in das Helmmikrophon. »Machen Sie die Verschlüsse richtig dicht. Dann kann ich etwas länger draußen bleiben.«

Ramsey kontrollierte die Verschlüsse nochmals. »Alles in Ordnung.«

»Hören Sie mich, Skipper?«

»Laut und klar, Joe.«

»Ich gehe jetzt in die Schleuse.«

»Wir beobachten Sie durch die Kameras. Seien Sie vorsichtig!«

»Okay.« Garcia öffnete das Luk des Notausstieges, kletterte nach oben und schloß das Luk hinter sich.

Ramsey hörte das Wasser in die Kammer eindringen. Er drehte sich um, holte einen zweiten Schutzanzug aus dem Spind und legte ihn an. Dann überprüfte er die Verschlüsse besonders sorgfältig. Er hörte Bonnetts Stimme aus dem Lautsprecher: »Druck in der Schleuse ausgeglichen. Außenluk offen ... geschlossen.«

Sparrows Stimme: »Johnny?«

»Hier.«

»In die Schleusenkammer, sobald das Wasser hinausgepumpt ist. Innenluk verriegeln und am Flutventil in Bereitschaft stehen.«

Druckluft zischte, dann leuchtete die grüne Lampe neben dem Notausstieg auf. »Ich klettere jetzt in die Schleuse, Skipper«, meldete Ramsey. Er löste die Verriegelung, schwenkte das Luk nach unten, kletterte in die Kammer und verriegelte das Innenluk wieder hinter sich. Die grüne Lampe über dem Flutventil begann zu blinken. Ramsey lehnte sich an das umlaufende Geländer, blieb in Reichweite des Flutventils und wartete gelassen.

»Sprechknopf eingedrückt lassen«, sagte Sparrow.

»Meinen Sie mich?« fragte Ramsey.

»Ja. Joe ist nicht mehr auf dem Bildschirm zu sehen.«

Ramsey sah die feuchten Wände der Kammer an und warf einen Blick auf den Zähler an seinem Anzug. Etwas Reststrahlung, ungefähr nach zwanzig Stunden gefährlich. Er hob den Kopf und starrte das gewölbte Außenluk an. Garcia schwamm irgendwo dort draußen, hatte vielleicht bereits das Ablaßventil überwunden, das sich für Reparaturen dieser Art zu einem Drittel öffnen ließ, und tauchte jetzt durch das zähe Rohöl in Behälter siebenundzwanzig. Ramsey stellte sich die geduldige Suche in dem schwarzen Schlamm vor, bei der Garcia sich nur auf sein Fingerspitzengefühl verlassen konnte. Seine Augen wurden schwer, deshalb öffnete er das Sauerstoffventil seines Anzugs etwas weiter.

Der Zeiger des Gesamtmessers bewegte sich stetig weiter: fünfundfünfzig Minuten.

»Ramsey!«

Er schrak auf und merkte, daß er gedöst hatte. »Hier, Skipper.«

»Joe hat genügend Zeit gehabt. Eigentlich sogar zuviel. Sehen Sie nach, was ihm fehlt . . . und seien Sie vorsichtig!«

»Wird gemacht.« Ramsey öffnete das Flutventil und spürte das Wasser hereinströmen. Es stieg rasch bis über seinen Kopf. Das Warnlicht und der Summer wurden gleichzeitig in Betrieb gesetzt. Der rote Zeiger wies auf den Bereich zwischen siebzig und fünfundsiebzig Minuten.

Druckausgleich hergestellt. Ramsey drückte das Außenluk hoch und verriegelte es in geöffneter Stellung. Das Magnetschloß konnte von innen betätigt werden, falls das notwendig wurde, aber Garcia und er sparten dadurch einige Sekunden. Er schaltete den Handscheinwerfer ein, bewegte die Schwimmflossen und ließ sich aus der Öffnung treiben. Die Einsamkeit umgab ihn wie eine dunkle Wand. Hier draußen gab es keine Sprechverbindung zu seinen Kameraden, weil immer Gefahr bestand, daß der Gegner dadurch auf die *Hornet* aufmerksam wurde.

Der Lichtstrahl des Handscheinwerfers fiel auf Garcias Sicherheitsleine, die sich durch die Dunkelheit schlängelte. Ramsey hängte seinen Karabinerhaken ein und schwamm weiter. Das Wasser war so düster, daß der Lichtstrahl schon nach wenigen Metern wie abgeschnitten endete. Ramsey spürte den Brummer über sich, bevor er ihn wirklich sehen konnte, und wunderte sich über dieses eigenartige Gefühl. Die Sicherheitsleine lief an der Plastikwand entlang und schlängelte sich dann nach oben.

Ramsey zog an der Leine. Keine Reaktion. Er schwamm nach oben und stellte fest, daß die Sicherheitsleine um einen Vorsprung neben der winzigen Öffnung in der Außenwand des Prahms gewickelt war. Von dort aus führte sie weiter in das Innere des Brummers.

Ramsey wickelte die Leine ab und zog nochmals daran. Als Garcia wieder nicht reagierte, griff er nach dem Vorsprung, fühlte den Hebel darunter, durch den das Ventil geöffnet wurde, und drückte ihn nach unten.

Ein Ölstrahl schoß entlang der Leine nach außen, als die Öffnung sich erweiterte. Das Öl stieg nach oben, so daß jetzt die dunkle Gestalt sichtbar wurde. Die Gestalt bewegte sich auf Ramsey zu und zog dabei eine Ölfahne hinter sich her. Ramsey schloß das Ventil, streckte den Arm aus und berührte Garcia. Eine Hand griff nach seiner Schulter und drückte einmal, zweimal, dreimal.

Alles in Ordnung.

Sie schwammen nebeneinander mit der Sicherheitsleine zurück. Vor ihnen wurde der Lichtschein aus der geöffneten Schleusenkammer sichtbar. Ramsey hakte die Leine aus, während Garcia nach unten in die Schleuse sank, und zog sie hinter sich her. Garcia zog das Luk zu und verriegelte es. Ramsey öffnete das Druckluftventil und wandte sich wieder Garcia zu.

»Alles klar?« kam Sparrows Stimme aus den Helmlautsprechern.

»Sieht so aus, Skipper«, sagte Ramsey.

»Joe hat fünfundzwanzig Minuten zuviel abbekommen«, stellte Sparrow fest.

Ramsey warf einen Blick auf Garcias Anzug, der vor Öl

triefte. Das letzte Wasser wurde unter ihren Füßen nach außen gedrückt. Ramsey schaltete die Dusche ein und spürte die scharfen Wasserstrahlen gegen seinen Anzug trommeln. Das Öl verschwand durch den Ablauf.

»Okay, Joe«, sagte er.

Garcia bewegte sich nicht.

»Kommen Sie mit, Joe.«

Er bewegte sich noch immer nicht.

»Joe ist anscheinend doch nicht in Ordnung«, meldete Ramsey.

Keine Antwort.

Ramsey wies auf das Innenluk.

Garcia nickte und trat zur Seite. Ramsey entriegelte das Luk. Irgend jemand zog von außen daran. Ramsey sah, daß Sparrow zu ihnen aufsah. Er deutete auf Ramseys Brust.

Dann erkannte Ramsey, weshalb er keine Antwort bekommen hatte. Das Mikrophon war ausgeschaltet. Er betätigte den Schalter und hörte Sparrow sagen: »So schnell wie möglich ins Lazarett, Joe!«

»Der Wasserstrahl hat mein Mikrophon ausgeschaltet«, erklärte Ramsey ihm.

»Darauf müssen Sie immer achten«, sagte Sparrow. »Kommen Sie herunter.«

Ramsey kletterte hinter Garcia die Leiter hinab und half Sparrow, dem Bootsingenieur den Anzug auszuziehen. Der Skipper half Garcia auf die Leiter und zog ihm die schweren Flossen von den Füßen. Ramsey trat zurück und nahm seinen Helm ab.

»Müde«, sagte Garcia. »Wußte, daß jemand nach mir sehen würde. Hätte mich notfalls selbst befreien können.«

Ramsey zog seinen Anzug aus, hängte beide in den Spind zurück und kletterte die Leiter hinunter. Garcia und Sparrow waren bereits in der Kommandozentrale verschwunden. Als Ramsey sich der Tür näherte, begannen die riesigen Motoren wieder zu summen.

Bonnett stand allein vor den Instrumenten. Er sprach, ohne sich nach Ramsey umzudrehen. »Helfen Sie mir bei der Suche nach der kalten Strömung, Johnny.«

Ramsey nahm seinen Posten ein und warf einen Blick auf das Außenthermometer. Dabei sah er zufällig auch auf den Zähler. »Wer hat den Alarm abgestellt?«

»Der Skipper. Er hat den Zähler nicht aus den Augen gelassen.«

»Haben wir etwas davon abbekommen?«

»Nein. Das Außenluk war bereits verriegelt, bevor der Zähler plötzlich nach oben ausschlug.«

Ramsey runzelte die Stirn und starrte die Anzeige an: zweiundvierzigtausend Milliröntgen. »Das genügt fast für eine fortlaufende Reaktion. Wenn die Strömung nicht ...«

»Wo verläuft die kalte Strömung?« unterbrach Bonnett ihn.

Ramsey sandte einen schwachen Impuls aus und beobachtete das Echo. »Versuchen Sie es mit zwei Grad steuerbord, Les.«

»Zwei Grad steuerbord«, bestätigte Bonnett.

»Stimmt genau«, sagte Ramsey einige Minuten später. »Die Strahlung hat sich ebenfalls verringert.« Er sah auf den Außendruckmesser: achtzehn Atmosphären.

Das Deck der *Hornet* blieb weiterhin nach unten geneigt.

»Wir sind in der kalten Strömung«, wiederholte Ramsey. »Auf ebenen Kiel gehen, Les.«

»Auftrieb im Prahm«, antwortete Bonnett kurz. Er drückte auf den Sprechknopf seines Mikrophons: »Skipper, der Prahm zieht uns nach oben.«

»Wie tief sind wir jetzt?« fragte Sparrow.

»Wir haben die Strömung wiedergefunden – ungefähr einhundertachtzig Meter.«

»Gehen Sie auf Westkurs – genau zweihundertsechzig Grad.«

»Was soll ich tun, wenn wir die Strömung verlieren?«

»Sorgen Sie dafür, daß wir das nicht tun.«

»Wie geht es Joe?« fragte Ramsey.

»Ich habe ihn mit allen möglichen Spritzen vollgepumpt«, antwortete Sparrow.

Bonnett drehte das Steuer, zog die Tiefenruder nach oben, senkte sie wieder und fand endlich den Gleichgewichtspunkt. Das Deck blieb etwa drei Grad nach vorn geneigt.

»Der verdammte Brummer will seine eigenen Wege gehen«, stellte Ramsey fest.

»Warum ist Öl nicht so schwer wie zum Beispiel Blei?« wollte Bonnett wissen. Er veränderte die Stellung der Hecktiefenruder, verbesserte den Anstellwinkel der Bugtiefenruder und warf einen Blick auf den Fahrtmesser. »Der Widerstand setzt unsere Fahrt um fast fünfzig Prozent herab.«

Sparrow betrat die Kommandozentrale, überprüfte die Stellung der Hecktiefenruder und sah nacheinander auf die Instrumente vor Bonnett.

Ramsey fiel plötzlich auf, daß Sparrow sich mit einem Blick alle Informationen verschafft hatte, die er brauchte, um das Verhalten des Bootes beurteilen zu können.

Er ist selbst nur ein Teil der Maschinerie, dachte Ramsey.

»Der Prahm ist hecklastig«, sagte Bonnett. »Wir haben Ballast aus den Bugtanks verloren. Jetzt brauchen wir eine hübsche Portion strahlungsfreien Bodenschlamm, der den Ballast ersetzen kann.«

Ramsey sah auf die Sonar-Karte. Der rote Punkt, der ihre Position anzeigte, stand nördlich von Schottland und bewegte sich langsam auf Neufundland zu. »Die Unterwassergebirge Dora und Olga liegen genau auf unserem Kurs«, stellte er fest. »An der Westseite müßten die kalten Strömungen die Strahlung verringern und ...«

»Vielleicht ist der Schlamm noch immer heißer als unsere Moderatoren«, warf Sparrow ein. »Aber immerhin haben wir dort gute Aussichten. Deshalb der Kurswechsel.«

»Draußen ist es etwas heißer geworden, Skipper. Die kalte Strömung hat jetzt weniger Umfang als die *Hornet*.«

»Weiter auf Kurs bleiben«, wies Sparrow Bonnett an. »Der Prahm ist ohnehin bereits verstrahlt. Viel wichtiger ist, daß wir das Öl nach Hause bringen.«

»Es ist auch heiß«, sagte Bonnett.

»Aber trotzdem zu gebrauchen«, warf Ramsey ein.

»Ich überlege mir, wie wir den Ballast aufnehmen können, ohne den Boden zu berühren. Wahrscheinlich müssen wir wieder einen Aal opfern.« Er wandte sich an Ramsey. »Johnny, beherrschen Sie die Fernsteuerung gut genug, um unseren Ballastschlauch mit den Flossenstiften eines C-5-Aals nach unten zu ziehen?«

Ramsey erinnerte sich an den sonnigen Morgen in Boca Raton. Sein Ausbilder hatte ihm die Fernbedienung des Torpedos C-5 erklärt: *»Das hier ist unser bester Aal. Die Vorsprünge an der Nase enthalten Kameraaugen. Sie sitzen also sozusagen dort vorn, während Sie den Aal ins Ziel führen.« Er hatte sich umgedreht und auf die Fernsteuerung gezeigt. »Versuchen Sie es einmal damit. Der Aal ist nicht scharf, so daß Sie jede Menge Fehler machen dürfen.«*

»Was halten Sie davon?« fragte Sparrow.

»Sobald der Aal aus dem Rohr ist, wird er automatisch scharf. Wenn ich die Zündnadel irgendwo anstoße, sind wir geliefert.«

»Sie glauben also nicht, daß Sie es schaffen?«

»Das habe ich nicht gesagt.« Ramsey sah auf seine Hände. Sie zitterten nicht. »Ich kann es genausogut wie jeder andere, aber ...«

»Das kann nur ein junger Mann«, sagte Sparrow. »Les und ich werden allmählich alt.«

»Tag, Großväterchen«, warf Bonnett ein.

»Das ist mein voller Ernst«, fuhr Sparrow fort. »Der Ballastschlauch ragt nur etwa einen halben Meter aus dem Rumpf hervor. Der Aal muß mindestens fünfzehn Knoten machen, um den Schlauch mitzunehmen. Das heißt also, daß ...«

»Das heißt also, daß ich mich nicht verschätzen darf«, sagte Ramsey.

»Möglichst nicht«, stimmte Bonnett zu.

Ramsey zuckte mit den Schultern. »Mein Ausbilder in Boca Raton hat immer gesagt, daß ich ...«

»Boca Raton?« fragte Sparrow. »Was ist in Boca Raton?«

Ramsey merkte erst jetzt, daß er wieder einen Fehler gemacht hatte. Boca Raton war eine Torpedoschule für Geheimdienstpersonal.

»Ist das nicht eine Schule für Geheimdienstleute?« erkundigte Bonnett sich.

»Ich konnte den normalen Kurs nicht mitmachen, weil ich krank war«, erklärte Ramsey. »Deshalb bin ich dorthin geschickt worden.« Er konnte nur hoffen, daß die beiden mit dieser Erklärung zufrieden sein würden.

»In zwanzig Minuten haben wir Olga erreicht«, sagte Bonnett.

»Ich gehe nach achtern und sehe nach, wie es Joe geht«, meinte Sparrow. Er drehte sich um und verließ die Kommandozentrale.

»Hoffentlich kommt Joe bald wieder in Ordnung«, sagte Bonnett. »Meiner Meinung nach hätte der Skipper ihn nicht nach draußen lassen dürfen. Ich hätte den Brummer auch reparieren können.«

»Ich auch«, stellte Ramsey fest. »Aber der Skipper hat wahrscheinlich dafür seine Gründe gehabt.« Er runzelte die Stirn. »Ich möchte nur wissen, warum er mir diesen Auftrag geben will.«

»Haben Sie schon einmal eine Partie C-5 gespielt?« fragte Bonnett.

Ramsey grinste plötzlich. »Klar. Mein Ausbilder hat mich zu einem Duell mit Torpedos in der Bucht herausgefordert. Wir hatten beide einen Aal mit der dazugehörigen Fernsteuerung und ...«

»Schon gut«, wehrte Bonnett ab. »Ich will gar keine genaue Schilderung, sondern wollte Ihnen nur einen plausiblen Grund erklären. Solche Spiele sind auf der Schule üblich. Wir sind schon lange aus der Schule heraus, aber Sie nicht.«

Ramsey runzelte die Stirn. »Der Skipper macht nie Fehler, was?«

»Bestimmt nicht, wenn es um Menschen geht«, antwortete Bonnett. »Aber wenn wir wieder zu Hause sind, wird er einen Anpfiff einstecken müssen, weil er so viele Aale verschwendet hat.«

»Wenn ich daran denke, könnte ich vor Wut aus der Haut platzen«, sagte Ramsey.

Sparrow war wieder hereingekommen. »Warum könnten Sie aus der Haut platzen?« erkundigte er sich.

»Weil die Bürokraten uns jede Schraube nachzählen, die wir verbraucht haben.«

»Daran gewöhnt man sich mit der Zeit. Wie weit ist es noch bis zu Olga?«

»Fünf Minuten.«

»Okay, Johnny. Zeigen Sie, was Sie gelernt haben.« Sparrow wies auf das Torpedopult.

»Wie geht es Joe?« fragte Bonnett.

»Ich habe ihn mit De-Carb vollgepumpt. Wenn sich das Zeug in seinen Knochen absetzt, hat er nichts zu lachen.«

Ramsey näherte sich langsam dem Torpedopult.

»Wir haben ihn gerade noch rechtzeitig erwischt«, meinte Bonnett.

»Wie wäre es mit etwas mehr Ruhe?« fragte Ramsey.

»Der Maestro gibt jetzt eine Galavorstellung«, sagte Bonnett.

Ramsey starrte die roten Schalter an und warf einen Blick auf den Bildschirm. Vor ihm ragte der blaue Hebel aus dem

Pult, der die C-5-Aale steuerte. Er stellte die Verbindung zum Torpedo her. »Alles klar. Wie weit ist es bis zum Boden?«

»Sechshundertsechzig Meter«, antwortete Bonnett. »Sie können jederzeit anfangen. Wir stehen senkrecht über dem Höhenzug.« Er legte den Antrieb still, so daß die *Hornet* sich kaum noch bewegte.

»Der Schlauch genügt reichlich«, sagte Sparrow.

»Soll ich zuerst eine Bodenprobe heraufholen, damit wir sehen, wie heiß das Zeug ist?« fragte Ramsey.

»Nein. Wir müssen schnell arbeiten, weil die Gefahr besteht, daß der Steuerimpuls aufgenommen wird. Wenn der Schlamm heiß ist, wird das Öl eben für Nuklearantriebe verwendet.«

»Jetzt?« fragte Ramsey.

»Los!« sagte Sparrow. »Les, richten Sie die Seitenscheinwerfer auf die Schlauchtrommel.«

»Bereits eingeschaltet«, meldete Bonnett.

Ramsey starrte angestrengt auf den Bildschirm, auf dem jetzt der Rumpf der *Hornet* sichtbar wurde. Die Schlauchtrommel war hell beleuchtet. Am unteren Rand des Bildschirmes wurde eine bewegliche Darstellung eingespiegelt, die anzeigte, wie sich die relativen Positionen der *Hornet* und des C-5-Aals veränderten.

»Etwas mehr Fahrt«, sagte Ramsey. »Das stabilisiert uns.«

Bonnett nickte und schob den Antriebshebel eine Kleinigkeit nach vorn.

Ramsey führte den Torpedo näher heran. Er konnte die Stifte nicht sehen, wußte aber, wo sie angebracht waren – sie bildeten die vorderen Ausläufer der Stabilisierungsflossen und lagen dicht hinter der Spitze, die den Zünder enthielt.

»Seitenscheinwerfer blinken«, sagte Ramsey.

Bonnett betätigte mehrmals den Schalter.

»Ich wollte nur wissen, ob ich den richtigen Scheinwerfer auf dem Bildschirm habe«, erklärte Ramsey. Er führte den Aal näher heran und ließ ihn neben dem Scheinwerfer schweben. Das Ende des Ballastschlauches ragte in einem Winkel von fünfundvierzig Grad aus der Trommel.

»Okay«, sagte er. »Jetzt geht es los.« Er holte den C-5 drei Meter zurück und schob den Antriebshebel mit einem Ruck nach vorn. Der Torpedo schoß los, erreichte den Schlauch, schien einen Augenblick lang zu zögern und bewegte sich dann weiter.

»Sie haben ihn erwischt«, sagte Bonnett.

»Klar«, meinte Ramsey. Er steuerte den Torpedo langsamer weiter und sah auf das Meßgerät, das anzeigte, wie schnell der Schlauch abgewickelt wurde. Plötzlich sank der Zeiger auf Null zurück.

»Verloren«, stellte Sparrow fest.

Ramsey führte den Torpedo in einer weiten Kurve wieder an den Schlauch heran. Diesmal stieß der C-5 wie ein hungriger Hai nach unten und riß den Schlauch mit sich. »Jetzt habe ich ihn besser erwischt«, sagte Ramsey.

»Ich beobachte ihn am Ortungspult«, erklärte Bonnett ihm. »Dann kann ich Sie warnen, wenn er nur noch dreißig Meter über dem Boden ist. Von dort aus steuern Sie besser nach Sicht.«

»Diesmal habe ich den Schlauch ungefähr fünf Meter vom Ende erwischt«, sagte Ramsey. »Schalten Sie sofort die Pumpe ein, wenn er den Boden berührt; das hält ihn hoffentlich unten. Ich möchte nicht gern in Bodennähe geraten.«

»Pumpe betriebsbereit«, sagte Sparrow.

Ramsey sah zu Sparrow hinüber, der an dem Schleppkontrollpult stand. Sparrow beobachtete die Instrumente. »Schlauch klar bis zu den Ballasttanks«, stellte er fest.

»Noch dreißig Meter«, sagte Bonnett. »Sie bewegen sich an der Oberseite entlang.«

»Richtig«, bestätigte Ramsey. »Ich habe sie auf dem Schirm.«

Er führte den Aal näher an den Boden heran.

»Ein Plateau«, sagte er dann. »Dort müßte genügend Schlamm liegen.«

»Hoffentlich ist er nicht heiß«, sagte Sparrow.

»Hoffentlich ist er überhaupt als Ballast geeignet«, antwortete Ramsey.

Er führte den Torpedo und den Schlauch näher an den Boden heran, näher, näher . . .

»Fertig!«

»Pumpe läuft . . . Verbindung hält«, sagte Sparrow.

Ramsey löste den Torpedo von dem Schlauch und steuerte ihn nach oben.

»Warten Sie noch«, wies Sparrow ihn an. »Vielleicht müssen Sie den Schlauch bewegen.«

»Der Brummer sinkt bereits mit dem Bug nach unten«, meldete Bonnett. Er schaltete einen Zähler ein. »Das Zeug ist tatsächlich kalt.«

Die *Hornet* schwebte weiter über dem Höhenrücken, bis der Prahm sich wieder im hydrostatischen Gleichgewicht befand. Dann sagte Sparrow: »Okay, Johnny, suchen Sie einen guten Platz für den C-5, setzen Sie ihn dort ab und lassen Sie ihn liegen. Aber nicht zünden!«

»Aye, Skipper.« Ramsey steuerte den Torpedo an den steil abfallenden Klippen entlang, fand einen tiefen Einschnitt und ließ den Aal dort vorsichtig zu Boden sinken. Dann trennte er die Fernsteuerverbindung und trat von dem Torpedopult zurück.

»Schlauch eingerollt«, sagte Sparrow. »Bleiben Sie weiter in der kalten Strömung, Les. Kurs zweihundertsechzig Grad. Kümmern Sie sich ein bißchen um Joe, Johnny?«

»Wird gemacht.« Ramsey war plötzlich todmüde, aber trotzdem in bester Stimmung.

»Dann ruhen Sie sich lieber aus«, fügte Sparrow hinzu.

Ramsey verließ die Kommandozentrale, ging nach achtern und betrat den Erholungsraum, der wieder einmal als Lazarett dienen mußte.

Garcia lag in der Unterhose auf dem Feldbett unter der Höhensonne. Auf seiner dunklen Haut standen große Schweißperlen. Als Ramsey hereinkam, richtete er sich halb auf und sah ihm entgegen.

»Ach, Sie sind es.«

»Wen haben Sie denn erwartet? Den Sanitätsinspekteur der Marine?«

»Wirklich sehr witzig!«

Ramsey legte Garcia eine Hand auf die Stirn. »Haben Sie Fieber?«

Garcia räusperte sich. »Etwas. Das kommt von den verdammten Spritzen.«

Ramsey sah auf das Krankenblatt über Garcias Kopf. »Jetzt steht Ihnen wieder eine bevor. Diesmal De-Carb und De-Phos. De-Sulph erst wieder in einer Stunde.« Er ging zu dem Medizinschrank hinüber, wo die Spritzen bereit lagen.

»Was war inzwischen los?« fragte Garcia.

Ramsey kam mit der Spritze zurück. »Wir haben Ballast für den Brummer aufgenommen. Drehen Sie sich um.«

»Diesmal ist der linke Arm dran«, sagte Garcia. Er sah zu, wie Ramsey die Stelle mit Alkohol desinfizierte, ihm die Spritze gab und wieder an den Schrank zurückging.

»Wissen Sie und Ihr schwarzer Kasten endlich, wie der Skipper funktioniert?« fragte Garcia plötzlich.

Ramsey beherrschte sich mühsam und drehte sich langsam um. »Was soll das heißen?«

Garcia grinste verzerrt. »Spielen Sie hier nicht den Unschuldigen, Johnny. Denken Sie lieber daran, daß ich Ihre Bude übernehmen muß, wenn Sie dienstunfähig sein sollten.«

»Aber . . .«

»Ich wäre bestimmt ein guter Geldschrankknacker geworden, weil mir der Beruf ausgesprochen liegt«, sagte Garcia. Er verschränkte die Hände hinter dem Kopf und zuckte zusammen, als er den linken Arm bewegte. »Haben Sie schon einmal von der Büchse der Pandora gehört?« Er grinste und sah Ramsey bedeutungsvoll an. »Die Versuchung war einfach zu groß für einen Menschen mit meiner Veranlagung, Johnny.«

Ramsey fuhr sich mit der Zunge über die Lippen. »Sie meinen das Überwachungsgerät für die . . .«

»Wissen Sie wirklich nicht, wann das Spiel aus ist, alter Knabe?« Garcia runzelte die Stirn. »Der Schreibstreifen in dem Kasten hängt irgendwie mit dem Skipper zusammen. Ich weiß nicht wie, aber . . .«

»Reden Sie doch keinen Unsinn«, unterbrach Ramsey ihn. »Sie . . .«

»Sie sind verdammt hartnäckig, Johnny. Wenn ich nicht sicher wüßte, daß . . .«

»Fangen Sie von vorn an«, sagte Ramsey müde. »Ich möchte wissen, was Sie denken.«

»Gern«, antwortete Garcia. Er lehnte sich in die Kissen zurück.

Ramsey holte sich einen Hocker heran.

»Sie haben nie den Versuch unternommen, mir Ihren schwarzen Kasten zu erklären«, begann Garcia. »Das war ein Fehler. Jeder normale E-Mann hätte die Gelegenheit ausgenützt, mit jemand an Bord zu diskutieren, der etwas von seinem Fachgebiet versteht.« Garcia lächelte leise. »Sie haben noch nie versucht, mit mir fachzusimpeln. Mit den anderen auch nicht.«

»Und?«

»Folglich befindet sich niemand an Bord, mit dem Sie fachsimpeln können.«

»Haben Sie mich deshalb für einen Spion gehalten?«

Garcia schüttelte den Kopf. »Ich habe Sie nie für einen Spion gehalten.« Er runzelte die Stirn. »Tut mir leid, Johnny. Vielleicht hätte ich Ihnen die Tracht Prügel ersparen können, die Les Ihnen verabreicht hat. Ich wußte von Anfang an, daß Sie kein Spion waren.«

»Warum?«

»Zu unbeholfen.« Garcia zögerte. »Außerdem ist meine Frau die Kusine von Captain Gadsen, der die *Dolphin* kommandiert. Gad war sehr von einem gewissen Long John Ramsey eingenommen, der sich als Retter in der Not erwiesen hatte, als die *Dolphin* Schwierigkeiten mit der Sauerstoffversorgung hatte. Gad schien zu glauben, daß dieser Ramsey, den die Abteilung Psychologie an Bord geschickt hatte, die Besatzung gerettet habe.«

»Und deshalb glauben Sie, daß ich dieser Ramsey bin?«

»Gad war *sehr* von diesem Long John Ramsey beeindruckt — bis auf einen Punkt: Dieser rothaarige Hundesohn ging ihm mit seiner Besserwisserei auf die Nerven!«

»Es gibt jede Menge rothaarige ...«

»Vielleicht.« Garcia schüttelte den Kopf. »Sie sind also Psychologe. Hier an Bord haben Sie sich nur für zwei Dinge interessiert: für den Skipper und für den schwarzen Kasten in Ihrer Kabine. Deshalb habe ich den Kasten geöffnet.«

Ramsey blieb ruhig. »Und?«

Garcia grinste spöttisch. »Der zweite Schreibstreifen läuft mit der gleichen Geschwindigkeit wie eine Uhr. Ich habe vier Stufen abgezeichnet und nachgesehen, was damals los war.«

»Was haben Sie also festgestellt?«

»Wenn der Skipper schläft, verläuft die Linie sehr flach. Jedesmal.«

Ramsey zuckte mit den Schultern und schwieg.

»Aber das war noch kein endgültiger Beweis«, fuhr Garcia fort. »Deshalb habe ich mir gemerkt, wann der Skipper sich wehgetan hat — einmal hat er sich das Schienbein angeschlagen, beim zweitenmal war es ein elektrischer Schlag. Die Linie schlägt jeweils wild nach oben aus.«

Ramsey erinnerte sich an die Streifen und dachte daran, wie

vorsichtig er sich nach den Gründen für die Ausschläge erkundigt hatte. »Gar nicht dumm.«

»Vielen Dank, alter Knabe. Das finde ich nämlich auch.«

»Was beweist das alles?«

Garcia zog die Augenbrauen in die Höhe. »Das beweist, daß Sie die körperlichen Reaktionen des Skippers aufzeichnen. Ich kenne aber nur eine Sorte Menschen, die sich dafür interessieren, wie andere Leute funktionieren.«

»Ja?«

»Diese Menschen werden allgemein als Psychologen bezeichnet.«

Ramsey grinste unwillkürlich.

»Ich beabsichtige allerdings nicht, Sie schon jetzt zu verraten«, fuhr Garcia fort. »Die Vorstellung ist noch nicht zu Ende. Aber wenn ich zurückkomme, muß ich mich bei der Abteilung Psychologie für die gute Unterhaltung bedanken.«

»Sie wollen vermutlich ebenfalls mitspielen«, stellte Ramsey fest.

»Nein, um Himmels willen! Ich habe schon eine Rolle, die mir genügt. Aber ich möchte Sie warnen, alter Knabe. Unterschätzen Sie Captain Sparrow nicht!«

»Oh?«

»Er führt hier Regie. Selbst wenn Sie nichts davon merken, beeinflußt er das Drehbuch.«

Ramsey zuckte mit den Schultern, um sein Unbehagen zu verdecken. »Wollen Sie mich deshalb nicht verraten?«

»Sie meinen es bestimmt gut«, sagte Garcia. Seine Stimme klang plötzlich hart. »Geben Sie mir die nächste Spritze und verschwinden Sie! Ihre angebliche Überlegenheit geht mir auf die Nerven.«

Ramsey spürte, daß er rot anlief. Er stand auf und ging an den Medizinschrank.

Garcia drehte sich um. »Diesmal ist wieder die Rückseite dran. Versuchen Sie sich zu beherrschen, während Sie mir die Spritze geben.«

Ramsey beugte sich über ihn.

»Ausgezeichnet«, sagte Garcia. »Wunderbare Körperbeherrschung, Johnny.«

Ramsey kam wieder von dem Schrank zurück. »Wieso haben Sie den Eindruck, daß ich überheblich bin?«

Garcia drehte sich wieder auf den Rücken und schnitt eine

Grimasse. »Ich habe nichts dagegen, daß Sie Les und mich nicht ausstehen können, aber schließlich verdanken Sie Ihr Leben der Tatsache, daß . . .«

»Jetzt reicht es aber wirklich!« unterbrach Ramsey ihn. »Und Sie sprechen von Überheblichkeit! Dabei sind Sie selbst so verdammt überheblich, daß ich am liebsten . . .«

»Wirklich?« Garcia sah zu ihm auf. »Vielleicht wollten Sie nur dazu gehören. Obwohl . . .«

»Obwohl — was?«

»Obwohl Sie noch einen anderen Job haben.«

»Vielleicht gerade deshalb«, antwortete Ramsey.

Garcia dachte darüber nach. »Das ist mir noch nie eingefallen. Aber es könnte stimmen. Ihr Psychologen seid alle ziemlich vereinsamt, weil sich jeder vor euch in acht nimmt, damit ihr ihm nicht etwas anhängt.«

Ramsey steckte die Hände in die Taschen. »Warum halten Sie so wenig von uns? «

»Ich habe Sie bei der Arbeit beobachtet, Doktor.«

Ramsey schüttelte den Kopf. »Sie haben mich noch nie dabei gesehen.« Er ließ sich wieder auf dem Hocker nieder. »Jetzt können Sie fachsimpeln.«

Garcia stützte sich auf den rechten Ellbogen. »Hören Sie, alter Knabe, ich bin wirklich zu . . .«

»Man merkt Ihnen an, daß Sie ein Geheimnis verbergen wollen«, sagte Ramsey.

Garcia zuckte mit den Schultern. »Was . . . soll . . . das . . . heißen?«

»Sie benehmen sich wie ein Mann, der einer Bedrohung gegenübersteht, die für ihn schlimmer als der Tod ist. Sie opfern sich freiwillig, als suchten Sie nach einer Entschuldigung . . .« Ramsey schwieg und starrte Garcia an.

»Nun?«

»Ich beschäftige mich erst jetzt wirklich mit Ihrem Fall, Joe. Haben Sie etwas mit dem Tod des Geheimdienstleutnants zu tun gehabt?«

Garcia ließ sich in die Kissen zurücksinken. »Nein.«

»Nicht einmal indirekt?«

»Ich habe nie etwas von ihm gewußt, bis wir ihn gefunden haben!«

»Wäre eine richtige Lüge nicht besser gewesen?« fragte Ramsey.

Garcia sah schweigend zur Decke auf.

»Okay, dann sprechen wir über etwas anderes, Joe.«

»Warum verschwinden Sie nicht endlich?«

»Die Unterhaltung mit Ihnen macht mir so viel Freude, daß ich einfach noch nicht gehen kann. Hören Sie, Joe, hat es Sie noch nie bedrückt, daß ...«

»Hören *Sie* gut zu!« Garcia starrte Ramsey wütend an. »Sie haben mich also herausgeholt, als ich in dem Brummer festsaß. Das war Ihre gute Tat für heute, und ich habe mich dafür bedankt, aber jetzt ...«

»Sie haben sich bei mir bedankt?«

»Richtig, ich hatte ganz vergessen, daß Ihr Mikrophon ausgeschaltet war. Folglich konnten Sie auch nichts hören. Aber das ist jetzt unwichtig. Ich wollte Ihnen nur sagen, daß Sie sich meinetwegen nicht in Unkosten hätten stürzen müssen. Ich hätte mir im Notfall selbst ein Loch durch die Wand schneiden können. Deshalb ...«

»Womit?«

»Ha?«

»Sie haben Ihre Taschen entleert, bevor Sie in den Anzug geklettert sind. Ihr Messer lag noch da, als ich das Luk verriegelt habe. Womit hätten Sie das Loch schneiden wollen — mit Klebband?«

Garcia war blaß geworden.

»Bitte, gern geschehen«, sagte Ramsey.

»Anscheinend spielen Sie doch eine größere Rolle, als ich gedacht habe, Johnny. Wer schreibt eigentlich Ihre Drehbücher?«

»Sie haben mich nur noch nie wirklich bei der Arbeit gesehen«, antwortete Ramsey. »Ich wollte Sie etwas fragen. Wenn ich eine ehrliche Antwort bekomme, sind wir wieder quitt. Okay?«

Garcia nickte. »Einverstanden.«

»Was haben die U-Bootfahrer wirklich gegen ihre Arbeit einzuwenden?«

»Wir haben überhaupt nichts dagegen«, antwortete Garcia. »Wir sind ganz vernarrt in unsere Arbeit. Im Vergleich dazu ist jeder andere Freizeitsport langweilig. Wir ...«

»Ich meine die Frage ernst, Joe. Vielleicht kenne ich die Antwort bereits. Aber ich möchte die Frage trotzdem von einem Mann beantwortet haben, der Erfahrung auf U-Booten hat.

Meiner Auffassung nach haben wir bisher in der falschen Richtung gesucht.«

»Was wollen Sie von mir wissen?«

»Ich habe nicht die Absicht, Ihnen etwas in den Mund zu legen. Ich möchte wissen, worüber Sie und Ihre Kameraden sich so ärgern, daß Sie nicht einmal untereinander darüber sprechen.«

Garcia richtete sich wieder auf. »In Ordnung, Johnny. Sie haben eine ehrliche Antwort verdient, weil Sie eine so gute Beobachtungsgabe besitzen, wenn es sich um Messer und ähnliche Kleinigkeiten handelt. Haben Sie gemerkt, wie wir ausgelaufen sind?«

»Ja.«

»Wir sind weggeschlichen. Sie wissen, was ich damit meine – einfach Routine.«

»Daran ist der Geheimdienst schuld.«

»Der Teufel soll die Kerle holen! Bilden sie sich etwa ein, daß die Iwans nicht wissen, wo unsere Stützpunkte liegen?«

Ramsey schüttelte den Kopf. »Jedenfalls wissen sie bestimmt, wo *unser* Stützpunkt liegt, wenn sie den Funkspruch aufgenommen haben.«

»Das wissen Sie auch so! Diese Geheimnistuerei ist reiner Unsinn. Wenn wir nicht Suchflugzeuge und U-Bootjäger hätten, würden die Iwans vor den Tunnels unserer fünf Stützpunkte auf der . . .«

»Fünf?«

»Fünf Stützpunkte, Johnny. Jeder U-Bootfahrer kennt sie. Die Kommandanten sind darüber informiert, deshalb weiß es auch die Besatzung. Das kann lebenswichtig sein, deshalb ist der Geheimdienst nur . . .«

»Das verstehe ich nicht ganz, Joe. Tut mir leid.«

»Stellen Sie sich vor, Sie sind der einzige Mann an Bord, der noch auf den Beinen stehen kann. Die anderen liegen alle auf der Nase, weil sie eine Überdosis Strahlen abbekommen haben. Dann ist es für Sie lebenswichtig, Johnny, irgendwann gehört zu haben, daß das Klinikzentrum für Strahlenschäden am anderen Ende des kurzen Tunnels bei Charleston liegt und daß der Tunnel unter dem Wellenbrecher vor dem Hafen beginnt.«

»Richtig, jetzt habe ich begriffen, was Sie meinen. Wir haben also fünf Stützpunkte.«

»Früher waren es sechs. Dann haben die Iwans einen unserer U-Kreuzer sabotiert; er ist mitten im Tunnel explodiert – wir beinahe ebenfalls. Das ist der Krater bei Corpus Christi, den Sie ...«

»Augenblick!« Ramsey schüttelte den Kopf. »Das war eine Rakete, die ...«

»Unsinn, Johnny! Wie erklären Sie sich die Tatsache, daß eine Rakete unser Abwehrsystem durchbrochen hat und direkt über dem Tunnel explodiert ist?«

»Über welchem Tunnel?«

»Johnny, ich habe den Tunnel selbst gesehen. Hunderte von anderen U-Bootfahrern sind selbst hindurchgefahren. Der Geheimdienst findet vielleicht Dumme, die an eine Rakete glauben, aber wir gehören bestimmt nicht dazu. Mir kann kein Mensch erzählen, daß eine Rakete, die in Sibirien startete, in Texas ein verhältnismäßig kleines Ziel trifft. Nicht einmal aus Zufall!« Er sank in das Kissen zurück.

»Was hat das alles mit meiner Frage zu tun?« erkundigte Ramsey sich.

»Wollen Sie unbedingt wissen, was ich denke?«

»Ich möchte eine Antwort auf meine ursprüngliche Frage.«

Garcia starrte die Decke an. »Richtig, Johnny. Vielleicht denken Sie gelegentlich darüber nach, wie viele Männer in Heer, Luftwaffe und Marine – keineswegs nur in den U-Booten – den Krieg so satt haben, daß ihnen alles andere lieber wäre. Der Tod? Er ist ein alter Freund – ein Nachbar, der gleich hinter dieser Stahlwand wartet. Wenn man diesen Punkt erreicht hat, erscheint einem fast alles besser als die ständige Angst. Zum Beispiel könnte man auf die Idee kommen, die Kriegsanstrengungen zu sabotieren, damit die anderen gewinnen. Damit überhaupt jemand gewinnt, weil dann dieser blutige Unsinn ein Ende hat.« Garcia schloß müde die Augen. Eine Sekunde später öffnete er sie wieder und starrte Ramsey fragend an. »Wollten Sie das hören?«

Ramsey zögerte unentschlossen. »Eigentlich nicht«, gab er dann zu, »aber vielleicht können Sie mir eine andere Frage beantworten, Joe. Können Sie mit gutem Gewissen sagen, daß der Ostblock Sie nie für einen Sabotageauftrag anzuwerben versucht hat?«

Garcia runzelte die Stirn. »Hoffentlich sehe ich Sie erst in der Hölle wieder«, sagte er dann laut und deutlich.

Ramsey stand auf. »Sie haben mir viel geholfen, Joe. Aber jetzt müssen Sie sich wirklich ausruhen.« Er breitete eine Decke über Garcia aus, drehte sich um und ging auf die Tür zu.

»Halten Sie mich für einen Schläfer?« fragte Garcia plötzlich.

Ramsey drehte sich nicht um. »Hätte ein Schläfer eine Überdosis Strahlung riskiert, damit die Iwans uns nicht finden?«

»Vielleicht«, sagte Garcia. »Wenn er sich selbst nicht mehr ausstehen kann und den Krieg so satt hat wie ich.«

Und das, dachte Ramsey, *ist genau die Antwort, vor der ich mich gefürchtet habe.* »Ruhen Sie sich aus«, sagte er.

»Amateurschauspieler«, murmelte Garcia.

Ramsey trat in den Korridor hinaus, der plötzlich in keine bestimmte Richtung mehr zu führen schien. Er ging langsam in die Kommandozentrale zurück. Sparrow stand vor dem Tauchpult und beobachtete die Instrumente.

»Wie geht es Joe?« Sparrow stellte die Frage, ohne sich umzudrehen.

»Schon wieder besser«, antwortete Ramsey. »Der Venenzähler zeigt negative Absorption. Wahrscheinlich verliert er nur ein paar Haare und hat längere Zeit mit Schwindelanfällen zu kämpfen.«

»Vielleicht liefern wir ihn doch lieber in Charleston ab«, meinte Sparrow nachdenklich. »Der Venenzähler zeigt nicht an, was mit dem Knochenmark geschieht. Oder jedenfalls erst zu spät.«

»Die anderen Symptome sind aber nicht schlecht«, sagte Ramsey. »Keine Angst, er ist bald wieder auf den Beinen.«

»Natürlich, Johnny. Ich bin schon so lange mit ihm zusammen gefahren, daß ich ihn nicht verlieren möchte.«

»Das weiß er auch, Skipper.«

Sparrow drehte sich um und lächelte. »Ich hoffe es jedenfalls.«

»Wo steckt Les?« fragte Ramsey.

»Er ruht sich ein bißchen aus. Wir haben die arktische Strömung vor einer Viertelstunde erreicht.« Sparrow warf einen Blick auf den Gesamtzeitmesser. »Les übernimmt seine Wache in einer Stunde. Ich komme auch allein zurecht. Sie sind in drei Stunden an der Reihe, Johnny. Ohne Joe müssen wir öfter auf Wache gehen.«

»Aye, Skipper.«

9

Die *Hornet* lief nach Südwesten auf heimatliche Gewässer zu, während der Zeiger des Gesamtzeitmessers unermüdlich um das Zifferblatt kreiste. Eine monotone Wache nach der anderen inmitten der Röhren, Leitungen, Räder, Schalter, Knöpfe, Hebel, Instrumente, Signallampen und Summer. Immer dieselben Gesichter und immer die gleiche Gefahr.

Garcia war bereits seit vier Tagen wieder auf den Beinen — und schwieg mürrisch, wenn Ramsey anwesend war.

Die *Hornet* näherte sich mit ihrer kostbaren Last der Heimat. Und die Besatzung stand unter einem neuen Druck. Das Boot schien zu flüstern. »Wir schaffen es . . .«

Ramsey schlief in seiner Kabine und hatte einen Alptraum, in dem Sparrow, Garcia und Bonnett sich plötzlich nach ihm umdrehten — alle mit den Gesichtszügen des verrückt gewordenen Heppner.

Dann war der Traum plötzlich verschwunden und ließ ihn in der Stille des Bootes zurück.

Ramsey richtete sich ruckartig auf, war plötzlich hellwach und lauschte angestrengt. Das Boot war tatsächlich totenstill! Er griff nach dem Lichtschalter und betätigte ihn. Das Licht brannte nur trüb — also war die Notstromversorgung in Betrieb.

»Johnny!« Sparrows Stimme drang aus dem Wandlautsprecher.

»Hier, Skipper.«

»So schnell wie möglich in Ihre Bude. Wir haben Schwierigkeiten mit dem Reaktor.«

»Schon unterwegs!«

Ramsey zog sich in rasender Eile an, schaltete das Licht aus, rannte durch den Niedergang in seine Bude und schaltete wieder das Mikrophon ein. »Auf Station, Skipper. Was ist los?«

Bonnett antwortete. »Der verdammte Reaktor steht kurz vor der Explosion.«

»Wo ist der Skipper?«

»Mit Joe vorn.«

»Joe dürfte gar nicht in die Nähe gehen! Er steht noch immer auf der Abkühlliste!«

»Er hatte gerade Wache. Sie wissen ja, wie . . .«

»Johnny!« Wieder Sparrows Stimme.

»Hier.«

»Schalten Sie alle Geräte ab, die nicht unbedingt notwendig sind. Dann kommen Sie nach vorn zu uns.«

»Wird gemacht.« Ramseys Hände bewegten sich automatisch. Jetzt war er froh darüber, daß er eine gute Ausbildung gehabt hatte. Bereitschaftssignal gelb, Hauptschalter nach oben, Verbindung zur Kommandozentrale hergestellt und grün. Er drückte auf den Sprechknopf seines Mikrophons: »Alles in Ordnung, Les.«

»Los!«

Ramsey rannte auf den Maschinenraum zu und blieb auf dem oberen Deck stehen. Unter ihm summte leise eine Maschine, die aus den Akkumulatoren gespeist wurde, damit die *Hornet* nicht alle Fahrt verlor. Garcia stand vor dem Backbordtunnel und legte einen der Schutzanzüge an.

Was ist nur in Sparrow gefahren? überlegte Ramsey. *Er kann doch Joe nicht dort hineinlassen!* Dann verstand er plötzlich, was dort unten vor sich ging.

Garcia hatte einen der Schläuche neben sich liegen, mit denen das Reinigungsmittel versprüht wurde. Sparrow stand etwa sechs Meter von ihm entfernt auf dem unteren Deck. Zwischen den beiden Männern hatten sich Pfützen auf dem Deck gebildet. Als Sparrow einen Schritt nach vorn trat, ließ Garcia den Reißverschluß des Anzugs los und griff nach dem Schlauch.

»Bleiben Sie, wo Sie sind, Skipper!«

Der Captain trat noch einen Schritt weiter vor. »Seien Sie endlich vernünftig, Joe!«

Garcia richtete den Schlauch auf seine Brust. »Noch einen Schritt, dann bekommen Sie eine zweite Dusche ab.«

Ramsey sah, daß Sparrows Uniform an der Vorderseite vor Reinigungsmittel triefte. Er zuckte unwillkürlich zusammen, als er sich vorstellte, was der scharfe Strahl anrichten konnte.

»Sollen wir ihn von zwei Seiten in die Zange nehmen, Skipper?« fragte er. »Ich könnte . . .«

»Siehe da, der Eierkopf ist auch hier«, sagte Garcia. Er zog den Reißverschluß mit einem Ruck nach oben, klappte den Helm nach vorn und ließ den Verschluß einschnappen. Hinter der dicken Quarzglasscheibe war sein Gesicht nur noch undeutlich zu erkennen.

Sparrow warf Ramsey einen Blick zu und sah dann wieder

zu Garcia hinüber. »Gegen den Schlauch kommen wir auch zu zweit nicht auf. Wir müssen ihn überzeugen.«

»Der Eierkopf soll mich überzeugen«, sagte Garcias Stimme aus dem Deckenlautsprecher. »Schließlich ist er dafür zuständig.«

»Er ist erst seit vier Tagen wieder auf den Beinen«, sagte Ramsey.

»Das ist meine große Schau«, fuhr Garcia fort. »Ich krieche jetzt durch den Tunnel und lasse mich von keinem Menschen zurückhalten. Außerdem kenne ich mich dort drinnen besser als jeder andere aus.«

Ramsey starrte die Tunnelöffnung an. Ihm war eben eingefallen, daß sie den toten Geheimdienstoffizier in diesem Tunnel gefunden hatten.

Garcia drehte sich halb um.

»Halt, Joe« brüllte Sparrow. »Das ist ein Befehl!« Er rannte los und verlor den Boden unter den Füßen, als Garcia den Schlauch auf ihn richtete. Auch Ramsey konnte sich nicht auf den Beinen halten. Als die beiden sich wieder aufgerichtet hatten, war Garcia bereits in dem Tunnel verschwunden und hatte die Tür hinter sich verriegelt.

»Er hat eine Brechstange mitgenommen«, sagte Sparrow. »Wahrscheinlich will er sie hinter die Riegel klemmen, damit wir nicht hinein können.«

Sie hörten Metall gegen Metall klirren.

Garcias Stimme drang aus dem Schottlautsprecher. »Richtig geraten, Skipper. Ich will mir schließlich nicht die Schau stehlen lassen. Sie haben beide Sitze in der ersten Reihe; unterhalten Sie sich gut!«

»Ist er übergeschnappt?« fragte Ramsey.

Sparrow rüttelte an der Tür und versuchte die Riegel zu bewegen. »Verklemmt!«

»Hat er einen Knacks?« fragte Ramsey.

»Natürlich nicht!« antwortete Sparrow. »Der Reaktor ist außer Kontrolle. Joe tut, was er kann.«

Ramsey sah auf den Zähler über der Tunneltür. Die Nadel stand im roten Feld. »Skipper! Hier ist es heiß!«

Sparrow richtete sich auf und schlug mit der Faust gegen den Zähler. Die Nadel wanderte nach links zurück. »Sie hat sich nur verklemmt, als Joe die Tür geöffnet hat.« Er sah zu dem Werkzeugschrank neben dem Tunnel hinüber. »Joe! Hören Sie mich?«

»Klar, Skipper. Sie brauchen nicht zu schreien. Ich bin schon fast an der Tunnelkurve.«

»Joe, Befehlsverweigerung ist ein schlimmes Vergehen.«

Garcia lachte schallend. »Bringen Sie mich doch vor das Kriegsgericht!«

»Was ist im Reaktorraum passiert?« fragte Ramsey.

Sparrow nahm Werkzeuge aus dem Schrank. »Die Reparatur hat nicht gehalten. Der Reaktor ist nach links gekippt und hat die Fernbedienung beschädigt.« Er sah auf seine Armbanduhr. »Die Akkus reichen noch dreißig Minuten lang. Wenn wir keine Fahrt mehr machen, halten die Tiefenruder uns nicht mehr auf ebenem Kiel. Dann kippt der Reaktor nach vorn. Wenn wir Glück haben, wird er kritisch. Haben wir aber Pech, wird das ganz Boot verstrahlt – und wir mit ihm. Das ist der langsamere Weg.«

»Und wenn Joe den Ausflug überlebt, bringen Sie ihn vor das Kriegsgericht«, stellte Ramsey fest. »Obwohl er sein Leben riskiert, um . . .«

»Sie verdammter Idiot!« schrie Sparrow ihn an. »Was soll der Unsinn – *wenn er überlebt*? Können Sie sich nicht vorstellen, was er tun muß, um den Reaktor wieder aufzurichten?«

»Skipper!« Bonnetts Stimme aus dem Lautsprecher.

»Ja?«

»Skipper, ich beobachte den Reaktor über die Kameras. Er bewegt sich auf . . . Großer Gott! Joe! Zurück, Joe! Skipper, er ist im Reaktorraum!«

»Das habe ich mir gedacht«, murmelte Sparrow. Er starrte die Tunneltür an. »Herr, halte Deine Hand über ihn und laß ihn nicht . . .«

»Hören Sie zu, Skipper«, sagte Garcia in diesem Augenblick. »Ich halte es hier drinnen vielleicht eine Viertelstunde aus. Warten Sie neben der Fernbedienung, damit Sie sofort übernehmen können, wenn ich hier fertig bin.«

»Wird gemacht, Joe«, flüsterte Sparrow. Er öffnete die Klappe, unter der die Knöpfe und Hebel der Fernbedienung lagen. Als er den Hauptschalter betätigte, leuchtete eine rote Lampe auf.

»Er ist bereits so gut wie tot«, stellte Ramsey fest.

»Ruhe!« brüllte Sparrow. »Schalten Sie die Kamera im Reaktorraum auf den Bildschirm über uns.«

Ramsey gehorchte wortlos. Garcia erschien auf dem Bildschirm; er beugte sich eben über die hydraulischen Stempel, mit denen er den Reaktor in die richtige Position zurückdrükken wollte. Sparrow und Ramsey beobachteten gespannt, wie sich der todbringende Block langsam bewegte. Sie spürten, daß Bonnett die Tiefenruder betätigte, um die Gewichtsverschiebung auszugleichen.

Sparrow beugte sich über die Werkzeuge und hob einen riesigen Schraubenschlüssel auf. »Vielleicht können wir den Riegel aufbrechen«, sagte er.

»Er kann ihn nur von unten her verklemmt haben«, meinte Ramsey. »Wenn wir ihn abbrechen und . . .«

Sparrow schob den Schraubenschlüssel über den oberen Riegel und sagte: »Sie haben eine gute Ausbildung für Ihren kleinen Job mitbekommen.«

Was soll das heißen? fragte Ramsey sich.

»Hier, fassen Sie an«, sagte Sparrow.

Ramsey griff nach dem Schraubenschlüssel.

Sie verlagerten beide ihr gesamtes Körpergewicht auf den Hebel. Der Riegel verbog sich und brach plötzlich ab. Ramsey schlug den Steckstift nach innen durch.

Sparrow schob den Schlüssel über den zweiten Riegel.

Ramsey warf einen Blick auf den Bildschirm. Der Reaktor ruhte wieder auf seinem Fundament. Garcia schraubte die neuen Bolzen fest.

»Los!« sagte Sparrow.

Sie brachen den zweiten Riegel ab und hörten Metall klirren, als Garcias Brechstange in den Tunnel fiel. Sparrow riß die Tür weit auf.

Die Zählernadel blieb in dem roten Feld stehen.

»Anzüge«, sagte Sparrow. Er wies auf den Spind.

»Skipper.« Garcias Stimme aus dem Lautsprecher. »Sagen Sie meiner Frau, daß sie keine Angst mehr zu haben braucht. Sie weiß, was ich meine.«

»Klar, Joe.«

»Sie soll in eine andere Stadt ziehen und einen anderen Namen annehmen.«

»Warum?«

Ramsey gab ihm einen Schutzanzug und legte selbst einen an.

»Johnny kennt den Grund.«

Sparrow kletterte in den Anzug und sah Ramsey an. »Warum?«

Ramsey schüttelte wortlos den Kopf.

Sparrow sprach in das Helmmikrophon, nachdem er den Anzug geschlossen hatte. »Joe, wir haben die Tür aufgebrochen. Ich komme jetzt mit einem Reinigungsmittelschlauch und einem kalten Schutzanzug. Kriechen Sie zurück.«

»Ich bin schon zu heiß«, antwortete Garcia. »Lassen Sie mich hier.«

»Kommen Sie heraus, sonst hole ich Sie«, sagte Sparrow.

Ramsey gab Sparrow einen neuen Schutzanzug und sah zu dem Bildschirm auf. Garcia stand zwei Meter von dem Reaktor entfernt und beobachtete den langen Arm der Fernbedienung, der die Moderatoren in das Reaktorgehäuse schob. Gleichzeitig meldete Bonnett sich aus der Kommandozentrale: »Fernbedienung wieder klar, Skipper. Ich schaffe es jetzt allein. Holen Sie den verdammten Idioten heraus! Vielleicht hat er noch eine Chance.« Bonnett schluchzte fast.

»Ich hole Sie jetzt, Joe«, sagte Sparrow.

»Sie verstehen nicht!« rief Garcia. »Bleiben Sie draußen, Skipper!«

»Ich komme«, wiederholte Sparrow. Er nahm den Schlauch aus der Halterung.

Garcias Stimme überschlug sich fast. »Skipper! Ich bin doch Ihr Spion! Nehmen Sie endlich Vernunft an!«

»Sie sind mein Bootsingenieur«, stellte Sparrow unbeirrt fest. Er bückte sich, kroch in den Tunnel und zog den Schlauch und den Schutzanzug hinter sich her.

Garcia versuchte nochmals zu protestieren: »Sie dürfen nicht ...« Er schwieg plötzlich, rang nach Luft und brach zusammen.

Die trübe Notbeleuchtung im Maschinenraum veränderte sich mit einem Schlag, als die Lampen wieder aufflammten. Gleichzeitig ertönte wieder das monotone Summen der vier Elektromotoren. Ramsey starrte noch immer wie gebannt auf den Bildschirm. Der riesige Arm der Fernbedienung schwebte über dem bewegungslosen Garcia, nahm ihn mit den Greifern auf, hob ihn in den Tunnel zurück und setzte die Abdeckplatten ein.

»Ich habe ihn«, sagte Sparrow. Aus der Tunnelöffnung ergoß sich ein breiter Strom Reinigungsflüssigkeit.

Ramsey schaltete die Pumpe ein, um die heiße Flüssigkeit abzupumpen.

»Johnny!« Sparrows Stimme.

Er sprach in das Helmmikrophon. »Hier, Skipper.«

Sparrow sprach langsam und eindringlich. »Sie brauchen mir nicht dabei zu helfen, Johnny. Verschwinden Sie von der Tunneltür, wenn Sie auf Ihre Männlichkeit Wert legen. Joe ist heiß. Sehr heiß.«

»Ich habe schon zwei Kinder«, antwortete Ramsey. »Bringen Sie ihn heraus.«

»Er kommt.«

Garcias schlaffer Körper wurde aus der Tunnelöffnung geschoben. Ramsey griff zu und legte ihn vorsichtig auf das Deck. Dann kam Sparrow ebenfalls aus dem Tunnel.

»Ich habe ihn fast ertränkt, bis er endlich den Anzug anhatte. Und jetzt ist er schon wieder zu heiß.«

Ramsey beugte sich über Garcia und öffnete seinen Anzug. Gemeinsam mit Sparrow hob er den Mann heraus und brachte ihn unter die Dusche. Sparrow zog seinen Anzug aus und verschwand mit Garcia in der Duschkammer. Ramsey nahm die beiden Anzüge, stopfte sie in den Tunnel, zog seinen eigenen aus und schob ihn hinterher. Dann drückte er die Tür zu und verkeilte sie mit dem großen Schraubenschlüssel.

Sparrow kam nackt aus der Duschkammer und zog Garcia hinter sich her. »Wir müssen sein Blut völlig austauschen«, sagte Sparrow. »Stellen Sie sich unter die Dusche, lassen Sie Ihre Uniform hier und kommen Sie in den Erholungsraum.« Er ging in die Knie, hob sich Garcia über die Schultern und kletterte langsam die Leiter zum Oberdeck hinauf.

Ramsey sprach in sein Brustmikrophon: »Les, der Skipper bringt Joe nach oben. Helfen Sie ihm lieber.« Dann trat er unter die Dusche und öffnete den Hahn in Mittelstellung. Die scharfen Wasserstrahlen, die sonst von dem Schutzanzug abprallten, schienen bis unter die Haut zu dringen. Ramsey zog seine Uniform aus, ließ sie in der Ecke liegen und kletterte hinter Sparrow her.

Er warf nur einen kurzen Blick auf den Zähler über der Tunneltür. Die Nadel stand ganz rechts im roten Feld. *Jetzt haben wir wirklich eine anständige Dosis abbekommen,* überlegte er sich.

Als Ramsey die Kommandozentrale betrat, stand Bonnett noch immer auf seinem Posten.

Sparrow hatte Garcia auf das Feldbett gelegt, eine Plasmaflasche über ihm aufgehängt und die Nadel in die Vene gesteckt. Jetzt war er damit beschäftigt, das Blutaustauschgerät aufzubauen, die Nadeln für Vene und Arterie zu überprüfen und die Armstütze in die richtige Höhe zu bringen.

Ramsey öffnete den Kühlschrank, in dem die Blutkonserven aufbewahrt wurden, überprüfte die Temperatur, stellte die Verbindung zwischen den Konserven und der Pumpe her und warf nochmals einen Blick auf die Farbmarkierungen.

»Blut fertig«, sagte er dann und drehte sich um.

»Danke«, antwortete Sparrow. Er legte die Hand auf den Pumpenschalter. »Messen Sie, was wir aus ihm herauspumpen.«

Ramsey trat neben das Feldbett und sah auf Garcia hinab. Der Bootsingenieur atmete langsam und flach, so daß die Brust sich kaum feststellbar hob und senkte. Sein Gesicht war blau angelaufen.

Sparrow öffnete das Austauschventil. Das Blut aus Garcias Körper floß in den Bleibehälter des Geräts, als das frische Blut in seine Adern gepumpt wurde. Der Zeiger an Ramseys Zähler bewegte sich nach rechts und blieb erst am Anschlag stehen.

»Bis über den Anschlag hinaus, Skipper.«

Sparrow nickte. »Soll ich alles benützen?«

»Was meinen Sie?«

»Dann bleibt kein Blut für uns übrig.«

Ramsey erinnerte sich blitzartig an den Zähler über der Tunneltür und den Zeiger, der in dem roten Feld gestanden hatte. »Wir kommen auch mit Plasma zurecht«, sagte er dann.

»Das glaube ich auch. Ich freue mich, daß Sie der gleichen Meinung sind.« Sparrow beugte sich nach vorn und zog die Nadel, durch die das Plasma geflossen war, aus Garcias Arm. »Vielleicht brauchen wir es doch nicht. Wahrscheinlich bin ich eher als Sie gefährdet, weil ich im Tunnel gewesen bin.«

»Am besten heben wir ein paar Konserven für Sie auf, Skipper«, meinte Ramsey. »Man kann nie wissen, was ...«

»Ich komme auch so zurecht.«

Ramsey schwieg und beobachtete weiter den Zähler. Die Nadel blieb am rechten Anschlag.

»Ich habe ihm seine Spritzen bereits gegeben und mich selbst ebenfalls behandelt«, sagte Sparrow. »Jetzt sind Sie an der Reihe.«

»Bitte, bedienen Sie sich«, antwortete Ramsey. Er streckte den linken Arm aus und sah weiter auf den Zähler. »Jetzt ist das Blut schon mindestens dreimal ausgetauscht, aber die Nadel steht noch immer am Anschlag. Skipper, ich habe . . .«

»Eine Portion De-Carb«, sagte Sparrow. »Das tut wahrscheinlich etwas weh.« Er griff nach Ramseys Arm und spritzte das Serum in die Muskeln. »Wegen Joe brauchen Sie sich keine Sorgen zu machen. Er ist jetzt in Gottes Hand.«

»Wir auch«, sagte Ramsey.

»Skipper!« Bonnetts Stimme aus dem Deckenlautsprecher.

Sparrow ging an das Wandmikrophon und drückte den Sprechknopf. »Ja?«

»Ich habe eben den Reaktor überprüft. Alles klar, Skipper.«

»Nehmen Sie Kurs auf Charleston«, wies Sparrow ihn an. »Äußerste Kraft voraus.«

»Wird gemacht. Wie geht es Joe?«

»Kann ich noch nicht beurteilen.«

»Verständigen Sie mich, wenn . . .«

»Ja.« Sparrow ließ den Sprechknopf los.

Garcia bewegte sich; seine Lippen öffneten sich, dann warf er den Kopf von einer Seite auf die andere. Als er plötzlich sprach, klang seine Stimme überraschend kräftig. »Ich muß es tun, Bea! Begreifst du denn nicht, daß sie mich wegen der Kinder in der Hand haben?«

Er schien zu lauschen.

»Ich darf es niemand erzählen! Sie würden mich an die Wand stellen!«

»Ruhig, Joe«, sagte Sparrow.

Garcia öffnete die Augen, schloß sie, riß sie wieder auf. Er starrte Sparrow an. »Wo ist Bea? Haben sie ihr etwas getan?«

»Alles in Ordnung«, sagte Sparrow.

Garcia zuckte zusammen. »Hätten wir nur irgendwohin ziehen und einen anderen Namen annehmen können. Das hätte genügt.« Er schloß wieder die Augen.

»Wissen Sie, wo Sie sind?« fragte Sparrow.

Garcia nickte.

»Jetzt ist er im Zählerbereich«, sagte Ramsey. »Aber so weit im roten Feld, daß er praktisch keine Aussichten ...«

»Ruhe«, mahnte Sparrow. Er sah auf den Durchflußmesser an dem Austauschgerät. »Acht durch.«

»Noch sechzehn«, stellte Ramsey fest.

Sparrow verringerte die Durchflußgeschwindigkeit.

»Sie hätten mich in dem Tunnel lassen sollen«, sagte Garcia.

»Reden Sie keinen Unsinn«, antwortete Sparrow.

»Ich bin in der Spionageschule in Buenos Aires ausgebildet worden«, sagte Garcia. »Vor zwanzig Jahren. Dann bin ich nach Norden gekommen und habe Bea kennengelernt. Deshalb habe ich den anderen Job aufgegeben. Ganz einfach. Schließlich hatte ich gelernt, wie man sich verborgen hält.«

»Er darf nicht soviel reden«, warf Ramsey ein. »Der Blutdruck hat sich erhöht.«

»Muß sprechen«, murmelte Garcia. »Vor einem halben Jahr sind sie zu mir gekommen. ›Mitmachen, sonst passiert etwas!‹ Unsere Kinder, verstehen Sie?«

»Klar, Joe«, antwortete Sparrow. »Aber jetzt dürfen Sie nicht mehr reden. Bewahren Sie sich Ihre Kräfte.«

»Warum? Damit ›Johnnys Geheimdienst‹ mich vor Gericht schleppen kann?«

»Ich bin kein Geheimdienstmann, Joe.«

»Er kommt aus der Abteilung Psychologie«, sagte Sparrow. »Sie haben ihn an Bord geschickt, damit er mich beobachtet.«

Ramsey starrte ihn an.

»Das ist mir klar geworden, als wir zum erstenmal tiefer als normal tauchen mußten«, erklärte Sparrow ihm. »Sie haben Les genau richtig behandelt.«

»Aber auch Geheimdienst«, warf Garcia ein.

»Nur durch Adoption«, sagte Ramsey. »Und ich ...«

»Wenn Sie nicht den Mund halten«, unterbrach Sparrow ihn, »schlage ich Ihnen persönlich ...«

»Ich wollte gerade sagen, daß ich in letzter Zeit sehr schlecht höre«, fuhr Ramsey fort. Er grinste, runzelte dann die Stirn und sah Garcia forschend an. »Haben Sie etwas mit dem Tod von Leutnant Foss zu tun gehabt?«

»Nichts, so wahr mir Gott helfe«, sagte Garcia.

»Und mit der Sabotage?«

»Das waren meine alten Freunde, die sich rückversichern wollten.« Er schüttelte den Kopf. »Ich sollte die Position der Bohrung verraten, nachdem wir sie erreicht hatten. Statt dessen habe ich das Signal ausgelöst, als wir die eigenen Gewässer noch nicht verlassen hatten. Ich dachte, sie würden uns nur zum Auftauchen zwingen und uns dann gefangennehmen.«

»Wie haben Sie das Signal ausgelöst?« fragte Sparrow.

»Ich habe den Sonarimpuls verstärkt, bis die Anode sich entsprechend verändert hatte.«

»Wann haben Sie beschlossen, die Öllagerstätte nicht zu verraten?«

»Ich wollte sie überhaupt nie verraten.«

Sparrow grinste erleichtert.

»Ich habe Bea gesagt, sie solle die Kinder nehmen und mit ihnen zum Geheimdienst gehen, sobald die *Hornet* drei Tage unterwegs ist.« Garcia schwieg erschöpft.

»Ruhen Sie sich lieber aus«, sagte Sparrow.

Garcia schüttelte den Kopf. »Wo steht die Nadel jetzt, Johnny?«

Ramsey sah zu Sparrow hinüber. Der Captain nickte wortlos.

»W. T.«, antwortete Ramsey.

»Wahrscheinlich tödlich«, übersetzte Garcia.

»Wollen Sie es mit einer Überdosis De-Phos und De-Kal riskieren?« fragte Sparrow.

Garcia sah zu ihm auf. »Die Schlacht wird bis zum bitteren Ende durchgefochten, wie?« Er grinste. »Wenn Sie meinen, Skipper. Aber geben Sie mir eine Morphiumspritze.« Das Grinsen verschwand. »Krämpfe sind wirklich kein schöner Anblick.«

»Das ist seine einzige Chance«, stellte Ramsey fest. »Wenn man das überhaupt als Chance bezeichnen kann.«

»Richtig«, sagte Sparrow. Er ging an den Medizinschrank, bereitete die Spritzen vor und kam wieder zurück.

»Das Morphium«, sagte Garcia.

Sparrow hielt eine Ampulle hoch.

»Vielen Dank für alles, Skipper«, sagte Garcia. »Kümmern Sie sich um Bea und die Kinder?«

Sparrow nickte kurz, beugte sich über Garcia und gab ihm die Spritzen.

Sie beobachteten, wie das Morphium zu wirken begann.

»Noch genügend Blut für acht Austausche«, stellte Ramsey fest.

»Drehen Sie ganz auf«, wies Sparrow ihn an.

Ramsey betätigte das Durchflußventil.

Sparrow beugte sich nach vorn und fühlte Garcias Puls. »Wie oft können wir noch austauschen?« fragte er.

»Zweimal.«

»Was zeigt der Zähler an?«

Ramsey sah nach rechts. »Fünfzig zu fünfzig.«

»Er schafft es«, sagte Sparrow. Seine Stimme ließ keinen Zweifel an dieser Tatsache.

Ramsey war unerklärlich irritiert. »Woher wollen Sie das wissen?«

»Sie waren verblüfft, als Sie sahen, wo der Zeiger steht«, antwortete Sparrow.

»Ein Wunder, daß er es bis jetzt geschafft hat.« Ramsey konnte nicht verhindern, daß seine Stimme wütend klang.

»Richtig, ein Wunder«, stimmte Sparrow zu. »Hören Sie zu, Johnny. Trotz aller wissenschaftlichen Errungenschaften ist oft ein Faktor entscheidend, den Sie und Ihre Kollegen geflissentlich ignorieren.«

»Welcher?« fragte Ramsey kurz.

»Man kann auch auf der Seite Gottes stehen. Man kann mit der Umwelt eins sein. So entstehen die sogenannten Wunder. Dabei ist alles ganz einfach. Man läßt sich nur von den Wogen tragen, anstatt gegen sie zu kämpfen.« Sparrow sprach völlig ruhig.

Ramsey kniff die Lippen zusammen. Er dachte: *Religiöser Fanatismus. Fragmentation. Unerschütterlicher Glaube an sich selbst. Geradezu ein Musterbeispiel für den paranoiden Typ.*

»Ihre Anpassung wird von Ihrer psychologischen Ausbildung bestimmt«, sagte Sparrow. »Sie glauben, daß ich verrückt bin und daß Sie meine Verrücktheit richtig beurteilen. Auf diese Weise überleben Sie trotz aller Belastungen. Sie beeinflussen mich, damit ich Sie in die Heimat zurückbringe, wo die Belastung geringer ist.«

»Unsinn!« protestierte Ramsey. »Psychologischer Unsinn! Sie wissen gar nicht, wovon Sie reden!«

»Wie sieht meine Zukunft aus, falls Ihre Diagnose sich als richtig erweist?« fragte Sparrow.

»Sie schnappen völlig über! Völlig ...« Ramsey schwieg betroffen.

Sparrow schüttelte lachend den Kopf. »Nein, Johnny. Ich hole einfach tief Luft, sowie die Belastung nachläßt. Und ich spiele ein bißchen Poker in Garden Glenn. Und ich trinke ab und zu einen Schluck über den Durst, weil man das von mir erwartet. Vielleicht mache ich auch eine kleine Reise mit einer Frau. Sie ist bestimmt sehr nett zu mir. Sehr zuvorkommend, weil sie mich in der Zwischenzeit wieder einmal betrogen hat. Das ist ihre Anpassung. Das stört mich aber nicht. Warum auch?«

Ramsey starrte ihn an. Er wollte etwas sagen, aber in diesem Augenblick ertönte ein Summer. Sparrow beugte sich über Garcia und zog die Nadeln aus seinem Arm.

»Sechzig zu vierzig«, sagte Ramsey.

»In zweiundzwanzig Stunden sind wir in Charleston«, meinte Sparrow. »Was wollen Sie Bellands Leuten über Joe erzählen?«

»Nichts, weil ich nichts über ihn weiß«, antwortete Ramsey.

Sparrow lächelte. »Das ist normal«, stellte er fest. »Nicht geistig gesund, aber normal.«

Ramsey spürte eine merkwürdige innere Spannung, als stehe er dicht vor der entscheidenden Antwort. »Wie definieren Sie die geistige Gesundheit, Skipper?« fragte er.

»Als die Fähigkeit, schwimmen zu können«, antwortete Sparrow.

Ramsey fühlte plötzlich einen eisigen Schock, als sei er in kaltes Wasser gefallen. Er mußte sich dazu zwingen, normal zu atmen. Sparrows Stimme drang aus großer Entfernung zu ihm:

»Das heißt, daß ein geistig gesunder Mensch die *Strömungen* versteht, daß er weiß, was in verschiedenen Gewässern notwendig ist.«

Ramsey hörte ein dumpfes Dröhnen, das Sparrows Stimme fast überdeckte.

»Eine Geisteskrankheit gleicht dem Ertrinken«, sagte Sparrow. »Man geht unter; man verliert die Orientierung, man ... Johnny! Was ist mit Ihnen los?«

Ramsey hörte die Worte, verstand aber ihre Bedeutung nicht mehr. Der Raum schien sich immer rascher um ihn zu drehen ... schneller ... schneller ... Er versuchte sich irgendwo festzuhalten, griff ins Leere und fiel. Dann verlor er das Bewußtsein.

»Er wacht wieder auf, glaube ich.« Das war Bonnett.

»Hören Sie mich, Johnny?« fragte Sparrow.

Ramsey wollte nicht antworten. Das war zu mühsam. Dadurch akzeptierte er seine Umwelt. Sein psychologisch geschulter Verstand sagte plötzlich: *Du liegst zusammengerollt wie ein Ungeborenes.*

»Kommen Sie, Les, wir strecken ihn aus. Vielleicht hilft das«, meinte Sparrow.

»Bringen Sie es ihm schonend bei, Skipper.«

Hände berührten seine Arme und Beine, zogen sie nach verschiedenen Richtungen. Er wollte sich wehren, aber seine Muskeln waren zu kraftlos.

Bringen Sie ihm was schonend bei?

»Johnny«, sagte Sparrow scharf.

Ramsey fuhr sich mit der Zunge über die Lippen. *Schonend beibringen?* Seine Stimme klang schwach: »Ja.«

»Öffnen Sie die Augen, Johnny.«

Er gehorchte und stellte verblüfft fest, daß er in der Kommandozentrale auf einem Feldbett lag. Der Skipper stand über ihn gebeugt. Bonnett beobachtete die Instrumente.

»Wir haben Sie hierher geholt, weil wir Sie unter Beobachtung haben wollten«, sagte Sparrow. »Wir sind schon fast in Charleston.«

»Was ist passiert?« fragte Ramsey heiser.

»Sie haben irgend etwas nicht vertragen«, erklärte Sparrow ihm. »Vielleicht waren es die Spritzen. Wie fühlen Sie sich?«

»Miserabel. Wie geht es Joe?«

Sparrow holte tief Luft. »Joe hat es nicht geschafft. Wir konnten ihm nicht mehr helfen.«

Das war also dein Wunder, dachte Ramsey. »Tut mir wirklich leid, Skipper.«

Sparrow nickte. »Vielleicht war es so besser für ihn.« Er zuckte mit den Schultern. »Joe war zu . . .«

»Signal!« unterbrach Bonnett ihn. Er drückte auf den IFF-Knopf. »Eines unserer Überwachungsboote. Kommt rasch näher.«

»Können wir Sprechverbindung aufnehmen?« fragte Sparrow.

Bonnett nickte wortlos.

Sparrow griff nach dem Mikrophon hinter sich. »Hier spricht Able John. Wiederhole, Able John. Haben vollen Brummer in Schlepp. Ein Mann vermutlich strahlenkrank. Erbitte Freigabe für Charleston. Kommen.«

Aus dem Wandlautsprecher drang eine fremde Stimme: »Hallo, Able John. Sie sind etwas heiß. Halten Sie sich für Überprüfung bereit. Kommen.«

Bonnett ging auf kleine Fahrt.

Dann kam wieder die Stimme aus dem Lautsprecher: »Überwachung an Able John. Freigabe erteilt. Kurs und Tauchtiefe beibehalten. Ende.«

Bonnett schob den Antriebshebel nach vorn. Die *Hornet* nahm wieder Fahrt auf.

»Bugkameras einschalten«, sagte Sparrow.

Der Bildschirm begann zu flimmern. Er zeigte hellgrünes Wasser und gelegentlich einige Fische.

Sparrow wandte sich wieder an Ramsey. »Sie sind bald in guten Händen, Johnny. Es dauert nicht mehr lange.« Er lächelte. »Sie brauchen sich nur noch auszuruhen.«

»Mir geht es schon wieder gut«, antwortete Ramsey. Eigenartigerweise stimmte das sogar. »Ich habe mich völlig zurückgezogen«, sagte er. »Aber jetzt weiß ich endlich, warum.«

Sparrow schüttelte langsam den Kopf. »Sprechen Sie nicht, Johnny. Ruhen Sie sich aus.«

Ramsey mußte sich beherrschen, um nicht laut zu lachen. »Joe hat es mir gesagt, Skipper, aber ich wollte ihm damals nicht glauben.«

»Was hat Joe Ihnen gesagt?« fragte Sparrow leise.

»Daß Sie völlig Herr der Lage sind.« Ramsey nickte. »Jede Fahrt durch den Unterwassertunnel gleicht einer Geburt. Aber dieses neue Leben beginnt in einer veränderten Umwelt. Hier unten gelten ganz andere Maßstäbe. Die Lebensbedingungen sind völlig anders. Erhöhte Luftfeuchtigkeit, ständige Bedrohung von außen, der Rhythmus der Motoren . . .«

»Wie der Puls eines Menschen«, warf Sparrow ein.

Ramsey lächelte. »Wir sind sogar von Salzwasser umgeben. Seine Zusammensetzung entspricht fast genau der Flüssigkeit, in der Ungeborene schwimmen. Unser Unterbewußtsein ist sich darüber im klaren. Und jetzt steht uns wieder die Geburt bevor.«

»So detailliert habe ich den Vergleich selbst noch nie durchgeführt«, sagte Sparrow. »Was ist denn unsere Nabelschnur?«

»Erfahrung. Die Erfahrung, die uns mit dem Boot verbindet. Dadurch werden wir zu Brüdern und empfinden die gleichen Gefühle, die . . .«

»Erster Kontrollpunkt«, meldete Bonnett. »Kurs sechzig Grad. Übernehmen Sie jetzt, Skipper?«

»Weitermachen, Les«, sagte Sparrow. »Sie haben es sich verdient.«

Bonnett nickte und schien plötzlich einige Zentimeter gewachsen zu sein. Ramsey fiel auf, daß der Erste Offizier auf dieser Fahrt herangewachsen war, daß er jetzt bald seine Nabelschnur abtrennen würde. Bei diesem Gedanken empfand er eine wehmütige Trauer über die bevorstehende Trennung.

Wirklich wie Brüder, dachte er.

Sparrow sah Ramsey an. »Warum lassen Sie sich nicht zu uns versetzen?« fragte er.

»Ja«, stimmte Bonnett zu. »Wir brauchen gute Leute.«

Ramsey schüttelte traurig den Kopf. »Das ist das schönste Kompliment, daß ich je bekommen habe«, sagte er. »Aber ich kann nicht. Nachdem ich jetzt endlich die Antwort auf alle meine Fragen gefunden habe, muß ich an der Lösung des Problems mitarbeiten. Doktor Oberhausen hat mir eine eigene Abteilung versprochen, die sich nur mit den Problemen der U-Bootfahrer befassen soll.«

»Meinen Glückwunsch, Johnny!« sagte Sparrow. »Ich bin davon überzeugt, daß Sie Erfolg haben werden.«

»Wir verlieren Sie nicht gern«, stimmte Bonnett zu. »Sprechen Sie überhaupt noch mit uns, wenn Sie ein so bedeutender Mann sind?«

»Keine Angst«, sagte Ramsey.

»Woraus besteht die Lösung?« fragte Sparrow.

»Die Nervenzusammenbrüche sind eine Folge der Abneigung gegen die Vorstellung einer Wiedergeburt, weil die Betreffenden sich unbewußt in die Zeit vor ihrer Geburt zurückgezogen haben. Welches Kind möchte auf die Welt kommen, wenn es wüßte, daß es dort nur ständigen Belastungen und Ängsten ausgesetzt sein wird?«

»Hier unten ist es nicht viel besser«, stellte Sparrow fest.

»Aber unser Mikrokosmos täuscht und verwirrt das Unterbewußtsein«, antwortete Ramsey.

Bonnett lächelte spöttisch. »Das begreife sogar ich ... glaube ich wenigstens.«

»Der Zyklus muß erstrebenswert gemacht werden«, fuhr Ramsey fort. »Ich habe mir schon einige Verbesserungsvorschläge überlegt: nur die beste Unterbringung für U-Bootfahrer, nach jeder Unternehmung eine Solderhöhung ...«

»Darauf warte ich schon lange!« sagte Bonnett grinsend.

»Johnny, Sie können mir einen Gefallen tun«, meinte Sparrow.

»Welchen?«

Sparrow räusperte sich. »Anscheinend bekommen Sie jetzt einen wichtigen Posten und ...« Er zögerte. »Sorgen Sie nach Möglichkeit dafür, daß Joes Frau es ein bißchen leichter hat?«

»Selbstverständlich«, antwortete Ramsey sofort. Er holte tief Luft. »Wer muß ihr die Nachricht überbringen?«

»Ich«, sagte Sparrow. »Ich muß es ihr so schonend wie möglich beibringen.«

Ramsey zuckte zusammen, als er den Ausdruck hörte. »Skipper, das erinnert mich an etwas. Ich habe gehört, daß Les mir gegenüber die gleiche Formulierung gebraucht hat. Was sollten Sie mir schonend beibringen?«

Sparrow fuhr sich mit der Zunge über die Lippen und sah rasch zu Bonnett hinüber.

»Was sollten Sie mir schonend beibringen?« wiederholte Ramsey.

»Joes Tod.«

»Aber ...«

»Jedesmal, wenn wir Sie wieder ins Bewußtsein zurückgebracht hatten ...«

»Jedesmal?«

»Wir haben es vier- oder fünfmal versucht. Und Sie haben immer nach Joe gerufen. Vielleicht war es nur das Delirium, aber ...«

Ramsey nickte langsam. »Das Unterbewußtsein spürt viel. Wir hatten viel gemeinsam. Joe hat mich von Anfang an durchschaut – und hat es mir gesagt. Wahrscheinlich habe ich mich unbewußt dagegen aufgelehnt. Joe war mir auf meinem eigenen Gebiet überlegen.«

»Er hat Sie bewundert«, sagte Sparrow.

Ramseys Augen brannten plötzlich.

»Gegen Ende war er völlig bei Bewußtsein«, fuhr Sparrow

fort. »Er hat sich Ihretwegen Sorgen gemacht und bedauert, daß er unseren Verdacht gegen Sie genährt hatte. Joe hat Sie für einen erstklassigen U-Bootfahrer gehalten, Johnny.«

Ramsey wandte sich ab.

»Kümmern Sie sich ein bißchen um seine Frau?« fragte Sparrow.

Ramsey nickte wortlos, weil er nicht sprechen konnte.

»Noch zweihundert Meter bis zum Tunnel«, sagte Bonnett. »Einfahrt frei.« Er wies auf den Bildschirm. Ein grünes Leuchtzeichen blinkte in regelmäßigen Abständen auf.

»Alles klar, Les?« fragte Sparrow.

»Alles klar, Skipper«, antwortete Bonnett.

»Wir haben es geschafft«, fügte Ramsey hinzu.

Bonnett grinste spöttisch und imitierte unbewußt Garcias Akzent, als er feststellte: »Ein ganzes Boot voller verdammter Helden!«

10

Ramsey saß Dr. Oberhausen in dessen Büro gegenüber. »Das war eigentlich alles«, sagte er nachdenklich. »Der Rest steht in meinen Notizen, die Sie bekommen haben.«

Dr. Oberhausen nickte schweigend.

»Beinahe säßen Sie jetzt nicht hier, Johnny.« Er fuhr sich mit der Hand über die strahlenblinden Augen. »Zum Glück sind wir Psychologen fast unzerstörbar.«

»Was halten Sie von meinen Verbesserungsvorschlägen?« fragte Ramsey.

Dr. Oberhausen runzelte die Stirn. »Sie wollen die Verabschiedung und den Empfang so prächtig wie möglich machen.« Er nickte. »Der Geheimdienst wird zwar protestieren, aber er hat immerhin schon ein Zugeständnis gemacht.«

»Welches?«

»Er hat bekanntgegeben, daß unsere Boote in feindlichen Gewässern nach Öl bohren.«

»Das war ohnehin ein überflüssiges Geheimnis.«

»Aber der Geheimdienst wollte daran festhalten.«

»Ohne ihn wären wir bestimmt besser daran«, murmelte Ramsey. »Er erzeugt nur eine gesellschaftliche Schizophrenie.«

Dr. Oberhausen schüttelte den Kopf. »Nein, Johnny, ohne den Geheimdienst kommen wir nicht aus. Denken Sie nur an

Captain Sparrows Analogie: In einer verrückten Umwelt ist der Geisteskranke normal. Der Geheimdienst hat diese Krankheit, die während des Krieges normal und nützlich ist.«

»Aber *nach* dem Krieg, Obe! Dann geht es doch im gleichen Takt weiter!«

»Nein, Johnny.« Dr. Oberhausen lächelte leicht. »Bis dahin haben wir den Geheimdienst wirksam unter Kontrolle.«

Ramsey starrte ihn an und grinste dann. »Deshalb sind Sie also hinter Belland her.«

»Nicht nur hinter Belland, Johnny.«

»Manchmal habe ich fast Angst vor Ihnen, Obe.«

Dr. Oberhausen nickte zufrieden. »Ausgezeichnet. Das zeigt, daß ich die Rolle des Allwissenden und Allmächtigen so vollendet spiele, daß sich selbst die täuschen lassen, die es besser wissen müßten.« Er lächelte.

»Was wird übrigens jetzt aus mir?« fragte Ramsey. »Sie haben mir erzählt, daß Sparrow in die Abteilung Psychologie übernommen wird, daß Bonnett das Kommando über die *Hornet* erhält – aber von mir war bisher nicht die Rede. Wann kann ich endlich die verdammte Uniform ausziehen und meine neue Abteilung übernehmen?«

Dr. Oberhausen legte die Hände auf den Schreibtisch. »Zuerst müssen Sie Ihre Heldenrolle zu Ende spielen. Der Präsident will die Orden persönlich überreichen. Das hat Belland veranlaßt. Der Admiral hat Garcias Frau übrigens in seinem Stab untergebracht, damit seine Leute sie unauffällig im Auge behalten können. Aber das ist für alle Betroffenen die beste Lösung.«

»Wir leben ohnehin in der besten aller möglichen Welten«, antwortete Ramsey. Er spürte, daß Dr. Oberhausen zögerte. »Aber wann kann ich endlich die Uniform ausziehen?«

Dr. Oberhausen hob den Kopf. »Wahrscheinlich dauert es noch einige Zeit, bis ich das durchsetzen kann, Johnny.«

Ramsey runzelte die Stirn. »Warum?«

»Sie sind eben ein Held. Und das soll ausgenützt werden.« Dr. Oberhausen räusperte sich. »Ich muß auch manchmal warten, bis ich etwas erreiche.«

»Sie haben mir versprochen, daß ich . . .«

»Und ich halte mein Versprechen auch, Johnny. Aber alles zu seiner Zeit.« Dr. Oberhausen lehnte sich zurück. »In der

Zwischenzeit gibt es einen Konteradmiral im Marineamt, der einen Adjutanten braucht.«

»Nein!« protestierte Ramsey.

Dr. Oberhausen zuckte mit den Schultern. »Er hat herausbekommen, daß Sie der Long John Ramsey sind, der die *Dolphin* vor dem Untergang bewahrt hat. Er will ...«

Ramsey stöhnte.

»Sie werden zum Kapitänleutnant befördert«, fuhr Dr. Oberhausen fort.

»Vielen Dank«, murmelte Ramsey spöttisch. Er imitierte Dr. Oberhausens Tonfall: »Klar, Johnny, Sie bekommen Ihre eigene Abteilung.«

»Sie sind noch jung«, antwortete Dr. Oberhausen ungerührt. »Das hat alles bis später Zeit.«

»Ich soll also dem hohen Herrn die Schuhe putzen!«

»Nein, keineswegs. Er ist von Ihren Fähigkeiten sehr beeindruckt. Seiner Meinung nach sind Sie zu gut für die Abteilung Psychologie. Seitdem Sie das Öl nach Hause gebracht haben, sind Sie in seiner Achtung noch mehr gestiegen.« Dr. Oberhausen räusperte sich. »Und während Sie für ihn arbeiten, möchte ich einige Informationen über seine Abteilung ...«

»Das steckt also dahinter!« sagte Ramsey wütend. »Schon wieder einer Ihrer verdammten Spionageaufträge! Ich möchte wetten, daß Sie die Sache selbst so gedeichselt haben, daß ausgerechnet *ich* der Adjutant werde!«

»Aber Sie sehen doch ein, daß die Sache notwendig ist«, antwortete Dr. Oberhausen.

»Nicht unbedingt«, meinte Ramsey. »Ich ...«

»Mir gefällt der Vergleich zwischen geistiger Gesundheit und einem Schwimmer, den Sparrow gebraucht hat«, unterbrach Dr. Oberhausen ihn. »Aber ich möchte hinzufügen, daß der Schwimmer notfalls auch nach einem Paddel greifen muß, das ihm angeboten wird.«

Ramsey grinste unwillkürlich, obwohl er genau wußte, daß Dr. Oberhausen ihn nur aufzuheitern versuchte, um die Spannung zwischen ihnen abzubauen. »Okay, Obe. Einen Auftrag übernehme ich noch. Aber dann ist endgültig Schluß!«

»Einverstanden, Johnny. Hören Sie gut zu. Ich möchte, daß Sie ...«

Die Tür des Vorzimmers fiel krachend ins Schloß. Ramsey

hörte Stimmen. Dann sagte eine Frau energisch: »Ich gehe hinein, auch wenn es Ihnen nicht paßt!«

Janet!

Wieder die gleiche Stimme: »Ich weiß, daß er dort drinnen bei dem verflixten Doktor Oberhausen sitzt! Und Sie können mich nicht zurückhalten! Ich gehe jetzt hinein!«

Die Tür hinter Ramsey wurde aufgerissen. Er drehte sich um. Eine Sekretärin stand dort. »Entschuldigen Sie«, sagte sie, »aber draußen ...«

»Lassen Sie die Dame herein«, unterbrach Dr. Oberhausen sie.

Ramsey stand auf und breitete die Arme aus. Janet rannte auf ihn zu und fiel ihm um den Hals.

»Johnny!«

Er hörte Dr. Oberhausen aufstehen und sah ihn an sich vorbei zur Tür gehen.

»Johnny, du hast mir so gefehlt.«

»Du mir auch«, sagte er.

»Ich habe nicht gewußt, wie gefährlich ...«

»Es war nicht so schlimm, Janet. Wirklich nicht.«

»Aber du warst so lange in der Klinik!«

Dr. Oberhausen blieb in der Tür stehen. Er schien plötzlich kleiner geworden zu sein und wirkte einsam. Ramsey wollte etwas sagen, fand aber nicht die richtigen Worte. »Obe«, rief er.

Dr. Oberhausen drehte sich um.

»Wir sehen uns bald wieder«, sagte Ramsey.

Der kleine Doktor lächelte, nickte und schloß die Tür hinter sich.

Und Ramsey mußte Janet erklären, weshalb er den ›verflixten Kerl‹ bald wiedersehen wollte.